STEPHEN
MACK
JONES

PRINCESS
MARGARITA
ILLEGAL

EIN DETROIT-KRIMI

AUS DEM AMERIKANISCHEN ENGLISCH
VON ULRIKE WASEL UND KLAUS TIMMERMANN

TROPEN

Das Zitat auf S. 277 entstammt Octavio Paz' *Das Labyrinth der Einsamkeit*, übersetzt von Carl Heupel, Suhrkamp Verlag, 1998, S. 32.

Tropen
www.tropen.de
Die Originalausgabe erschien unter dem Titel »Lives Laid Away«
im Verlag Soho Press, New York
© 2019 by Stephen Mack Jones
Für die deutsche Ausgabe
© 2022 by J. G. Cotta'sche Buchhandlung Nachfolger GmbH,
gegr. 1659, Stuttgart
Alle deutschsprachigen Rechte vorbehalten
Cover: Zero-Media.net unter Verwendung von zwei Fotos
(Straßenszene Detroit: © arcangel/Bjanka Kadic; Graffity:
Private Collection © Bam-Bam Billa/Bridgeman Images)
Gesetzt von C.H.Beck.Media.Solutions, Nördlingen
Gedruckt und gebunden von GGP Media GmbH, Pößneck
ISBN 978-3-608-50485-9
E-Book ISBN 978-3-608-11863-6

Für die wahren Helden.
James und Evelyn L. Jones ...
... meinen Bruder JR Jones II ...
... meinen Sohn Jacob, aus dem allmählich der Mann wird,
der ich immer sein wollte ...
Und für euch, die *Dreamer* ...

Ich denke oft: Schatzhäuser müssen sein,
wo alle diese vielen Leben liegen
wie Panzer oder Sänften oder Wiegen,
in welche nie ein Wirklicher gestiegen,
und wie Gewänder, welche ganz allein
nicht stehen können und sich sinkend schmiegen
an starke Wände aus gewölbtem Stein.

Rainer Maria Rilke,
Ich bin nur einer deiner Ganzgeringen

1

Ihre geheime Zutat war Muskatnuss.
Nicht viel – höchstens einen halben Teelöffel –, aber sie bekam damit die gleiche subtile Wirkung hin, wie sie ihr mit geräuchertem ostindischem Paprika oder echtem mexikanischem Chilipulver gelungen wäre.

Ich stand in meiner Küche und rührte langsam einen halben Teelöffel Muskat in meine selbst gemachte Salsa – pürierte Tomaten vom Honeycomb Market, blanchierte und zerkleinerte Tomaten, gehackte Jalapeños, klein geschnittene Paprika, frischer Dill, der Saft einer viertel Zitrone, Knoblauch, Meersalz und grob gemahlener Pfeffer. Außerdem gab ich eine Messerspitze gehackten Koriander hinzu.

Während ich schnippelte, pürierte und Zutaten vermengte, hörte ich in voller Lautstärke eine alte CD meines Vaters: »The Healer«, den Klassiker von John Lee Hooker und Santana. Genau die richtige Begleitmusik für einen verwegen gut aussehenden Schwarzmexikaner, während er einen dürftigen Abklatsch der Salsa seiner Mutter zubereitete. Durch das wirkmächtige Aroma der Salsa und die Musik spürte ich, wie meine Hüften, meine Füße sich im Rhythmus eines langsamen Rumba-Bolero bewegten.

Und jawohl, *cabrón*.

Ich tanze einen spitzenmäßigen Rumba-Bolero, dank der geduldigen Lektionen meiner Mutter und der jahrzehntelangen Übung, die ich auf einem Dutzend mexikanischer Hochzeiten, einem salvadorianisch-kolumbianischen Hochzeitsjubiläum und vier Quinceañeras erlangt habe.

Im Camp Leatherneck und in der vorgeschobenen Operationsbasis Delhi Beirut in Afghanistan hatte ich frisch verlobten Kameraden, deren Liebsten zu Hause ungeduldig warteten, sogar Salsa- und Rumba-Unterricht gegeben. Nur zu. Fragen Sie Marine Corporal Francis »Franco« Montoya (Seattle, Washington) oder Ex-Marine Sergeant Dwayne »Wee Man« Nixon (Memphis, Tennessee). Marine-Killermaschinen, die ungeniert zugeben werden, dass ich der einzige Mann bin, mit dem sie je richtig gern getanzt haben.

Es war eine Woche her, seit ich Tatina Stadtmüller, meine Fernbeziehung, falls es denn eine war, zum Metro Airport gebracht hatte, weil sie zurück nach Oslo musste, um das letzte Jahr ihres Promotionsstudiums in Kulturanthropologie zu absolvieren. Ich war noch ganz beschwingt von ihrem Besuch. Wie Paulus geblendet, wenn auch nicht von einem hellen Licht, so doch von Rechtschaffenheit und Schönheit.

Noch immer schwebte ihr warmer Duft nach Schokolade und Pfeffer durch mein Haus.

Während Tatina bei mir in Detroit war, hatte ich nicht gewollt, dass sie den schwarzen Chevy Suburban mit dunkel getönten Scheiben bemerkte, der in aller Herrgottsfrühe im Schneckentempo die Markham Street hinunterfuhr. Doch bei zwei nächtlichen Besuchen im Bad war ihr der SUV zufällig aufgefallen.

»Wer ist das?«, fragte sie eines Morgens beim Frühstück.

»Wahrscheinlich jemand, der von der Spätschicht nach Hause kommt.«

Natürlich wusste ich es besser.

Ich wohne in Mexicantown. Der schwarze Chevy Suburban mit

den getönten Scheiben war vom ICE – United States Immigration and Customs Enforcement –, der in den nächtlichen Stunden die Straßen nach möglichen »Nestern« und Unterschlüpfen von illegalen Einwanderern absuchte. Ihr offizielles Motto? »Schutz der nationalen Sicherheit und Aufrechterhaltung der öffentlichen Ordnung.«

In Mexicantown haben wir für den ICE ein anderes Motto: *Si es marrón, enciérrelo.*

»Siehst du nach Latino aus, ist's mit deiner Freiheit aus.«

2

ein Gott«, sagte Jimmy Radmon, als er durch die Haustür hereinkam. »Sag, dass ich nicht richtig sehe.«

Ich war dabei, meine inzwischen fertige Salsa mit einem Schöpflöffel in sechs sterilisierte Halbliter-Einmachgläser zu füllen. Celia Cruz hatte gerade ihre sexy Version von »Oye Como Va« beendet. Und jetzt tanzte ich einen Rumba-Bolero auf James Browns »Hot Pants Pt. 1«.

»Du musst Rumba lernen, Jimmy«, sagte ich.

»Wozu muss ich das alberne Gehampel lernen?«, sagte Jimmy, ging um mich herum zum Kühlschrank und nahm eine eisgekühlte Flasche Wasser heraus. Ich hatte immer ein paar Flaschen Wasser nur für Jimmy und Carlos im Kühlschrank. Irgendwie wurden sie nie damit fertig, an meinem Haus kleine Änderungen, Verbesserungen und Ergänzungen vorzunehmen. Mich störte das nicht sonderlich, weil die meisten unsichtbar für mich waren. Eine ihrer letzten Verbesserungen hatte aus meinem Haus quasi einen WLAN-Hotspot für die anderen Häuser auf der Markham Street gemacht. Keine schlechte Sache, da die meisten Wohnviertel in Detroit Internet-Wüsten waren.

Ich fand im Kühlschrank Platz für vier der sechs Einmachgläser Salsa und gab Jimmy zwei. Eins für ihn, eins für seine lieben Vermieterinnen, meine älteren Nachbarinnen Sylvia und Carmela.

»Sie sollten das Zeug verkaufen«, sagte Jimmy, der die Gläser inspizierte. »Octavios original D-City-Salsa. Die ist gut. Besser als gekaufte.«

»Ich denk drüber nach«, sagte ich, obwohl ich wusste, dass ich nicht drüber nachdenken würde.

Zufrieden mit dem Erfolg meiner kulinarischen Mission, nahm ich mir ein Bier – ein Batch Brewing Vienna Lager – und zog mich ins Wohnzimmer zurück. Jimmy folgte mir und langweilte mich beharrlich mit Berichten über den Stand der Renovierung, mit Material- und Ausrüstungswünschen und Zuliefererangeboten. Wir hatten gerade zwei Häuser verkauft – ein freistehendes Backsteinhaus mit drei Schlafzimmern an ein junges Paar, das mit seiner dreijährigen Tochter aus Portland hergezogen war, und eine Doppelhaushälfte mit zwei Schlafzimmern an den Mitarbeiter irgendeiner Wohltätigkeitsorganisation, der seine Haare konsequent in einem Man Bun trug und auf seiner Veranda Yoga machte.

Dann waren da die unvermeidlichen Anfragen von Lokalzeitungen und -zeitschriften.

»Diese Renna Jacobs von der *Free Press*, Mann, die ruft mich dauernd an«, sagte Jimmy. »Will mit Ihnen darüber reden, dass Sie das Viertel wiederbeleben.«

»Du hast ihr hoffentlich nicht meine Nummer gegeben, oder?«, sagte ich.

»Nein, ich weiß doch, dass Sie mich dann fertigmachen würden.«

»Ganz genau«, sagte ich. »Wahrscheinlich würde ich dich zur Strafe zwingen, auf Chips und Gatorade zu verzichten, und dich mit gesundem Essen zwangsernähren.«

»Mal im Ernst«, sagte Jimmy mit Nachdruck. »Ein bisschen Presse wäre echt gut für das Viertel. Und auch für mich und Carlos. Ich meine, wir müssen dran denken, wie es nach der Markham Street weitergeht, Mr Snow. Wir haben bloß noch ein Haus, das renoviert und verkauft werden muss – was dann?«

Damit hatte Jimmy eine Frage gestellt, die ich seit drei Monaten verdrängte. Es war nie meine Absicht gewesen, die Hausrenovierungen im südwestlichen Detroiter Stadtteil Mexicantown zum Sinn meines Lebens zu machen. Ich wollte bloß mein Viertel - meine Straße - zurück. Vielleicht als Hommage an meine geliebten Eltern. Vielleicht aus Respekt vor einer längst vergangenen Lebensart, die in diesem Moment meinem Gefühl nach nicht mehr Gewicht hatte als Geister, die weit weg von ihren Gräbern herumschweben.

Nach meiner Entlassung aus dem Detroit Police Department und dem anschließenden Prozess, der mir zwölf Millionen Dollar Abfindung einbrachte, hatte ich nichts anderes gewollt, als mich mit meinem angeknacksten Selbst an einen sicheren Ort zurückzuziehen. Das war der einzige Grund, warum ich mein Elternhaus auf der Markham Street überhaupt renoviert hatte - und anschließend die Nachbarhäuser in Richtung Vernor Avenue, der Einkaufsstraße von Mexicantown.

Markham Street - und August Octavio Snow - 2.0.

Jetzt hatte ich zwei gute Männer, für deren Lebensgrundlage ich verantwortlich war.

Und ich hatte keine Antworten für sie.

»Ich denk drüber nach«, sagte ich.

Jimmy warf mir einen Seitenblick zu, der signalisierte, dass er das nicht zum ersten Mal hörte. »Klar, na ja, jedenfalls«, sagte Jimmy, riss ein kleines Stück Papier aus seinem Arbeitsnotizbuch und reichte es mir, »hier ist die Nummer von der Reporterin. ›Die Wiedergeburt eines Stadtteils‹«, beharrte Jimmy. »So nennt die Zeitungsfrau das, was Sie hier im Viertel gemacht haben. Und ich meine, wenn Sie mal mit der reden, würd das vielleicht auch Ihren Ruf in der Stadt ein bisschen aufpolieren, oder?«

Ich fürchtete, dass Jimmy eine Grenze überschritten hatte und auf mein persönliches Minenfeld geraten war.

Aber so war Jimmy nun mal. Ein junger Bursche, der von Natur aus arglos – vielleicht sogar naiv – war und nicht einen bösartigen Knochen in seinem spindeldürren Leib hatte.

»Was für ein Ruf soll das sein, Jimmy?«

»Ex-Cop hat zwölf Millionen vom bankrotten Detroit kassiert und investiert wieder ins bankrotte Detroit«, sagte Jimmy. »Könnte Sie glatt zum Lokalhelden machen. Wär doch nicht schlecht, Mr Snow.«

»Wie gesagt, Jimmy –«

»Ja, ja, ich weiß«, sagte Jimmy. »›Ich denk drüber nach.‹«

3

Wer in meine Straße zieht, muss feiern können.

So sind die Regeln, da gibt's kein Vertun.

Die Markham Street hatte innerhalb von zwei Monaten drei Neuzugänge bekommen. Da waren die Bergman-Hallseys: Alan und Michael, ein junges Paar aus Portland, Oregon, mit ihrer drei Jahre alten Tochter Kasey. Außerdem Mara Windmere, Marketingmanagerin irgendeines führenden Tech-Unternehmens, die dem urbanen Leben einen amüsanten Hipster-Touch geben wollte. Und Trent T. R. Ogilvy, der Man Bun tragende Brite, der aus Rochester, New York, hergezogen war (wohin er aus Manchester, England, gezogen war). Ogilvy arbeitete für eine in London ansässige internationale Wohltätigkeitsorganisation, deren Ziel es war, Laptops und WLAN in Internet-Wüsten zu bringen. In Detroit gibt es zweifellos reichlich Stadtteile, die diese Bezeichnung verdienen. Zu viele Arbeitslose, die für ihre Jobsuche die Stellenanzeigen in zwei sterbenden Tageszeitungen durchforsten müssen.

»Ich trinke gern ein Glas oder auch fünf«, sagte Trent, als ich bei ihm zu Hause vorbeischaute, um ihn einzuladen. »Ich hoffe, das ist unbedenklich.«

»Nicht nur unbedenklich«, erwiderte ich. »Es wird erwartet.«

Ich fuhr zum Honeycomb Market, um für die Sommerparty der Markham Street in einem Monat eine Bestellung aufzugeben.

Wer in Mexicantown wohnt, stattet dem Honeycomb, einer Stadtteil-Institution, mindestens einmal die Woche einen Besuch ab: Pyramiden aus Jalapeños in kräftigen Farben, Mangos, Tomatillos und saftigen Kaktusblättern; Regale voll mit Gewürzen, importierten abgepackten Lebensmitteln aus Lateinamerika; bunte Kaffeedosen und Limoflaschen aus Mexiko und Nicaragua; frische hausgemachte Tortillas und Chorizos und solche Mengen an Mi-Costeñita-Süßigkeiten und Pingüinos-Cupcakes, dass jedem Kind die Augen übergehen.

Ich kam schon als kleiner Junge an der Hand meiner Mutter zum Honeycomb. Das waren die Leute, die meinen Vater, einen Bierbanausen mit einer Vorliebe für die Marke Falstaff, in einen Liebhaber von Negra Modelo und Pacifico verwandelten, der sich zu Weihnachten gelegentlich das für einen Cop notgedrungen heimliche Vergnügen einer geschmuggelten Flasche Noche Buena gönnte.

Er war jedoch nie ein großer Michelada-Freund.

»Wer zum Teufel kommt auf die Idee, Chilisauce und Limettensaft in ein verdammtes Bier zu mischen?«, sagte er, wie ich mich noch gut erinnern kann.

Meine Mutter schüttelte den Kopf, hob drohend einen Zeigefinger und sagte: »*Meine* Landsleute mischen Chilisauce und Limettensaft in *alles!* Hast du damit ein Problem, *cabeza de burro?*«

Für die Straßenparty in diesem Sommer rechnete ich mit mindestens zweihundert Hähnchen- und Schweinefleisch-Tortillas, dreißig Pfund Reis, zwanzig Pfund Bohnenmus und schwarze Bohnen, etwa vierzig Pfund Chorizo-Hack und gewürztes Rinderhack und wer weiß wie viele Würstchen.

An der langen Fleischtheke im hinteren Teil des Supermarkts wartete ich darauf, bedient zu werden.

Und wartete.

Nach fünf Minuten tauchte Nana Corazon-Glouster auf – die Verkäuferin an der Frischfleischtheke.

»Na, wen haben wir denn da!«, sagte sie und grinste breit. »Ich würde ja hinter der Theke hervorkommen und dir einen dicken nassen Kuss geben, aber ich fürchte, dann wirst du süchtig!«

»Diese Lippen? Diese Augen?«, sagte ich. »Ja, die können süchtig machen!«

»Und ob«, sagte Nana lachend. »Was kann ich für dich tun, Augusto?«

»Also«, sagte ich und schaute mich um, »als Erstes kannst du mir Folgendes beantworten: Wo zum Teufel stecken die anderen? Ihr seid doch normalerweise drei, vier Leute hinter der Theke.«

Nana zuckte zusammen, als hätte sie einen freiliegenden Nerv an einem Backenzahn. Leiser sagte sie: »Die Leute haben Angst, Augusto. Die sehen Tag und Nacht die Scheißkerle vom ICE hier rumkurven und denken alle bloß: ›Die kommen mich holen.‹ Ich meine Leute, die seit zehn, zwanzig – fünfzig Jahren Bürger dieses Landes sind! Von unseren Mitarbeitern ist keiner illegal.« Sie senkte die Stimme noch mehr und sagte: »Okay, vielleicht ein oder zwei. Aber keine Drogen, keine Gang-Tattoos! Die kommen pünktlich und arbeiten hart. Die putzen Toiletten, als würden sie Gold polieren, und sie sagen ›Ja, Ma'am‹ und ›Nein, Ma'am‹, ›Bitte‹ und ›Danke‹. Welche Aussicht auf Staatsbürgerschaft haben diese Leute?«

Sie fragte, ob ich irgendwelche Patrouillen gesehen hatte.

Ich erzählte ihr von dem SUV, der spätnachts durch die Markham Street fuhr.

»Und die machen dir keine Angst?«, fragte Nana.

»Nein.«

»Wieso nicht?«

»Weil ich schon so einiges Beängstigendes aus nächster Nähe gesehen hab«, sagte ich. »Afghanistan. Pakistan. Mit mir haben die ein Problem: Sollen wir den nach Mexiko abschieben? Oder zurück nach Afrika schicken?«

Mein kleiner Scherz konnte ihre Sorgen nicht zerstreuen.

»Du warst doch mal Cop«, flüsterte Nana. »Kannst du da nichts machen?«

»Ich glaub, was das angeht, hängen wir alle am Fliegenfänger, Nana.«

»Was ist mit Mrs Gutierrez?«

Elena, die Frau meines Freundes Tomás, war in der ganzen Gemeinde als Streiterin für die Bewohner von Mexicantown und als Verteidigerin der Bürgerrechte im Allgemeinen geachtet. Vor fünf Jahren wollte eine Gruppe von Bürgern und Unternehmern sie als Kandidatin für den Stadtrat des 6. Bezirks aufstellen. Sie lehnte höflich mit der Begründung ab, sie müsse sich um einen Ehemann und eine Enkeltochter kümmern – und sie sei sich immer noch nicht sicher, wer von beiden die meiste Aufmerksamkeit brauche.

»Sie tut schon, was sie kann, zusammen mit ein paar Birminghamer Anwälten, die auf Einwanderung und Einbürgerung spezialisiert sind«, sagte ich. »Und sie hat Meetings mit dem Bürgermeister und Veranstaltungen in der Holy Redeemer Church organisiert. Aber dieser ICE-Sturm ist rasch aufgezogen, mit voller Wucht, Nana. Die Leute wissen noch immer nicht, was sie machen können oder ob sie überhaupt was machen können. Ich weiß es ganz sicher nicht.«

Während ich redete, sah Nana aus, als ob ihre Seele langsam zerquetscht wurde.

»Ich weiß, es wird nicht viel nützen«, sagte ich, »aber falls sie dich holen kommen, setze ich Himmel und Erde in Bewegung, um dich zurückzubringen.« Ich machte große Hundeaugen und einen Schmollmund. »Und wenn sie mich holen kommen, Nana?«

Ein verschmitztes Funkeln kehrte in ihre großen braunen Augen zurück. Sie salutierte zackig und sagte: »Sayonara, Baby!«

Ich lachte vielleicht einen Tick zu laut. »Das ist gemein!«

»Ach, du lässt dir doch gern den Hintern versohlen. Ihr Macho-

Typen lasst euch alle gern den Hintern versohlen. Was kann ich denn für dich tun, Augusto?«

Ich gab ihr meine Liste und nannte ihr den spätesten Termin. Jeden Posten auf der Liste quittierte Nanas hübscher Kopf mit einem entschlossenen Nicken. »Wird erledigt, Chef.«

»Das weiß ich doch, Nana.«

Ich warf ihr ein Küsschen zu. Sie fing es aus der Luft und klatschte es sich auf die rechte Pobacke.

Wie jeder andere in Mexicantown ging ich für gewöhnlich zum Honeycomb, um zwei oder drei Sachen zu kaufen, und verließ den Laden dann mit sieben oder acht. Ich dachte, ich könnte ein paar Grundnahrungsmittel besorgen, wo ich schon mal da war. Ein paar Extratüten Tortilla-Chips und ein Pfund von der hausgemachten Guacamole haben noch keinem geschadet.

Während ich durch die schmalen Gänge schlenderte, lief ich zu meiner Verblüffung dem aufgehenden Stern des Dezernats für Kapitalverbrechen der Detroiter Polizei in die Arme: Detective Captain Leo Cowling. Er sah aus, als hätte er sich für die Segelregatta von Port Huron nach Mackinac angezogen: marineblaue Alligatorlederschuhe, cremefarbene Leinenhose, ein strahlend weißes, am Hals offenes Stehkragenhemd und ein cremefarbenes Leinenjackett. Geschmackvoll abgerundet wurde das Outfit durch einen hellbraunen Panamahut mit breitem marineblauem Seidenband. Die Art von teurem Hut, wie sie nur bei Henry the Hatter zu finden war, Detroits exklusivstem Hutmacher.

Sein Gesamteindruck wurde durch die Frau an seinem Arm noch verbessert: groß, schimmernde bronzefarbene Haut, athletisch gebaut, hohe Wangenknochen, wallendes Haar und lange, atemberaubende Beine.

»Na, das nenn ich mal eine Mittwochnachmittagsüberraschung!«, sagte ich, packte Cowlings Hand und schüttelte sie begeistert. Wäre seine umwerfende Begleiterin nicht gewesen, hätte er seine Hand wahrscheinlich losgerissen und versucht, mir mit seiner blamabel langsamen Rechten eine reinzuhauen. So jedoch machte er gute Miene zum bösen Spiel.

»Ähm – ja – was, was machst du denn hier, Snow?«, sagte Cowling.

»Nichts Besonderes!«, erwiderte ich und grinste wie ein Honigkuchenpferd. »Versuch mich bloß ein bisschen als Ladendieb.«

»Ich kenne Sie«, sagte die Frau, die mich mit zusammengekniffenen Augen musterte.

Ich brauchte eine Sekunde, doch dann erkannte ich sie.

Schlagartig fand ich sie nicht mehr so attraktiv.

»Martinez?«, sagte ich. »Interne Ermittlung?«

»Jep«, sagte sie. »Schwamm drüber, okay?«

Widerstrebend gaben wir uns die Hand. Ihr Händedruck verriet, dass sie imstande war, Walnüsse in der Faust zu knacken.

In einem überhasteten Versuch, mich öffentlich zu verleumden, nachdem mich das Department gefeuert hatte, weil ich den kriminellen Machenschaften des ehemaligen Bürgermeisters auf die Spur gekommen war, wurden interne Ermittlungen gegen mich angestellt: Veruntreuung von Polizeigeldern (Stripclubs, Geschenke, Drogen) und unangemessenes Verhalten eines Polizeibeamten. Eine Prostituierte war für die Aussage bezahlt worden, ich hätte sie zu kostenlosem Sex gezwungen und grob angefasst. Ein einfallsloses, klassisches abgekartetes Spiel, das ich dem ehemaligen Bürgermeister und seinem korrupten Sicherheitsteam beim Detroit Police Department zu verdanken hatte.

Die Anschuldigungen der Internen Ermittlung fielen in sich zusammen, als sich keinerlei Ausgaben für Stripclub-Besuche nachweisen ließen und die Prostituierte mich bei einer Gegenüberstellung nicht als ihren Angreifer identifizieren konnte.

Zweimal.

Hilfreich war auch, dass sie, nachdem sie mich das zweite Mal nicht erkannt hatte, aus dem Raum stürmte und schrie: »Für diesen Scheiß zahlt ihr mir viel zu wenig! Fickt euch doch alle!«

»Schwamm drüber«, sagte ich zu Martinez, obwohl mich mein verletzter Stolz noch immer leicht zwickte. Mit einem aufgesetzten Lachen schlug ich Cowling auf die Schulter und sagte: »Nehmen Sie sich vor diesem Burschen in Acht! Ich warne Sie, der klaut Süßigkeiten aus dem Automaten im 14.!«

Martinez, die nicht so genau wusste, was sie von mir halten sollte, entschuldigte sich und ging Richtung Fleischtheke.

»Treibst du's jetzt etwa auch mit der Internen Ermittlung, Cowling?«, sagte ich mit gespielter Enttäuschung in der Stimme. »Ernsthaft?«

»Du bist ein Riesenarschloch, Snow«, knurrte Cowling.

Ich beugte mich näher zu ihm und flüsterte: »Mischlingsbabys sind wunderhübsch, findest du nicht auch?«

Als ich anschließend durch die für Anfang Juni typische schwüle Hitze zurück zu meinem Cadillac watete, fühlte ich mich ein wenig schuldig, weil ich Cowling aufs Korn genommen hatte: An der linken Seite seines Halses, dicht am Übergang zur Schulter, war eine unübersehbare lange hässliche Narbe von einer Kugel, die sich durch sein Fleisch gebohrt hatte, während er tapfer versuchte, seinen Vorgesetzten, Detective Captain Ray Danbury, vor ein paar sehr üblen Leuten zu schützen. Danbury war gestorben. Cowling bekam die Beförderung, die er immer gewollt und nie ganz verdient hatte. Und wir zwei blieben zurück auf entgegengesetzten Seiten eines Mannes, den wir beide sehr geschätzt hatten.

Seit Danburys Tod hatten Cowling und ich so etwas wie eine stillschweigende Übereinkunft getroffen: Im Andenken an unseren toten Freund würden wir unsere Feindseligkeit gegenüber dem anderen zurückschrauben.

Unsere Begegnung im Honeycomb Market hatte gezeigt, was unter »zurückschrauben« zu verstehen war.

Trotz der drückenden Schwüle und der weißen Mittagssonne, die ihre Haut verbrennende, klimawandelnde Dominanz genoss, dachte ich mir, dass irgendwo doch ein paar Mexikaner unterwegs sein müssten. Nachdem ich meine Einkäufe zu Hause abgeladen hatte, ging ich wieder nach draußen zu meinem Wagen.

Jimmy und Carlos Rodriguez, Jimmys gleichberechtigter Partner bei den Renovierungen und beim Weiterverkauf von Häusern, kamen die Straße herunter, mit glänzender Haut, die Werkzeuggürtel umgehängt wie Pistolengurte von Revolverhelden in einem Spaghetti-Western. Da ich nicht in Stimmung war, über Renovierungspläne, Kosten, Materialien oder Angebote zu reden, steuerte ich rasch auf meinen am Straßenrand geparkten Caddy zu.

»Hey! Mr Snow!«, rief Jimmy.

»Keine Zeit, Jungs!«, sagte ich und winkte. »Muss los!«

Ich schnallte mich an, während ich schon beschleunigte, die Markham Street hinunter, auf den I-75 nach Norden in Richtung City und weg von jeder erwachsenen Verantwortung.

4

Es fällt schwer, über Michigans stickig schwüle Junihitze zu jammern, wenn man sieht, wie schwarze Kinder zusammen mit Kindern deutscher Touristen ausgelassen in den Wasserfontänen auf dem GM Plaza spielen. Oder wie junge Schwarze und Latinos mit nacktem Oberkörper brav hinter in Rollstühlen sitzenden Großmüttern oder Großvätern stehen, während alle zu der kühlen Sprühwasserwolke hinauflächeln, die sich von Isamu Noguchis Horace E. Dodge and Sons Memorial Fountain herabsenkt.

Immer drängen sich Touristen und Geschichtsinteressierte im Schatten von Ed Dwights Denkmal für die Underground Railroad, einer lebensgroßen Skulptur, die eine entflohene Sklavenfamilie auf der letzten Station ihrer beschwerlichen Reise darstellt. Selbst in ihrer in Bronze erstarrten Haltung bietet diese Familie, die über den Detroit River nach Kanada schaut, dem Land der Hoffnung und Verheißung, einen bewegenden Anblick.

Da Detroit größtenteils von versklavten Ureinwohnern und Schwarzen erbaut wurde, hatten diese Entflohenen alles Recht der Welt, sehnsüchtig über den Fluss auf das verheißene Land Kanada zu schauen.

Wer genau hinsieht, entdeckt zu Füßen dieser Skulptur von entflohenen Sklaven einen rötlich braunen Backstein, in dem folgende Worte eingemeißelt sind: *Noch immer auf der Suche. Noch immer voller Hoffnung. Die Familie Snow.*

Früher einmal hätte die dreieinhalb Meilen lange Detroiter Uferpromenade hinter dem General Motors Renaissance Center ebenso gut an den mythischen Styx grenzen können: Der Fluss war eine postapokalyptische Jauche aus illegal entsorgtem Müll, angeschwemmten Fäkalien und verrotteten Fischen, gewürzt mit einem Spritzer Quecksilber und einer Prise Blei. Verlassene Gebäude entlang des Ufers dienten als Mausoleen für die Leichen der Ermordeten und der vergessenen Obdachlosen. Es war ein offenes Grauwassergrab, wo tote Träume und verlorene Hoffnungen mit dem Bauch nach oben trieben.

Jetzt, da die zaghafte Neubelebung in vollem Gange war, hatte man den Uferbereich in eine malerische, gut gepflegte Grünfläche verwandelt, wo Menschen spazieren gingen, mit Leihfahrrädern fuhren, entspannt zu Mittag aßen und zusahen, wie Segelboote in den Heckwellen von Frachtern kreuzten.

Ein Stück vom RiverWalk entfernt, unweit der Riopelle Street, befinden sich leuchtende Türen, eine rote und eine blaue.

Dahinter liegt eine Welt des Schmerzes.

Ich war in der ersten Etage vom Club Brutus, hinter der roten Tür, auf der das japanische Kanji-Zeichen für Erlösung prangte. Der Club Brutus ist ein Wellness- und Fitnessclub der Luxusklasse mit deckenhohen Panoramafenstern, die Aussicht auf die strahlend weite Fläche des RiverWalk bieten, auf den Detroit River und, am anderen Ufer, auf die weitläufigen Backsteingebäude der Whiskybrennerei von Canadian Club, wo Al Capone und die Purple Gang in der Prohibitionszeit ihre illegalen Alkoholgeschäfte abwickelten. Ich trug einen dunkelblauen Karategi – den traditionellen japanischen Karateanzug – mit dem schwarzen Gürtel.

Dem Clubbesitzer Apollonius »Brutus« Jefferies war es zu verdanken, dass ich außerdem einen Bluterguss knapp unter dem linken Auge trug, der sich in Kürze unansehnlich violett verfärben würde.

»Wow«, sagte Brutus, während wir langsam auf der Matte umeinander herumtanzten. »Von einem jungen Mann hätte ich mehr erwartet.«

»Tja, leider kriege ich gerade genau das, was ich von einem alten Mann erwartet habe«, sagte ich. »Softe Schläge, langsame Kicks und kein Takedown in Sicht. Müsstest du nicht eigentlich besser sein?«

Brutus lachte, während er mich umkreiste. »Junge, ich schlag dich gleich wie ein altes Maultier.«

Brutus Jefferies war schwarz, groß und breit und hatte einen zehn Zentimeter langen Zopf. Mir war nicht klar, ob er mit seiner Mönchsglatze an klassischer männlicher Kahlköpfigkeit litt oder ob er sich die Haare absichtlich so schneiden ließ, weil er zu viele Filme von Akira Kurosawa gesehen hatte.

In dem geräumigen weißen Dojo hingen große rot gerahmte Schwarz-Weiß-Fotos von Tsutomu Ohshima, Yasuhori Konishi und Gichin Funakoshi. Es gab außerdem rot gerahmte Fotos von schwarzen Karatemeistern – Moses Powell und Ronald Duncan und Fred Hamilton – sowie gerahmte Plakate für schwarze Karatefilme wie *Black Dynamite* und *Freie Fahrt ins Jenseits*.

»War überrascht, dass du heute Karate trainieren willst«, sagte Brutus. Schwungvoller rechter Kick. Heftig verwirbelte Luft dicht vor meiner Nase. »Hätte gedacht, du würdest mal wieder ein bisschen boxen wollen. An deinem lahmen rechten Haken arbeiten. Dein Daddy dagegen? Oha, der Mann hatte einen echt guten rechten Haken!«

Boxen war der Schmerz, der sich hinter der blauen Tür verbarg. »Vielleicht ein andermal«, sagte ich. »Im Augenblick muss ich an diesen Techniken arbeiten.«

»Und, was läuft so in Mexicantown?«, fragte Brutus. Rechter Roundhouse-Kick, linker Roundhouse-Kick, Faustschlag, Faustschlag. »Es heißt, die Schwachköpfe vom ICE sind wieder mal auf der Jagd nach frischem Latino-Fleisch.«

Beinfeger, Faustschlag, Reversgriff, misslungener Wurf, Wegstoßen. »Bloß ein paar kleinkarierte Bundespolizisten mit selbst gemalten Dienstausweisen und zu wenig Mumm.«

»Deinen Daddy würde dieser Schwachsinn stinksauer machen«, sagte Brutus. Faustschlag, Kniestoß, Faustschlag, Kick. »Ist es dir egal, wenn sie einen von deinen Nachbarn abgreifen?«

»Ist mir nicht egal«, sagte ich und spürte von dem letzten Kick eine schmerzende Rippe. »Und sollte es dazu kommen, dann lass ich mir was einfallen.« Kick, Kick. Beinfeger. Kein Kontakt. Brutus tänzelte von mir weg. »Bis dahin habe ich meine Sozialversicherungsnummer und meine Entlassungspapiere von den Marines.«

»Das hört sich nicht nach deinem Daddy an«, sagte Brutus. Faustschlag gegen die Brust. Reversgriff. Hüfte in mich reingedreht. Ich landete hart auf der Matte. Rollte mich ab und war wieder auf den Beinen. Noch mehr Rippen pochten.

»Ich bin nicht wie mein Daddy.«

Brutus grinste. »Oh, ich glaube, du bist mehr wie dein Daddy, als dir lieb ist, Grünschnabel.«

Handballen gegen meine Brust. Angriff. Handgelenkgreifen, Drehung. Überschlag. Ich krachte mit meinem ganzen Gewicht hart auf die Matte. Rechte Ferse sauste auf mein Gesicht zu, stoppte dicht vor meiner Nase.

Vorbei.

Brutus zog mich hoch, und wir verbeugten uns voreinander.

Einer von uns war außer Atem und sah ein paar Sterne vor den Augen tanzen.

Brutus war es nicht.

»Besser«, sagte er.

Wir gingen eine weit geschwungene Treppe hinunter ins Erdgeschoss, wo Anwälte und Ärzte, Geschäftemacher und Politiker

Gewichte hoben, auf Laufbändern joggten oder auf Stairmastern Stufen hinaufstiegen, während sie CNN, Fox News oder Bloomberg Television guckten. In einem mit einer Glaswand abgetrennten Raum strampelten Leute auf Spinning-Rädern. In einem anderen wanden, krümmten und streckten sich Leute auf Yogamatten.

Ich sah den pummeligen und mürrischen Richter, der den Vorsitz in meinem Prozess wegen ungerechtfertigter Entlassung geführt hatte, wie einen nassen Sack auf einer Bank sitzen und sich den Schweiß von der Stirn wischen.

Er sah mich auch.

Sein kurzer müder Blick ließ mich vermuten, dass er in zig Prozessen seit meinem den Vorsitz gehabt und vergessen hatte, wer ich war.

»Heiliger Strohsack, Brutus«, sagte ich. »Wie viele Großkotze hast du eigentlich hier in deinem Laden?«

»Alle, jetzt, wo du hier bist, Kleiner.«

In Brutus' verglastem Büro stieg er auf ein Laufband, das hinter einem schmiedeeisernen Stehpult flach auf dem Boden montiert war.

»Ernsthaft?«, sagte ich. »Ein Stehpult mit Laufband?«

»Bewegung ist Leben. Sitzen ist sterben.«

Eine fitte blonde Frau von etwa Mitte vierzig, die ein königsblaues Elasthan-Outfit mit dem Club-Brutus-Logo trug, lächelte mich an und reichte Brutus einen Stapel Post.

»Danke, Geneva«, sagte Brutus, setzte sich dann eine Lesebrille auf und ging rasch die Post durch. »Willst du einen Saft oder so, Snow junior? Smoothie?«

»Danke. Nein.«

»Wirklich nicht?«, sagte Geneva mit einem strahlenden Lächeln. »Wir machen sie frisch und garantiert bio.«

»Ich hätte jetzt eher Lust auf eine große ›Detroiter‹ von Buddy's Pizza und ein Bier.«

»Sorry«, sagte Geneva lachend auf dem Weg nach draußen. »Damit kann ich nicht dienen.«

Apollonius »Brutus« Jefferies war zur gleichen Zeit wie mein Dad bei der Polizei gewesen. Sie waren gute Freunde gewesen und beim Polizeisport auf Boxwettkämpfen gegeneinander angetreten. Nach zwanzig ehrenvollen Dienstjahren war Brutus von zwei Kugeln getroffen worden. Bei einem missglückten Raubüberfall, den zwei unter Alkohol und Drogen stehende Jugendliche auf ein Bierlokal auf der Woodward Avenue verübt hatten. Nach einer Notoperation hatte Brutus ein Viertel seines Magens, ein Stück seines rechten Lungenflügels und eine Menge Gewicht verloren. Er war mehr tot als lebendig.

Um diesem Schwebezustand zwischen Leben und Tod zu entkommen, kaufte Brutus ein knapp achtzig Quadratmeter großes heruntergekommenes Gebäude an der Jefferson Avenue. Ein paar gespendete Sandsäcke, Boxbirnen und Spucknäpfe und er war im Geschäft – überwiegend mit Cops, die nicht mehr im Dienst waren und denen es schrecklich leidtat mitanzusehen, wie Brutus, der nur noch Haut und Knochen war, sich abmühte, Fünf-Kilo-Hanteln zu stemmen.

Auch mein Vater hatte vielleicht Mitleid mit Brutus gehabt. Aber er ließ es sich nie anmerken.

Brutus schleppte, mühte, kämpfte und betete sich zurück ins Land der Lebenden, eine Fünf-Kilo-Hantel nach der anderen. Und jetzt, zwanzig Jahre später und fünfundsechzig Jahre alt, war er das Paradebeispiel für gesundes Leben, und der Club Brutus das Fitnessstudio, in dem Detroits Elite eine Stange Geld ließ.

Brutus hatte mir den Mitgliedsrabatt für »Freunde und Familie« gegeben, weil er meinen Vater gekannt hatte. Natürlich musste ich mich für das tolle Schnäppchen bereiterklären, benachteiligten Kindern nach der Schule im Herbst Karateunterricht zu geben. Brutus legte noch ein kostenloses Paar Nike-Sportschuhe obendrauf, die mit seinem Logo bedruckt waren.

Ja, ich habe Geld.

Aber mal ehrlich: *kostenlose* Nikes mit Brutus' Logo!

»Willst du wirklich nichts von der Salatbar?«, fragte Brutus.

»Klingt gut, aber ich kann nicht«, erwiderte ich, während ich Detroits ein Prozent beobachtete, das versuchte, mit Ellipsentrainern und Spinning-Rädern Unsterblichkeit zu erlangen. »Ich treff mich zum Lunch mit Bobby Falconi.«

»Der farbige Bursche aus der Rechtsmedizin?«

»Genau der«, sagte ich. »Obwohl ich allmählich glaube, dass nur noch alte Schwarze, wie du einer bist, den Begriff ›farbig‹ verwenden.« Ich stand auf, griff über das Pult und schüttelte Brutus' große, kräftige Hand. »Danke für das Training, alter Mann.«

»Es gibt nix Gutes, außer man tut es, Grünschnabel«, sagte Brutus grinsend. »Und nimm nicht immer die Schulter runter, wenn du attackierst. Mach die Aggression deines Gegners zu deiner Energiequelle. Ruhe ist deine Kraft, mein Sohn.«

»Noch irgendwelche Worte der Weisheit, Sensei?«

»Sag ›bitte‹ und ›danke‹ für kleine Wunder. Und benutze immer ein Kondom.«

Ich duschte, bespritzte mich mit etwas Eau de Cologne C von Clive Christian (nur für den Fall, dass Beyoncé, Christina Aguilera oder Wahu draußen auf mich warteten) und zog ein graues Nautica-Polohemd, eine Buffalo-Jeans und schön abgetragene hellblaue Cole-Haan-Lederslipper an. Auf dem Weg nach draußen lief ich einem meiner neuen Nachbarn in die Arme: Trent T. R. Ogilvy.

»Wenn ich es nicht besser wüsste, würde ich denken, Sie verfolgen mich«, sagte ich.

»Warum sollte ich das tun?«

»Übersteigt der Club Brutus nicht ein wenig die finanziellen Möglichkeiten des Mitarbeiters einer Wohltätigkeitsorganisation?«

»Allerdings«, sagte Ogilvy fröhlich. »Zum Glück hat Mr Jefferies – Brutus – einen Yoga-Lehrer gesucht, und ich hab mich beworben. Sie wären erstaunt, wie großzügig wohlhabende Frauen sein können, wenn sie eine Weile im herabschauenden Hund waren.«

»Ich wünsche Ihnen einen guten Tag, Mr Ogilvy«, sagte ich.

»Gleichfalls, Mr Snow«, sagte Ogilvy. »Ach, und sollten Sie beim Blick in den Rückspiegel zufällig einen acht Jahre alten silbernen Prius sehen, dann bin ich das, der versucht, Ihrem Cadillac zu folgen.«

Ich verließ den Club Brutus und machte mich auf den Weg zum Lunch mit Bobby Falconi.

5

Marie Antoinette machte letzten Sonntag einen Kopfsprung von der Ambassador Bridge.

Die berühmt-berüchtigte französische Königin des 18. Jahrhunderts, Erzherzogin von Österreich und Gattin von König Louis XVI., verfehlte knapp den Bug des Seefrachters Norquist-Jannak, der mit seiner Schüttgutladung von zweiundzwanzig Tonnen Eisenerz fünf Tage zuvor den Hafen von Duluth-Superior verlassen hatte.

Mit einer Endgeschwindigkeit von dreiundsiebzig Meilen die Stunde knallte Ihre Majestät die Königin mit der gepuderten Perücke voran in das stahlgraue Wasser des Detroit River. Die Wucht des Aufpralls brach ihr das Genick und die Augenhöhle, wodurch sie ein Auge verlor. Die riesigen Schiffsschrauben der Norquist-Jannak wirbelten die Königin unter Wasser ein bisschen herum, erwischten den Saum ihres prächtigen Kleides, schredderten Schichten von Unterröcken, ersparten ihr jedoch die Demütigung, in blutige Stücke zerhackt zu werden.

Die Brücke war an dem Tag verstopft gewesen. Nichts Neues; über ein Viertel des Warenaustausches zwischen den USA und Kanada erfolgt über die Ambassador Bridge, die Detroit mit Windsor, Ontario, verbindet. Auf dem fast hundert Jahre alten Bauwerk bilden sich ständig Lkw-Staus.

Bei dem dichten Verkehr auf der betagten Brücke waren die

einzigen Augenzeugen wie üblich solche, auf die kein Verlass war. Niemand konnte sich erinnern, gesehen zu haben, wie die französische Königin aus einem Bus, einer Kutsche, einem Van oder Pkw stieg, nur ein einziger Zeuge schwor, sie sei aus einem blauen Toyota Camry gestiegen und dann in den Duty-free-Shop auf US-amerikanischer Seite gegangen, vermutlich um Kuchen und Champagner zu kaufen. Es wurde kein solches Auto gefunden, und keine der Überwachungskameras in den Duty-free-Shops auf US-amerikanischer oder kanadischer Seite hatte eine prunkvoll gekleidete französische Königin aufgezeichnet.

Niemand von der Brückenverwaltung, der US-Grenzpolizei, der Küstenwache oder der Homeland Security hatte irgendetwas Offizielles oder Inoffizielles über Madame Antoinette zu sagen. Die Brücken- und Verkehrsüberwachungskameras auf beiden Seiten – die Gerüchten zufolge genauso alt waren wie die Kameras, mit denen Charlie Chaplin *Lichter der Großstadt* gedreht hatte – lieferten keinerlei Aufschluss darüber, woher die Königin kam oder was sie vorhatte.

Es wurde vermutet, dass die Königin von jemandem an ihr finales Ziel gebracht worden war, der einen gestohlenen Nexus-Ausweis hatte, mit dem ein schnellerer Grenzübertritt in beide Richtungen möglich war. Vielleicht war der diensthabende Wachmann mehr mit seinem Kreuzworträtsel beschäftigt gewesen als damit, sein zweihundertstes Fahrzeug an dem Tag zu überprüfen.

Eine junge Schwarze, die in einem kleinen Mauthäuschen auf amerikanischer Seite arbeitete, brach offenbar in schallendes Gelächter aus, als sie von zwei Detroiter Cops vernommen wurde. Sie hatten ihr die Frau beschrieben und gefragt, ob sie sich an eine solche Person erinnern könne.

»Ich schätze, an eine durchgeknallte Weiße, die sich als irgendeine Scheißkönigin verkleidet hat, würd ich mich garantiert erinnern«, hatte sie geantwortet.

Bis gestern war noch nicht entschieden worden, ob das Ableben der Königin in die rechtliche Zuständigkeit der USA oder Kanadas fiel. Die Police Departments von Windsor und Detroit hatten miteinander, mit der Homeland Security, mit dem FBI und dem kanadischen Geheimdienst in vollem Umfang kooperiert. Die Personalknappheit bei der Polizei von Windsor und deren Neigung, Detroit die Schuld an allen nordamerikanischen Straftaten in die Schuhe zu schieben, begünstigten letztendlich die Schlussfolgerung, dass die USA für die tote Königin zuständig war.

»Menschenskind, Bobby«, sagte ich schließlich. »Rechtsmediziner kennen die besten Geschichten.«

Bobby – Dr. James Robert »Bobby« Falconi von der Wayne-County-Rechtsmedizin – und ich ließen uns eine große »Detroiter« bei Buddy's Pizza schmecken – Käse, Peperoni, Tomaten-Basilikum-Sauce, gehobelter Parmesan und eine sizilianische Gewürzmischung zum Niederknien.

Genauer gesagt, *ich* ließ mir die Pizza schmecken. Bobby stocherte nachdenklich in dem Antipasti-Salat herum, nachdem er mir die Geschichte von Marie Antoinette erzählt hatte.

»Das ist nicht komisch, August«, sagte Bobby. »Ich hab sie obduziert. Sie war achtzehn, höchstens neunzehn. Genau kann ich es nicht sagen, weil absolut nichts über sie zu finden ist: keine zahnärztlichen Unterlagen, nichts in der Fingerabdruckdatei. Als hätte sie nie existiert!« Bobby ließ sich gegen die Rückenlehne der gepolsterten Sitzbank fallen. »Ich lass von einer Bekannten das Kostüm der Toten untersuchen. Sie ist an der Uni Michigan forensische Spezialistin für Fasern und Stoffe.«

»So was kann man studieren?«

»Arbeitet überwiegend mit Archäologen zusammen.« Bobby drehte schon seit fünf Minuten dasselbe Stück Salami auf seiner Gabel. »Untersucht für Auktionshäuser Authentizität und Herkunft von Stoffen. Und berät manchmal die Polizei.«

Ich trank einen Schluck von meinem Zitronenwasser. »Ich nehme an, alle wollen diesen Fall möglichst schnell abschließen, oder?« Bobby schwieg einen Moment und rührte mit einem Strohhalm in seinem Eistee. Dann sah er mich an und sagte: »Mit ›alle‹ meinst du wahrscheinlich deine alten Waffenbrüder beim DPD. Mensch, August – da hat sich einiges verändert, nachdem du gefeuert wurdest. Nach deinem Prozess. Die haben einschneidende Kürzungen vorgenommen. Ich meine, wenn ich nicht einer achtprozentigen Gehaltskürzung zugestimmt hätte, wäre ich jetzt Gott weiß wo. Die könnten morgen hundert neue Streifencops und vierzig Detectives einstellen und wären noch immer unterbesetzt. Es ist echt schlimm, August. Und die Erbsenzähler nehmen jede Erbse unter die Lupe, als wäre es die letzte. Also, ja – alle wollen diesen Fall möglichst schnell abschließen. Irgendeine durchgeknallte Tussi, die sich im zugedröhnten Zustand umgebracht hat.«

»Alle«, sagte ich, »außer dir.«

Bobby sagte: »Ich hatte schon so viele Leichen auf dem Tisch, wie eine Großstadt Einwohner hat. Namensschildchen an den Zeh, aufschneiden und abwiegen. Bericht diktieren. Mittagessen. Das ist mein Tagesablauf.« Er stockte, atmete zittrig ein. »Manchmal – siehst du eine Leiche und willst wissen, was für eine Geschichte dahintersteckt. Das hört sich jetzt vielleicht bescheuert an – aber manchmal kann ich – *spüren* –, dass diese Menschen – diese junge Frau – mir ihre Geschichte erzählen wollen.«

Bobby nahm sich die Zeit, etwas von dem Salat und ein kleines Stück Pizza zu essen. Dann warf er seine Serviette auf den Tisch und starrte sie einen langen Moment an. Er blickte zu mir auf und sagte: »Sie wurde vergewaltigt. Systematisch. Mehrfach. Vaginal und anal. Drei verschiedene Spermaproben in ihrem Magen. Zersetzt durch Flusswasser, das beim Aufprall in ihren Körper eindrang.« Er verstummte, lachte dann laut auf.

Mit tragikomischem Timing blieb unsere Kellnerin an unserem Tisch stehen und fragte, ob alles zu unserer Zufriedenheit sei. Ich sagte, wir hätten gern die Rechnung und ob sie uns das restliche Essen einpacken könnte.

Bobby und ich schwiegen, als sie gegangen war.

Dann sagte er: »Verdammte Scheiße, August, ich bin noch immer dabei, die Drogen aufzulisten, die sie intus hatte: Methamphetamine, MDMA, Spuren von Halluzinogenen.« Er lächelte unvermittelt, ein hämisches Halblächeln. »Du warst doch Scharfschütze, nicht? Afghanistan?«

»Ja«, sagte ich mit einem mulmigen Gefühl angesichts der finsteren Richtung, die unser Gespräch einschlug.

»Ich?«, sagte Bobby. »Nachrichtendienst der Army. Irak und Afghanistan. Ich hab, ähm, assistiert bei einigen ... ganz speziellen Verhörmethoden bei feindlichen Kämpfern. Besonders beliebt war die sogenannte Achterbahn. Barbituratinjektion in den einen Arm – fünf Minuten später Amphetamininjektion in den anderen Arm. Erst bist du völlig weg, und dann – *wumm!* – bist du hellwach, mit Herzrasen, Angstschweiß. Nach vier Spritzen würde ein feindlicher Kämpfer gestehen, dass er Kennedy erschossen hat. Oder sein Herz würde platzen wie ein angestochener Luftballon.«

»Wieso erzählst du mir das, Bobby?«

»Weil ich glaube, dass die – wer immer ›die‹ sind – das mit der jungen Frau gemacht haben«, sagte Bobby. »Die sind mit ihr Achterbahn gefahren. Für die war sie bloß ein Spielzeug. Sie war kein Mensch für die. Sie war ein Kauknochen für eine Meute Rottweiler.«

»Was zum Teufel hat sie auf der Ambassador Bridge gemacht?«, sagte ich.

»Du bist der Detective«, sagte Bobby. »Sag du's mir.«

»Vielleicht sollte sie irgendwohin gebracht werden«, hörte ich mich sagen. »Zu einer anderen Location. Einer anderen Party. Riskant, auch wenn die Kontrollen auf der Brücke beschissen sind. Derjenige, der sie transportiert hat – falls es denn so war –, hatte möglicherweise einen Nexus-Ausweis. Ohne anhalten einfach durch. Hat nicht mit einem Stau gerechnet. Vielleicht ist sie geflohen. Oder sie haben sie aus dem Wagen geschmissen. Jemand, der so schlimm missbraucht wurde und mit so vielen Drogen im Körper – vielleicht haben sie ihr den Selbstmord eingeredet. Das Problem loswerden, ohne selbst Hand anlegen zu müssen.«

»Sie ist Latina«, sagte Bobby fast geistesabwesend.

»Was?«

»Die junge Frau. Sie ist Latina. So viel weiß ich.«

Er griff in seine Jacketttasche und holte ein zweimal gefaltetes Blatt Papier hervor. Er klappte es auseinander und legte es mir hin: die junge Frau auf einem Obduktionstisch, von der Brust abwärts mit einem makellos weißen Laken bedeckt.

Zu Lebzeiten war sie wahrscheinlich sehr hübsch gewesen.

Jetzt sah sie einfach unglaublich blass und unendlich traurig aus.

»Achtzehn oder neunzehn«, sagte Bobby wieder. »Jemandes Tochter. Herrgott noch mal.«

Ich drehte das Blatt mit dem Foto um, damit unsere Kellnerin oder andere Gäste es nicht sahen. Damit Bobby es nicht länger anguckte und sich um seine achtzehnjährige Tochter Miko sorgte, die rund siebenhundert Meilen entfernt in Boston am Berklee College of Music studierte.

»Was soll ich für dich machen, Bobby?«, fragte ich.

»Keine Ahnung. Vielleicht das Foto in deinem Viertel rumzeigen. Sie ist Latina. Vielleicht eine Illegale. Vielleicht kennt sie ja irgendwer in Mexicantown.« Seine müden, roten Augen fanden meine, und er sagte: »Vielleicht sucht jemand nach ihr. Es muss doch jemand nach ihr suchen, oder?«

Ich faltete das grausige Foto zusammen und schob es widerstrebend in die Hosentasche.

»Ich hör mich um«, sagte ich. »Keine Versprechungen.«

»Ich bin zu alt für Versprechungen«, sagte Bobby. »Ich brauche bloß jemanden, der irgendwas unternimmt.«

Unsere sympathische Kellnerin brachte die Rechnung und zwei Behälter zum Mitnehmen. Ich lächelte sie an und sagte: »Für medizinische Zwecke hätten wir auch gern noch zwei Flaschen Founders-Porter-Bier.«

6

Einunddreißig Grad, vierzig Prozent Luftfeuchtigkeit. Luftqualitätsindex bei 163.

Wer wie ich nicht weit vom I-75 South Highway wohnt, atmet praktisch Dieselabgase durch eine nasse Wolldecke ein.

Ich spielte kurz mit dem Gedanken, meine Eltern – die es wesentlich kühler hatten in ihren von Eichen beschatteten Gräbern – zu besuchen, verwarf ihn aber. Trauer macht süchtig. Und als Süchtiger musste ich mir meine Abhängigkeit eingestehen, bevor ich den Blick nach vorne richten konnte.

Und das gelang mir am besten bei meinen Paten Tomás und Elena Gutierrez.

Ich wollte gerade die Stufen zu ihrer Haustür hinaufsteigen, als ich hinter dem Haus Gelächter und Musik hörte. Los Lonely Boys, »Diamonds«.

Tomás und Elena arbeiteten im Garten. Genauer gesagt, Elena arbeitete im Garten, wo sie die Erde umgrub, Unkraut jätete und Beete absteckte, um Tomaten, Paprika, Zwiebeln und Schnittlauch, Grünkohl und Spinat, Basilikum und Gurken anzubauen.

»Hey«, rief ich Elena zu. »Wieso hilft der Dicke nicht mit?«

Sie lachte. »Er ist *dort* eine größere Hilfe, als *hier*, Octavio!«

»Ich hab eine Schaufel«, knurrte Tomás. »Bring mich nicht dazu, dir damit eins überzubraten.«

»Ich freu mich auch, dich zu sehen, Shrek.«

»Willst du einen Kaffee?«

»Wer hat ihn gemacht?«, fragte ich.

»Ich.«

»Verzichte.«

»*Pendejo.*«

Ich ließ mir dann doch eine Tasse von seinem körnigen, fast kaubaren Kaffee geben, und wir setzten uns auf die Veranda und schauten zu, wie Elena in der brütenden Hitze arbeitete. Sie sah aus wie eine Inka-Prinzessin mit ihrem onyxschwarzen Haar, das ihr in einem dicken Zopf über die rechte Schulter fiel, während ihre bronzefarbene Haut die Strahlen einer Sonne reflektierte, die sie um ihre Schönheit beneidete. Es war, als würden wir uns einen Mythos oder ein Märchen ansehen; ein Tropfen von ihrem Schweiß auf der schwarzen Erde, und es würden Blumen erblühen in Farben, die nur Götter und Göttinnen sehen könnten.

Meine Mutter hatte einige Jahre vor ihrem Tod Elena, ihre beste Freundin, in ihrem Garten gemalt. Vielleicht lag es an der Hitze, aber ich hätte schwören können, dass ich das Leinöl der Farben meiner Mutter, das alte Holz ihrer Palette riechen konnte …

Unter einem blauen Himmel bei Tomás und Elena hatte ich eine kurze, aber äußerst reale Anwandlung von Neid. Die beiden hatten etwas, das ich noch nicht erlebt hatte, nicht mal mit Tatina: die ungezwungene, scheinbar belanglose stille Verbundenheit, die den Kern eines Lebens in Liebe bildet.

»Wann bringst du endlich eine Markise über dieser Veranda an?«, fragte ich Tomás nach einem Schluck seines teerschwarzen Kaffees.

»Markisen sind was für Weicheier«, sagte Tomás. »Wir sind *Mexikaner!* Wir brauchen keine beschissene Markise!«

»Hast du keine Angst vor Hautkrebs?«

»Hautkrebs, *mi amigo*«, knurrte Tomás, »hat Angst vor *mir*.«

Ich war aus einem bestimmten Grund gekommen, aber in meiner Kehle hatte sich ein Kloß gebildet. Ich war mir nicht sicher, ob es mit der Frage zu tun hatte, die ich stellen wollte, oder ob Tomás' Kaffee mir im Hals steckengeblieben war. Schließlich fand ich meinen Mut: »Ich muss Elena ein Foto zeigen.«

»Okay, zeig's ihr doch«, sagte Tomás gleichgültig. Dann zogen sich seine Augenbrauen zusammen, und er sagte: »Moment. Was für ein Foto?«

»Von einer jungen Frau.«

»Einer jungen Frau?«

»Ja«, sagte ich. »Einer – toten jungen Frau.«

»Herrgott, Octavio! Das ist nicht dein Ernst, oder? Du willst Elena – *meiner Frau* – ein Bild von einer *Toten* zeigen? Was hat Elena damit zu tun?«

»Ich muss wissen, ob Elena sie erkennt«, sagte ich. Ich erzählte ihm von der Latina in der Rechtsmedizin von Wayne County. Von der Tragödie ihres kurzen, missbrauchten Lebens und ihrem Sprung in den Tod. Von meinem Freund, der nicht zulassen wollte, dass diese junge Frau als weitere namenlose Leiche anonym auf irgendeinem Acker verscharrt wurde.

Elena war der Mittelpunkt der ganzen Mexicantown-Gemeinde. Je nachdem, wer sie brauchte, war sie Altar, Beichtstuhl, Megafon oder Vorschlaghammer, wenn sie für die Rechte der Menschen in ihrem Viertel kämpfte. Sie kannte alle. »Zu wie vielen Taufen und Erstkommunionsfeiern hat sie dich schon mitgeschleppt, Tomás? Zu wie vielen Quinceañeras? Gerichtsverfahren und Bewährungsanhörungen? Restauranteröffnungen? Beerdigungen?« Ich holte Luft. »Es ist unwahrscheinlich, dass sie die Tote kennt. Aber ich brauche Gewissheit. Dann können wir – kann ich – die Sache abhaken.«

Tomás musterte mich lange und eindringlich. »Elena hat schon immer ihren eigenen Kopf gehabt. Hat wahrscheinlich mehr Mist erlebt und durchgestanden als ich – und ich hab schon jede

Menge Mist erlebt und durchgestanden, Octavio. Trotzdem, ich kann nicht so tun, als hätte ich nicht das Gefühl, dass es meine Pflicht als altmodischer Macho-Ehemann ist, meine Frau zu beschützen.« Er warf mir einen finsteren Blick zu. »Und seien wir ehrlich: Bei dir fängt immer alles klein an – ›O ja, Ma'am – um die Kleinigkeit kümmere ich mich gern für Sie!‹ und ›O ja, Sir – das kleine Problem wird sofort aus der Welt geschafft!‹ –, und diese ›Kleinigkeiten‹ reiten am Ende immer alle in eine riesengroße Scheiße. Sag mir nicht, dass ich falschliege.«

»Ich will meinem Freund bloß helfen, mit der Sache abzuschließen.«

»So was wie ›mit etwas abschließen‹ gibt's nicht«, sagte Tomás bitter. »Das ist so ein typischer Schwachsinn von Weißen. Ach, verdammt. Da ist er wieder.« Er zeigte mit einem dicken Finger auf mein Gesicht. »Der Dackelblick. Du bist ein *Junkie!* Du brauchst einen *Schuss.*«

»Was zum Teufel meinst du –«

»Einen Schuss selbstgerechtes Heldengetue.«

»Ach, verdammt noch mal –«

»Siehst du! Genau das mein ich!«, sagte Tomás und klopfte mir mit dem Finger auf die Nase. »Du musst einfach immer den Helden spielen, weil du dich für den Einzigen hältst, der in dieser verkorksten Welt für Gerechtigkeit sorgen kann. Das Problem ist, während du mit einem Cape durch die Gegend fliegst, dreht man Leuten wie mir den Hals um und verpasst ihnen eine Kugel in den Hintern.«

»Ich bitte niemanden um Hilfe –«

»Genau das ist das Problem!«, sagte Tomás. »*Das tust du nie!*«

»Was ist da oben los?«, fragte Elena, die ihre Augen mit einer behandschuhten Hand vor der Sonne abschirmte.

»Octavio will meine Erlaubnis, dir etwas Schlimmes zu zeigen«, antwortete Tomás.

»Vielleicht«, sagte Elena und stemmte die Handgelenke in die

Hüften, »solltest du Octavio davon in Kenntnis setzen, dass ich eine erwachsene Frau von dreiundfünfzig Jahren bin. Noch dazu eine, die zufälligerweise nicht nur im Besitz eines Bachelorabschlusses in Pädagogik ist, sondern auch noch ihren Master in Organisationsmanagement gemacht hat.« Wie viele hispanische Mütter, Großmütter und Patinnen wechselte Elena nahtlos von Englisch in rasend schnelles Spanisch, je feuriger sie wurde. »Und setz das *Kind* außerdem davon in Kenntnis, dass ich mehr Zeit damit verbracht habe, mich auf Demonstrationen mit Tränengas besprühen und festnehmen zu lassen, als *el bebé* bei den Marines verbracht hat.«

Tomás warf mir einen Blick zu. Mit einem gequälten Lächeln flüsterte er: »Oha, da hast du dir ganz schön was eingebrockt, *cabrón*.«

Elena zeigte mit einem Finger vor sich auf den Boden. »Komm sofort her, Octavio.«

»Ja, Ma'am.«

Ich konnte das Foto der Toten spüren, ein bleiernes, düsteres Gewicht in meiner Tasche, als ich zu Elena ging.

»Gibt's was Neues in Sachen Illegale?«, fragte ich in dem Versuch, meine Mission hinauszuschieben.

»Alle fragen«, sagte Elena leise. »Alle haben Angst. Alte Latinos, die in Korea oder Vietnam gekämpft haben, sogar die haben Angst! Der Bürgermeister reagiert nicht auf meine Anrufe. Und der Polizeichef –«

»Renard?«

»Ja«, bestätigte Elena. »Er sagt, er hat nicht genug Leute, um irgendwelche Haftbefehle zu vollstrecken. Aber hierbei geht's ja um die *fédérales*, und was Renard tut oder nicht tut, spielt keine große Rolle.« Elena zog ihre Gartenhandschuhe aus und fächelte sich damit Luft zu. »Ich war neulich auf dem Eastern Market. Am Gemüsestand von Ventitaglio. Die Latinos, die da gearbeitet haben? Weg. Und jetzt? Weiße Jungs im Teenageralter schneiden

Salatköpfe, die noch nie frisch geerntetes Obst und Gemüse gesehen haben!« Elena stieß einen entnervten Seufzer aus. »Ich tue, was ich kann, Octavio – aber das? Das ist eine Finsternis, die keiner hat kommen sehen.«

»Was ist mit den Einwanderungsanwälten, mit denen du zusammenarbeitest?«

»Ara Tarkasian und Bill Showalter? Ara sitzt für fünf Tage im Knast wegen Missachtung des Gerichts, weil er eine illegale Honduranerin versteckt hat, die seit acht Jahren hier lebt. Und Bill wehrt sich gegen ein Berufsverbot, das das US-Justizministerium gegen ihn verhängen will, weil er Akteneinsicht im Fall eines Somaliers verweigert. Ein junger Mann, der übrigens einen hervorragenden Abschluss in Biochemie von der Uni Michigan in der Tasche hat. Solche Leute schieben wir ab? Ich bete jeden Tag zu Gott, Octavio. Aber ich kann Seinen Plan nicht erkennen. Und – ich weiß nicht, ob ich die Kraft für diesen Kampf habe.«

»So kenn ich dich gar nicht, Elena.«

»Tja, Octavio«, sagte sie mit einer gewissen Schärfe in der Stimme, »ich glaube, ich habe genug gesehen, um zu wissen, wann ein Kampf zu Ende ist.«

»Ich muss dir ein Foto zeigen.«

»Es ist schlimm, ja?«, sagte sie.

»Es ist schlimm, ja.« Ich atmete einmal tief heiße, schwüle Luft ein und sagte: »Eine junge Frau, fast noch ein Kind. Ich muss wissen, ob du sie kennst. Vielleicht aus Mexicantown.«

Elena bekreuzigte sich rasch. »Okay.«

Die minimalen Veränderungen ihrer Kinnpartie und ihrer Schultern verrieten mir, dass sie, nicht anders als die meisten Menschen, niemals vorbereitet sein würde. Für einen Sekundenbruchteil zweifelte ich an mir selbst: Ich hatte zahlreiche Tote in unterschiedlichen Zuständen gesehen, in Afghanistan und auch als Cop in Detroit. Und mit jedem Leichnam hatte ich gespürt, wie meine Menschlichkeit – der Teil von mir, der Empathie oder

Trauer, Mitleid oder Empörung empfinden konnte – mehr und mehr verschwand. Als ich sah, wie Elena sich innerlich wappnete, schämte ich mich einen Moment lang dafür, dass ein Teil meiner Fähigkeit, Traurigkeit zu empfinden und um die unbekannten Toten zu trauern, in die gleichmütigen dunklen Überbleibsel meiner Seele zurückgewichen war.

Ich holte das Foto heraus, faltete es auseinander und zeigte es Elena.

Nach einem Moment blickte sie mir in die Augen. »Ich gehe rein, Octavio«, sagte sie. »Diese Hitze. Ich hab zwei Stunden im Garten gearbeitet. Ich – muss duschen. Dann reden wir.«

Elena ließ ihre Gartenhandschuhe auf die umgegrabene Erde fallen und ging dann an mir vorbei zum Haus.

»Verdammt noch mal, was ist los?«, flüsterte Tomás mir in der Küche wütend zu. Mit einem Messer schnitt er für ein Glas Sangria Orangen, Zitronen und Limetten in Scheiben. Ich hörte das Wasser in den Rohren rauschen, während Elena oben duschte. »Sie geht einfach an mir vorbei, ohne ein Wort. Was zum Teufel hast du zu ihr gesagt?«

»Ich glaube, sie kennt die Tote«, sagte ich.

Tomás hielt mir das glänzende Messer vors Gesicht. »Du weißt, ich mag es nicht, wenn sie sich aufregt, Octavio. Das *weißt* du. Aber du kommst her und zeigst ihr ein Foto von einer Toten? Herrgott noch mal!«

»Ich hatte irgendwie die Hoffnung –«

»Ich sag dir mal was, *pendejo*«, sagte Tomás. »Du und ›Hoffnung‹, das ist wie Benzin und ein verdammter Schweißbrenner. Ich kann den Tag kaum erwarten, an dem du auf Hoffnung scheißt!«

Wider besseres Wissen sagte ich: »Da muss noch mehr sein, Tomás.«

»Ach, reicht das noch nicht?« Tomás warf die hauchdünnen Zitronen- und Limettenscheiben in ein großes Glas. Aus einem

45

Krug goss er Elenas selbst gemachte Sangria dazu, strich dann langsam mit einem Stück Orange ringsum über den Rand. »Ich bring das hoch zu Elena«, knurrte Tomás. »Du wartest schön hier. Und nutz die Zeit ja nicht dafür, dir noch irgendwas auszudenken, womit du meine Frau aufregen kannst, okay, *cabrón*?«

Er trug das Glas Sangria, als wäre es das Blut Christi, die Treppe hinauf. Fünf Minuten später kam Elena barfuß in einem dicken Frotteebademantel nach unten. Ihr Haar war in einen Handtuchturban gewickelt.

Wir sahen einander einen beklommenen Moment lang an. Dann holte sie einmal tief Luft und sagte: »Wie ist sie gestorben?«

»Von der Ambassador Bridge gesprungen.«

Es hatte wenig Sinn, die grotesken Einzelheiten zu schildern. Die Story vom Sprung der jungen Frau in die Unendlichkeit hatte in allen Medien – Fernsehen, Radio, Zeitungen und Online News – hohe Wellen geschlagen. Jeder Bericht hatte aus irgendeinem Grund eine kleine Einführung über die historische Marie Antoinette mitgeliefert. Doch schon bald wurde die Story von der springenden Königin unter einer Lawine von anderen Storys begraben, während die Menschheit ihren Absturz in den immer dicker werdenden Schlamm fortsetzte. »Sie heißt Isadora Rosalita del Torres. Neunzehn. Eine Illegale«, sagte Elena schließlich. »Hat in ein paar kleinen Läden auf der Vernor gearbeitet. Gehörte zu einem Grüppchen Illegaler, mit denen ich gearbeitet hab. Hatte ein hartes Leben in Mexico City. Hatte genug zusammengespart, um sich von einem Schlepper über die Grenze bringen zu lassen. Wäre fast in einem Achtzehntonner erstickt, der bei San Antonio hinter einem Walmart abgestellt worden war. Sie ist ein – war ein gescheites Mädchen. Gutes ... Mädchen.«

Elena zitterte.

Elena so fassungslos zu sehen, erschütterte mich. Neben meiner Mutter gehörte Elena zu den stärksten, robustesten Menschen, denen ich je begegnet war. Sie hatte mir von ihrer Stärke abgegeben, als meine Mutter und mein Vater starben. Ich hatte in ihrer unverwüstlichen Willenskraft Zuflucht gefunden, nachdem ich aus dem DPD gefeuert und als Whistleblower verklagt worden war. Sie kannte mein Herz, meinen Verstand und meinen Geist. Seit ich ein Kind war, hatte sie mitgeholfen, alle drei zu hegen und zu pflegen.

Jetzt, da wir einander gegenüberstanden, ließen diese eiserne Säule und das Fundament von allem, was ich an Tapferkeit in meinem Leben gezeigt haben mochte, einen anderen Aspekt von ihr erkennen: zart und verletzlich, denselben Ängsten, Fehlern und Schwächen unterworfen wie alle anderen Sterblichen unter einem gemeinsamen Himmel.

Und das machte mir Angst.

»Ich hab Isadora – Izzy – einen Job in einem Restaurant in Ann Arbor besorgt«, erzählte Elena weiter. »Ara – mein befreundeter Anwalt –, er hat ihren Fall bearbeitet. Als Nächstes höre ich – in dem Restaurant gab es eine Razzia und – sie ist weg. Abgegriffen. Ist schwer genug, jemanden aufzuspüren, der hier Familie hat. Izzy – sie hatte niemanden.«

»Sie hatte dich«, sagte ich.

»Und was hat es ihr genützt?«, sagte Elena unter Tränen. »Manchmal – gehen sie einfach. Sie kriegen es mit der Angst, und sie – gehen einfach. Und es gab – gibt – so viele andere, die auf mich angewiesen sind.«

Tomás kam die Treppe herunter und in die Küche. Elena wischte sich rasch die Tränen von Augen und Wangen und setzte ein Lächeln auf.

»Mir geht's gut«, sagte Elena. »Ich bin okay.«

»Du bist okay, ja?«, sagte Tomás barsch. Beunruhigt von seinem Tonfall blickten Elena und ich Tomás einen Moment lang unsicher an. Er hielt eine kleine schwarze Lederhandtasche in der Hand. Er griff hinein und nahm eine Sig Sauer P290, eine halb automatische Pistole, heraus. »Das nennst du also heutzutage ›okay‹?«

7

Elena saß leise und gedankenverloren im Wohnzimmer in der Mitte des Sofas. Ihr Körper war steif bis auf ihr langsames, rhythmisches Atmen. Sie starrte ausdruckslos auf die Wand gegenüber, wo ein kleines gerahmtes Gemälde von einem Jesus mit Heiligenschein hing. Meine Mutter hatte es gemalt. Tomás unterbrach ihren Blick auf Christus immer mal wieder, weil er vor ihr auf und ab ging, die Lederhandtasche in einer Hand, die Pistole in der anderen. Ich lehnte im Bogendurchgang zwischen Wohnzimmer und Esszimmer und fragte mich, was passieren würde.

»Du hast noch nie - niemals! - eine Schusswaffe getragen, Elena. Wer hat dich dazu gebracht?«

Elena sagte nichts. Sie starrte weiter auf das Bild von Jesus. Es war schwer zu sagen, ob sie im Stillen von ihm Antworten und Kraft erflehte oder ihn dafür rügte, dass er keins von beidem lieferte.

Ich wollte fragen, ob sie nach ihren jüngsten Aktionen - der öffentlichen Empörung über die Einwanderungspolitik und die ICE-Razzien, ihrer Forderung nach Rechenschaftspflicht für die Internierungseinrichtungen - Drohungen bekommen hatte. In Anbetracht ihres jahrzehntelangen Engagements waren Drohungen nichts Neues für Elena.

Aber sie hatte noch nie eine Pistole getragen. Sie hasste Schusswaffen und duldete Tomás' Wissen, Affinität und Talent für Waffen nur, weil sie das gute und großzügige Herz ihres Mannes kannte. Sie wusste, was für ein schweres Leben er gehabt hatte, welchen Gefahren er sich mit bloßer Willenskraft und wachem Instinkt gestellt hatte.

Ich wollte Elena Fragen stellen. Aber ich war hier nicht zu Hause. Vielleicht genoss ich sogar insgeheim die aufkeimende Spannung zwischen den beiden. Es war wie eine Neuinszenierung der Streitigkeiten meiner Eltern. Wohl wissend, dass sie sich deshalb in den Haaren lagen, weil sie einander besser verstehen, respektieren, lieben und beschützen wollten.

Natürlich weiß ein guter Gast sich zu benehmen, selbst wenn seine Gastgeber gerade aus der Bahn geworfen sind.

Tomás hörte auf, hin und her zu tigern, baute sich direkt vor seiner Frau auf und versperrte ihr die Sicht auf Unseren Herrn und Erlöser. »Elena«, sagte er ruhig. »Baby, ich bin nicht sauer auf dich. Ich liebe dich. Das weißt du. Aber ich muss wissen, was los ist. Wirst du von irgendwem bedroht? Bitte. Rede mit mir.«

Elena stand wortlos vom Sofa auf und verschwand in dem kleinen Arbeitszimmer, das vom Esszimmer abging. Sie kam mit einem grünen Aktenordner zurück, den sie Tomás hinhielt. Tomás legte die Lederhandtasche und die Pistole auf den Couchtisch, nahm den Ordner und öffnete ihn. Seine Augen weiteten sich, während er ihn durchblätterte. Ich streckte die Hand aus.

Tomás warf mir einen wütenden Blick zu, bevor er mir die Akte reichte.

Androhungen von Vergewaltigung, Folter und Tod.

Du wirst von einem weißen Schwanz in deinen hispanischen Arsch gefickt und über die Mauer zurück in den mexikanischen Dreck geworfen, wohin ihr alle gehört ...

Halt's Maul, Latina-Fotze, oder ich stopf es dir ...

Hübsches Haus, du Schlampe ...

Es gab vulgäre Zeichnungen von ihr und ein altes Schwarz-Weiß-Zeitungsfoto, auf dem ihr Gesicht in Rot mit einem Hakenkreuz bemalt war. »America *First!*«, hatte der Absender hastig unter das Foto gekritzelt.

»Wie lange schon?«, fragte Tomás.

Elena holte langsam Luft. »Sechs, vielleicht acht Monate.«

»Und du hast mir nichts davon erzählt, weil?«

Endlich sah Elena ihm in die Augen. »Weil ich dich kenne, Tomás. Du wärst bei jedem ausgerastet, der mich auch nur schief angeguckt hätte –«

»Da hast du verdammt recht! Ich bin dein *Mann!*«

»Ich mag deine Wut nicht, Tomás«, sagte Elena. »Nicht weil ich Angst um mich habe, sondern weil ich Angst davor habe, was sie mit dir macht. Sie frisst dich auf. Verzehrt dich. Macht dich mir fremd. Ich mag es nicht, wenn du mir fremd bist.«

Tomás setzte sich neben seine Frau auf die Couch und zog sie an sich.

Ich holte tief Luft. Dann fragte ich Elena: »Kann ich den Ordner mitnehmen?«

»Wieso? Was willst du damit?«

»Vielleicht kann ich jemanden vom DPD dazu bringen, den Drohungen nachzugehen. Irgendwas rauszufinden.«

»Hast du noch Freunde da?«, sagte Tomás.

»Keine Freunde. Ansprechpartner.« Ich sah wieder Elena an, die sich jetzt die Augen wischte und entsetzlich verloren wirkte. Ich signalisierte Tomás, mir zur Haustür zu folgen. Er tat es. Elena starrte wieder auf das Bild meiner Mutter von Jesus. »Kann Elena mit einer Schusswaffe umgehen?«

»Ich hab ihr vor langer Zeit das Schießen beigebracht«, sagte Tomás. »Gutes Auge. Ruhige Hand. Waffenschein. Hasst es aber aus ›philosophischen‹ Gründen.«

»Für Philosophie und Religion mussten viele gute Leute sterben«, sagte ich. »Wenn sie schon eine Pistole trägt, vergewissere dich, dass sie noch immer eine ruhige Hand und ein gutes Auge hat. Wenn es jemand auf sie abgesehen hat, muss sie bereit sein.«

Zwanzig Minuten später trank ich Automaten-Eistee, während ich auf dem 14. Revier im wohltuend klimatisierten Büro von Detective Captain Leo Cowling saß.

Das Revier befand sich noch immer in dem herrschaftlichen, Ende des 18. Jahrhunderts erbauten Feldsteinhaus auf der Woodward Avenue. Doch im Gegensatz zu dem undichten, modrigen und von Schimmel befallenen Rattenloch, in dem ich erste Erfahrungen als Cop gesammelt hatte, war es eindrucksvoll renoviert worden.

»Wow«, sagte ich und schaute mich um. Der Raum war großzügig und modern, wirkte eher wie das Büro eines Topmanagers, nicht wie der abgenutzte Arbeitsplatz eines Beamten des Detroit Police Department. »Das ist nicht mehr das 14. Revier, das ich gekannt und verabscheut habe. Wo sind die Wasserflecken? Die Risse in den Wänden? Und überhaupt! Wo ist Waldo?«

»Wer zum Henker ist Waldo?«

»Eine Ratte«, sagte ich. »Gut fünfzehn Zentimeter lang. Ohren mit weißen Spitzen. Ist einmal nachts in den alten Verkaufsautomaten gekrochen und hat ein altes Eiersalat-Sandwich gefressen. Hat eine Durchfallspur von hier bis zur Arrestzelle hinterlassen.«

»Ist das alles, was du noch von deiner peinlich kurzen Karriere in Erinnerung hast?«

»So gut wie. Und dass ich mal auf einem Charity-Boxturnier der Polizeisportliga Hackfleisch aus dir gemacht habe.«

»Das Einzige, woraus du Hackfleisch gemacht hast, ist die Wahrheit über den Kampf.«

Cowling drehte sich lässig mit seinem teuren, ergonomischen Schreibtischsessel hin und her.

»Ob du's glaubst oder nicht, ich hab eine Menge um die Ohren«, sagte Cowling. »Was willst du, Tex-Mex?«

Ich warf Elenas grünen Aktenordner auf Cowlings Schreibtisch. »Todesdrohungen gegen eine sehr gute Freundin von mir, eine führende Aktivistin der Stadt. Elena Gutierrez. Ich dachte, du könntest die vielleicht von eurer Kriminaltechnik untersuchen lassen. Möglicherweise ergibt sich ein Treffer in der Fingerabdruckdatei.«

»Wieso sollte ich das tun?«

»Weil du einsame Spitze bist?«

Nachdem er einige Sekunden den knallharten Burschen markiert hatte, drehte er die Akte zu sich um und blätterte sie bedächtig durch. »Was für ein kranker Scheiß«, sagte er.

»Kann man wohl sagen.«

»Wer außer dir und mir hatte den Ordner in der Hand?«

»Elena Gutierrez und ihr Mann Tomás. Tomás' Fingerabdrücke müsstet ihr noch von vor fünfundzwanzig Jahren im System haben. Meine auch. Damit bleiben nur die von Elena und wer auch immer. Mich interessiert bloß dieser ›wer auch immer‹.«

»Ich bin nicht dein Laufbursche, Snow«, sagte Cowling. »Wenn ich was finde, ist es Sache des DPD, bis ich sage, es ist nicht Sache des DPD. Kapiert?«

»Kapiert«, sagte ich. »Falls du was Verwertbares findest, könntest du damit in Mexicantown Punkte sammeln. Und apropos Punkte sammeln, was läuft denn da zwischen dir und Lieutenant Martinez? Kauft ihr zwei Hübschen schon Besteck und Porzellan ein?«

»Verschwinde aus meinem Büro.«

»Jawohl, Sir«, sagte ich und salutierte zackig.

Auf dem Weg aus dem 14. Revier kam ich an einem großen gerahmten Foto von einem Mann vorbei, den ich einmal gut gekannt hatte: Captain Ray Danbury, der in seiner Galauniform stolz und Respekt einflößend aussah, die Jacke behängt mit Verdienstzeichen und Orden. Er war im Dienst getötet worden, und ich wurde das Gefühl nicht los, dass ich für die fatalen Umstände, die zu seiner Ermordung geführt hatten, verantwortlich war. Danbury war nicht direkt korrupt gewesen, aber auch nicht eindeutig sauber. Für Danbury gab es – wie für viele Cops und vielleicht sogar für mich – bei der alltäglichen Herkulesaufgabe, auf dem rechten Weg zu bleiben, jede Menge Kurskorrekturen.

Bevor ich weiterging, salutierte ich vor dem Foto und machte dann das Kreuzzeichen.

8

Zwei Blocks bevor ich vom Vernor Highway in die Markham Street bog, rief ich Tomás an.

»Sie fühlt sich schuldig«, sagte Tomás. »Als würde sie klein beigeben. Das Viertel im Stich lassen. Was Schwachsinn ist. Sie hat noch nie irgendwen im Stich gelassen. Auch mich nicht – vor allem mich nicht! –, selbst als ich ihr allen Grund dafür gegeben hätte. Glaubst du, dein Cop-Kumpel findet auf der Akte irgendwelche Abdrücke?«

Ich sparte mir die kurze, aber vertrackte Geschichte, warum Captain Leo Cowling und ich wahrscheinlich niemals Kumpel sein würden, und sagte: »Er geht der Sache nach. Ich würde mir aber keine großen Hoffnungen machen.«

Sobald ich in die Markham Street gebogen war, sah ich die letzten zwei Häuser, die ich gekauft hatte, um die Ansichtskarte meiner Jugend zu vervollständigen. Dem Vernor Highway am nächsten war ein 1923 erbautes Doppelhaus aus rotem Backstein, das zurzeit professionell gereinigt wurde. Es hatte Rolf und Germaine Macek und ihren fünf Kindern, Ralphie jr., Ronda, Rebecca, Robbie und Little Pat, gehört. Die letzten Deutschen in einem wachsenden mexikanischen Stadtteil. Eine Familie, die mich zu Schnitzel und Rouladen eingeladen und gelacht hatte, als ich das erste Mal Sauerbraten probierte und prompt grün anlief.

Das braune Einfamilienhaus gleich daneben – in dem früher Tina Morales, mein Schwarm in der fünften Klasse, und Mamá Victoria wohnten – war so gut wie fertig. Ich meinte fast, wieder Tinas helles, trällerndes Lachen von damals zu hören.

Gerade wollte ich meinen Nachbarinnen Sylvia und Carmela zuwinken, als ich erkannte, dass Carmela weinte. Carmela – klein, mexikanisch brauner Teint, mit einem übergroßen T-Shirt bekleidet, auf dem der Schriftzug »Cristo Rey High School Wolves« prangte – saß auf der Verandatreppe und wurde von ihrer Freundin und Mitbewohnerin Sylvia getröstet. Sylvia – größer, mit wildem silbernem Haar und polnischer weißer Haut, die nie sonnenbraun wurde. Jimmy Radmon saß eine Stufe höher als Carmela und tätschelte ihr sachte die Schulter.

Ich parkte in meiner schmalen Einfahrt und ging hinüber.

»Was ist denn los?«, fragte ich, als ich vor dem Trio stand.

Carmela wischte sich mit einem Papiertaschentuch die Nase und wandte sich verlegen von mir ab. Nach einem Moment sah sie mich wieder an und versuchte zu lächeln. Das Lächeln war zitterig und hielt nicht lange.

»Verdammte Schweine«, antwortete Sylvia und blickte zornig zu mir hoch.

»Was für verdammte Schweine?«

»Die vom gottverdammten *ICE!*«, knurrte Sylvia. »Diese verdammten Schweine, Mr Snow.«

Ich sah Jimmy an.

»Das war echt übel, Mr Snow«, sagte Jimmy. »Die hätten sich nicht so aufführen müssen.«

Ich ging vor Carmela in die Knie. Legte meine Hände auf ihre. »Was ist denn los?«

Sylvia rieb Carmelas Rücken, während Carmela bewusst ihre Atmung regulierte. Schließlich sagte sie: »Sylvia und ich haben vor dem Haus gearbeitet. Bei den Blumen am Bürgersteig.«

»Chrysanthemen«, sagte Sylvia.

»Oh, wir lieben Chrysanthemen!«

»Das kann man wohl sagen.«

»So farbenfroh –«

»Und dann?«, fragte ich in dem Versuch, sie auf Kurs zu halten.

»Ja, dann kommt so ein großer schwarzer Wagen –«

»Chevy Suburban«, erklärte Jimmy. »Neustes Model. Schwarz getönte Scheiben. Bundesbehördenkennzeichen.«

»Der hält genau da –« Carmela tippte mit einem Zeigefinger in die Richtung des Bordsteins vor ihrem Haus. »Und – dieser Mann –«

»Der kommt auf uns zu, zückt irgendeinen Ausweis – ich durfte den nicht mal in die Hand nehmen!«, sagte Sylvia. »Fragt, ob wir wissen, wer in Carlos' Haus wohnt. Fragt nach Frauen oder Kindern in dem Haus.«

»Und ich sage, wir wissen, wer da wohnt«, fiel Carmela mit ein, »aber ich verrat ihm nicht, wer –«

»Weil wir nämlich wissen, wie gottverdammte *Nazis* aussehen«, sagte Sylvia.

»Also, ich verrat ihm nicht, wer in dem Haus wohnt, aber ich sage, das sind nette Leute, und die sind schon eine ganze Weile hier und richtig nette Nachbarn. Dann – *starrt* er mich bloß an.«

Ich bat Jimmy, ins Haus zu gehen und ein Glas Eiswasser für Carmela zu holen. Sylvia widersprach und sagte ihm, sie hätten eine offene Flasche Rosé im Kühlschrank, und er solle für Carmela und sie ein Glas holen. Zwei Minuten später kam er mit zwei Gläsern Rosé zurück und reichte sie vorsichtig den Ladys.

»Du bist so ein lieber Junge«, sagte Carmela zu Jimmy und trank dann drei große Schlucke von dem gekühlten Wein. »Du weißt doch, wie gern wir dich haben?«

»Ja, Ma'am.«

Sylvia erzählte mir den Rest: Der ICE-Agent – der Carmelas Hautfarbe und ihren leichten Akzent zum Anlass für eine Vernehmung nahm – stellte ihr zunächst ein paar harmlose Fragen zu ihrem Einwanderungsstatus. Die Situation eskalierte rasch, als der Mann aufdringlicher, fordernder und unangenehm persönlich wurde.

»Wissen Sie, wie lang das her ist, dass einer den Nachweis für meine Staatsbürgerschaft sehen wollte, Mr Snow?«, sagte Carmela mit bebender Stimme. »Fünfzig Jahre! Ich bin hier *geboren!* Am 31. Dezember 1945, um drei Uhr morgens im St. Mary's Hospital, als Tochter von Mr und Mrs –«

»Dieser *Arsch* besteht darauf, dass Carmela ins Haus geht und einen Beweis für ihre Staatsbürgerschaft holt«, sagte Sylvia, selbst den Tränen nahe. Dann wird ihre Stimme ein tiefes Knurren. »Ich hab ihm gesagt, er kann uns mal kreuzweise.«

»Und da bin ich dann dazugekommen«, sagte Jimmy.

Sylvia griff über ihre Freundin hinweg, nahm Jimmys Hand und drückte sie. »Mein Gott, du bist unser Ritter in strahlender Rüstung, Jimmy!«

»Ich sag also zu ihm: ›Was liegt an, Mann?‹, und er sagt, geht mich nix an. Und ich sag: ›Geht mich doch was an, weil, ich wohn nämlich hier. Gleich da oben.‹ Und er sagt, ich soll zurücktreten, und ich sag: ›Ey, Mann, ich rück dir doch gar nicht auf die Pelle. Wieso machst du mich so an?‹«

»Und da hab ich gesagt, es wäre alles in Ordnung«, sagte Carmela mit zitternder Stimme. »Dass ich einen Nachweis dafür holen würde, wer ich bin, und alle sollten sich beruhigen.«

»Sie hat dem Arschloch sogar eine Limonade angeboten!«, sagte Sylvia. »Eine *Limonade!* Das Einzige, was man einem Nazi anbietet, ist –«

Sie tat so, als würde sie ausspucken, und reckte einen Mittelfinger in die Luft.

»Aber, aber«, sagte Carmela, »nur weil manche Leute keine Manieren haben, müssen wir ja nicht jeden Anstand vergessen.« Sie nahm einen tiefen, flatternden Atemzug. »Ich geh also ins

Haus. Ich hol meinen Sozialversicherungsausweis, meinen Führerschein, meinen Reisepass und meine Kreditkarte –«

»Und ich sage, sie muss diesem Idioten gar nichts zeigen, weil er weder einen Gerichtsbeschluss noch einen hinreichenden Verdacht hat«, sagte Jimmy. »Ich mein, sie haben *Blumen* gepflanzt, Mr Snow! Also stell ich mich vor Carmela, die ihre ganzen Nachweise hochhält, und der Typ streckt schon die Hand danach aus und trifft mich am Auge.«

Ich sah mir Jimmy genauer an. Er hatte einen blutigen Kratzer und eine kleine Schwellung unter dem linken Auge.

Inzwischen war Carmela nahezu untröstlich. Sylvia versuchte, sie zu einem Schluck von ihrem Wein zu bewegen, doch Carmela winkte bloß ab.

Mit leiser, fester Stimme sagte ich zu Sylvia: »Sie muss aus der Hitze raus. Bringen Sie sie ins Haus.«

Ich stand auf und signalisierte Jimmy, mir zum Bürgersteig zu folgen.

»Hast du den Namen von diesem verdammten Scheißkerl?«

»Hensall«, sagte Jimmy. »Nein! Hen*shaw!* Ja, genau. Der stand auf seiner Uniform. Henshaw. H-E-«

»Ich weiß, wie man ›Henshaw‹ schreibt, Jimmy«, sagte ich. Ich deutete mit dem Kopf auf das Doppelhaus, an dem er und Carlos gerade arbeiteten. »Bist du für heute fertig?«

»Ja.«

»Wo ist Carlos?«

»Er, die Missus und Manny sind irgendwo was essen. Ich glaub, bei Dave and Busters, damit Manny auch ein bisschen Spaß hat.«

»Okay«, sagte ich. »Kann sein, dass ich die nächsten Tage viel zu tun habe, also pass gut auf die Straße auf. Auf *meine* Straße. Klar?«

»Ja, logisch.«

»Ruf Carlos an, und sag ihm, er soll sofort in die Stadt zur St. Al fahren«, sagte ich. »Die sollen da nach Father Grabowski fragen. Sag ihm, der ICE hat sich nach Catalina und Manny erkundigt. Father Grabowski weiß, was zu tun ist.«

»Jawohl, Sir.«

»Ich geh der Sache nach«, sagte ich. »Pass auf, dass die Mädels in der Zwischenzeit nicht zu viel trinken. Sieh zu, dass sie was essen. Hol ihnen vielleicht was Süßes von La Gloria.«

Ich wollte Jimmy zwei Zwanziger geben, doch er winkte ab. »Ich mach das schon, Mr Snow.« Er sagte, er würde sich mit ihnen *Jeopardy* angucken. Vielleicht ein paar von ihren alten »Hippie«-Alben auflegen. »Die stehen auf Joni Mitchell, Joan Baez und so.«

»Probier's mit Joni Mitchell«, sagte ich. »Bei Joan Baez fängt Sylvia bloß an, Protestschilder zu malen und Sit-ins zu organisieren.«

»Was, wenn sie welche von den ›Glaukom-Brownies‹ wollen?«, fragte Jimmy.

»Dann gibst du sie ihnen. Aber nur einen für jede«, sagte ich. »Und zieh Handschuhe an, wenn du sie verteilst.« Ich sah mir den geschwollenen Kratzer unter Jimmys Auge an und sagte: »Kannst du dich verteidigen, Jimmy?«

»Ja, klar«, sagte er, schnaubte und strich sich mit dem Daumen über die Nase wie ein Schlägertyp. »Ich komm klar, wenn's Krawall gibt.«

»Sicher«, sagte ich skeptisch. »Ich kenn da jemanden. Ex-Cop. Hat einen Fitnessclub an der Uferpromenade. Wird Zeit, dass ich euch miteinander bekannt mache. Bis dahin kümmere dich um die Mädels. Du hast dieser Straße deinen Stempel aufgedrückt, Jimmy. Das sind jetzt deine Leute. Und du kümmerst dich um deine Leute, ja?«

»Hundertpro, klar.«

»Vergiss nicht, Carlos anzurufen«, sagte ich. »Wenn du das vergisst, werden seine Frau und sein Sohn mit einem Billigflieger auf Staatskosten dahin zurückgebracht, wo sie kein Leben haben.« Ich kramte in meiner Tasche und holte einen Schlüsselbund hervor. »Hier.« Ich warf Jimmy die Schlüssel zu, und er schnappte sie.

»Markham Nummer 1482«, sagte Jimmy mit Blick auf die Schlüssel. »Ist irgendwas mit dem Haus nicht in Ordnung, Mr Snow?«

»Es gehört dir«, sagte ich. »Wird Zeit, dass du einen echten Anteil am Viertel hast.«

Jimmy starrte mich mit offenem Mund an und wollte etwas sagen.

»Ruf Carlos an«, sagte ich. »*Sofort.*«

Jimmy steckte die Schlüssel in eine Tasche seiner Carhartt-Arbeitsshorts und zog dann rasch sein Handy aus seinem Werkzeuggürtel.

Das Letzte, was ich Jimmy sagen hörte, ehe ich meine Veranda betrat, war: »Du musst jetzt ganz genau zuhören, Bro ...«

Ich ging in mein Haus.

Auch ich hatte Anrufe zu tätigen.

Die Art von Anrufen, die ein schön gekühltes Negra-Modelo-Bier und einen gesunden Mangel an Respekt gegenüber staatlichen Überwachungsmaßnahmen erforderlich machten.

9

In einer dunklen Ecke oben in meinem Schlafzimmerschrank steht ein Schuhkarton mit fünf Wegwerfhandys. Geschenke von einem befreundeten Hacker, den ich, als ich in einer gefährlichen und potenziell tödlichen Zwickmühle steckte, ans FBI verraten habe.

Als ich noch Cop war, hatte ich gelegentlich einen jungen schwarzen Hacker mit dem Spitznamen »Skittles« engagiert. Normalerweise arbeitete Skittles von einer Künstlerkooperative aus, die ihre Zelte in einem verfallenen Industriegebiet im Süden von Detroit aufgeschlagen hatte und sich Rocking Horse Studios nannte – ein zu neuem Leben erwachtes Gebäude, das von Malern, Druckkünstlern, Grafikern, Musikern und Performance-Künstlern genutzt wurde. Ich hatte ihm stets die gleiche Bezahlung für seine Hacker-Dienste dagelassen: eine Großhandelspackung Skittles-Kaubonbons und von Zeit zu Zeit ein paar Dollar. So viel, wie sich ein junger DPD-Detective leisten konnte.

Dann schloss ich einen Pakt mit einem staatlich autorisierten Teufel, um in einem Fall zu ermitteln, obwohl ich weder einen Grund noch die Befugnis dazu hatte, und Skittles wurde vom FBI einkassiert, als Gegenleistung dafür, dass ich aus der Sache völlig rausgehalten wurde. Statt einen grauen Overall verpasst zu bekommen und an der Essensausgabe einer Gefängniskantine zu arbeiten, erhielt Skittles ein Gehalt, einen Tagesspesensatz und alles, was er sich an High-End-Computern und leistungsstarker Software je hätte wünschen können.

Natürlich bekam er auch einen »Führungsoffizier«, der ihn nachdrücklich daran erinnerte, dass eine sechs Quadratmeter große Zelle in einer Bundesstrafanstalt nur einen Telefonanruf entfernt war.

Und das ging alles auf mein Konto.

Ich hatte schon länger nicht mehr mit Skittles gesprochen.

Aber in Anbetracht der Tatsache, dass der ICE nachts durchs Viertel schlich oder tagsüber Nachbarn bedrohte, Elenas Sicherheit in Gefahr war und Isadora Rosalita del Torres von der Ambassador Bridge in den Tod gesprungen war, fand ich, dass ein wenig heimliche Darknet-IT-Hilfe ganz nützlich sein könnte.

Skittles hatte mir die Handys gegeben, um mit ihm kommunizieren zu können. Jedes war gut für einen einzigen anonymen Anruf von höchstens dreißig Sekunden. Nach dem Anruf würde ich die SIM-Karte herausnehmen, im Klo runterspülen, das Telefon zerlegen und die Einzelteile in verschiedenen Mülltonnen entsorgen.

Ich lud jedes Wegwerfhandy auf, legte die SIM-Karten ein, drückte an jedem Gerät Null-Eins-Eins-Null-Sternchen-Raute und wartete darauf, dass eines der Handys klingelte.

Während ich wartete, aß ich einen Brokkoli-Schinkenspeck-Sonnenblumenkern-Salat mit einem Dressing aus getrockneten Kirschen und Mohn (ein altes Rezept von Grandma Snow). Ich sah mir noch einmal das Foto der toten Izzy del Torres an und malte mir unwillkürlich aus, wie ich ihre Mörder mit meinen brutal geschickten Händen grausam zu Tode brachte. Wie es in der Bibel heißt: »Mein ist die Strafe und die Vergeltung zu der Zeit, da ihr Fuß wanken wird. Ja, der Tag ihres Verderbens ist nah und ihr Verhängnis kommt schnell« (5 Mose 32,35).

Da noch immer keines der Handys klingelte, rief ich Bobby Falconi im Institut für Rechtsmedizin von Wayne County an und teilte ihm den Namen der toten jungen Frau mit.

»Danke, August«, sagte er. »Jenji und ich werden sie anständig beerdigen lassen. An irgendeinem schönen Ort.«

Ich schlug den Friedhof vor, wo meine Eltern lagen: viele alte Eichen, Ahornbäume und Kiefern und gut gepflegt von einem Freund von mir. Ich könnte zu Izzy gehen, wenn ich meine Eltern besuchte, vielleicht eine kleine Tüte Cashewkerne oder eine Orange auf ihr Grab legen, wie ich es bei meiner Mutter machte.

»Du bist einer von den Guten, Bobby«, sagte ich.

»Irgendwer muss das ja sein, sonst sind wir alle am Arsch.«

Nach zwanzig Minuten hatte noch immer keines der Wegwerfhandys geklingelt. Ich überprüfte, ob sie alle aufgeladen waren und einen Wählton hatten. Beides war der Fall.

Mit meinem Handy rief ich eine Freundin in der Detroiter Außenstelle des FBI an.

»Hey, O'Donnell«, sagte ich fröhlich. »Wie läuft's denn so?«

Ein kurzer, genervter Seufzer von FBI Special Agent Megan O'Donnell. »Was willst du, August?«

»Also, vorab, wie geht's Frank in Quantico?«

Frank war ein guter Freund, der mir vor einiger Zeit selbstlos aus der Klemme geholfen hatte. Und obwohl ich es nie für möglich gehalten hätte – Frank war ein einfacher Mensch, dessen Leben eine offene Graphic Novel war, und O'Donnell war nun mal O'Donnell –, waren sie seit über einem Jahr ein Paar.

Frank war jetzt in Quantico, Virginia, wo er zum FBI-Agenten ausgebildet wurde.

»Er macht sich besser, als ich gedacht hätte«, sagte O'Donnell mit ihrer typisch schroffen Aufrichtigkeit. »Ich dachte, er würde schon bei den psychologischen Einschätzungen durchfallen. Eine Ausbilderin, mit der ich befreundet bin, meint, er ist der Beste. Total engagiert, aber kein durchgeknallter Patriot. Sie meint, seine Kondition ist der reinste Wahnsinn. Was ich natürlich wusste.« Dann sagte sie wieder: »Was willst du, August?«

Ich erzählte ihr von Isadora Rosalita del Torres. Von den ICE-Patrouillen im Viertel und dass meine Nachbarinnen eingeschüchtert wurden. Und von den Drohungen gegen Elena.

»Suchst du nach Verbindungen?«

»Ich suche nach einem Grund, nicht mit einem Baseballschläger auf den SUV loszugehen, mit dem die Rüpel von der Bundesbehörde hier rumkurven«, sagte ich. »Kannst du mir irgendwas über diese Patrouillen sagen und wie groß das Netz ist, das diese Saukerle auswerfen?«

»Ich habe gerade drei offene Fälle auf meinem Schreibtisch«, sagte O'Donnell seufzend. »Bei jedem ist ein glatzköpfiger Finanzforensiker erforderlich, der Mühe hat, mir nicht auf die Titten zu starren, und zwei Computerfreaks, die nach gedünsteten Zwiebeln, Grünkohlsalat und Käseflips riechen. Mit anderen Worten, ja – ich hab ein paar Minuten, um mich für dich umzuhören.«

»Danke, O'Donnell.«

»Und schwör mir hochheilig, August«, sagte O'Donnell. »Keine verdammten Baseballschläger, okay?«

»Keine Versprechungen.«

Wir legten auf.

Eine weitere Stunde später – es war inzwischen Abend geworden – hatte noch immer keines der Wegwerfhandys geklingelt. Mich beschlich das starke Gefühl, dass Skittles kein Interesse mehr an irgendeiner Verbindung zu mir hatte. Oder aber der Würgegriff des FBI ließ ihm wenig bis gar keinen digital verdeckten Spielraum.

Gegen halb acht an diesem schwülen Abend färbte der Himmel sich tiefblau mit diesigen orangen Streifen am Horizont. Die Tageshöchsttemperatur von knapp dreißig Grad war unverändert. Trotzdem setzte ich mich auf die Verandastufen, und während ich Orangen-Minz-Eistee trank und spürte, wie meine Haut von der hohen Luftfeuchtigkeit klamm wurde, blickte ich auf die zu neuem Leben erweckten Häuser, die meine Kindheitserinnerungen säumten, und fragte mich, in welcher Richtung ich weitermachen sollte: Izzy del Torres' Tod. ICE und die ethnische Säuberung von Mexicantown. Oder Elena.

Aus irgendeinem Grund dachte ich mehr über Izzy del Torres nach. Eine junge Frau, die ich nur durch das Foto eines Rechtsmediziners kennengelernt hatte. Die, bis Elena sie identifizierte, namenlos gestorben und entwürdigt worden war. Ich zerbrach mir den Kopf auf der Suche nach einem katholischen Gebet, das genau auf sie zugeschnitten war. Das Einzige, was mir einfiel, war: »Denn es ist gerecht bei Gott, dass er denen vergilt mit Bedrängnis, die euch bedrängen ...« aus dem 2. Thessalonicher.

Andererseits dachte ich vielleicht einfach nur darüber nach, was für spezielle und blutige Talente ich besaß, die dafür sorgen könnten, dass Isadora del Torres jenen in Erinnerung blieb, die sich an ihr versündigt hatten.

Carlos lenkte seinen weißen Pick-up, einen Dodge Ram 2500, in die schmale Einfahrt auf der anderen Straßenseite und parkte.

Weder Catalina noch sein Sohn Manny waren bei ihm.

Ich vergewisserte mich mit einem raschen Blick die Straße rauf und runter, dass der schwarze Chevy Suburban des ICE nirgends zu sehen war, und winkte Carlos dann zu mir rüber.

»Was zum Teufel ist los, Mr Snow?«

Carlos sah müde und verwirrt aus, als er sich neben mich auf die Treppe setzte.

»Die ICE-Agenten haben nach Catalina gefragt«, sagte ich. »Und nach Manny.«

»Großer Gott«, sagte Carlos. Um sich an einen letzten Strohhalm zu klammern, fuhr er fort: »Señora Elena prüft nach, welche Wege es gibt, die Staatsbürgerschaft für –«

»Im Augenblick, mein Freund«, fiel ich ihm ins Wort, »gibt es keine Wege. Nur Landminen.«

»Ist sie – sind sie in Sicherheit? Mein Junge? Bei Father Grabowski?«, fragte Carlos. Ich hätte ihm genauso gut einen Schlag in die Magengrube verpassen können. Dann wäre ihm wenigstens noch ein bisschen Luft in der Lunge geblieben.

»Father Grabowski versteckt seit zehn Jahren Illegale«, sagte ich. »Bei ihm sind deine Frau und dein Sohn im Moment bestens aufgehoben. Bundesbehörden drehen am Rad, wenn sie sich mit religiösen Organisationen anlegen müssen. Dafür kannst du dich bei Thomas Paine, Waco und Ruby Ridge bedanken. Der gute Padre weiß, wann, wie und wohin er Leute bringen soll.«

»Er ist so – alt«, sagte Carlos.

»Du solltest fortgeschrittenes Alter nicht mit verminderter Leistungsfähigkeit verwechseln«, sagte ich. »Catalina und Manny sind in guten Händen. Ihr steht das durch. Wir alle stehen das durch. Wir brauchen nur ein bisschen Vertrauen.«

»Vertrauen hat uns hierher nach Amerika gebracht«, sagte Carlos. »Und Ihr Vertrauen in mich – in meine Frau und meinen Sohn – hat uns Kraft gegeben.«

»Geh nach Hause«, sagte ich. »Versuch dich etwas auszuruhen. Falls diese Typen wieder auftauchen und anfangen, dich auszufragen, sag denen, sie sollten versuchen, den Fickt-euch-Zug nach Orlando zu erwischen, weil Cat und Manny nämlich in Disney World sind.«

Ich schaute Carlos nach, der mit hängenden Schultern die Straße überquerte und in seinem Haus verschwand.

In meinem Haus blieben die Wegwerfhandys stumm.

Ich rief Jimmy an und fragte, wie es Carmela und Sylvia ging. Er hatte ihnen beim Forbidden City Restaurant nicht weit vom Campus der Wayne State University was zu essen geholt. Keine von beiden hatte einen »Glaukom«-Brownie gegessen, aber sie hatten eine Liter-Flasche Rosé geleert und sich dabei eine alte »Hippie«-Doppel-LP von The Who angehört: *Quadrophenia.*

»In voller Länge?«, sagte ich, vage vertraut mit der sogenannten Rockoper.

»In voller verdammter Länge«, sagte Jimmy.

Um Mitternacht war ich überzeugt, dass ich nichts mehr tun konnte, und beschloss, ins Bett zu gehen und am nächsten Morgen neu anzufangen.

Womit ich »neu anfangen« würde, war mir allerdings noch nicht klar.

Auf halbem Weg die Treppe hinauf hörte ich ein zaghaftes Klopfen an der Haustür.

Da ich mir ziemlich sicher war, dass weder Tatina noch Rosario Dawson, Eva Longoria, Viola Davis oder Shakira gekommen waren, um mir in meinen Pyjama zu helfen und mich in den Schlaf zu singen, schnappte ich mir meine Glock, lud sie durch und warf aus dem Wohnzimmerfenster einen Blick auf den zaghaften Anklopfer.

Ich öffnete die Tür.

»Lust auf einen Donut?«, fragte Father Grabowski.

10

ollten Sie nicht längst im Bett sein, alter Mann?«
Ich saß auf dem Beifahrersitz von Father Grabowskis verrostetem Van, einem 2003er Ford Windstar, und hielt mich verzweifelt fest, während er auf dem I-75 nach Norden raste. Wir fuhren in Richtung Lodge Freeway South, der in die Stadt führte.

»Der Teufel schläft nie, wieso sollte ich also schlafen?«, sagte er. Das Wageninnere roch nach Weihrauch und altem Mann. »Außerdem. Ich hab einen Reizdarm. Davon werde ich ständig wach.«

»Ich nehme an, wir haben nicht wirklich vor, irgendwo Donuts zu essen«, sagte ich. »Was mich zutiefst enttäuschen wird.«

»Doch«, sagte Father Grabowski und nickte enthusiastisch mit dem Kopf, »genau das haben wir vor.«

»Geht es Catalina und Manny gut?«

Father Grabowski seufzte. »Vorerst ja. Sie sind beide ziemlich aufgewühlt und verängstigt. Wer könnte es ihnen verdenken? Aber sie verstehen es.«

»Wo haben Sie sie untergebracht?«

Father Grabowski warf mir einen Blick zu. Ich vermute, irgendwo unter dem dichten Gestrüpp seines weißen Bartes war ein breites gelbzahniges Lächeln.

»Wenn ich dir das verraten würde«, sagte er, »müsste ich dir die letzte Ölung geben und dich dann töten.«

LaBelle's Soul Hole Donut & Pastry Shop liegt an der Michigan Avenue in einer Gegend, die als eine der ersten Anzeichen für revitalisiertes Leben in Detroit zeigte. Nicht weit von der Kreuzung Michigan Avenue und Trumbull Avenue, an der einmal das alte und verehrte Tiger Stadium stand, und an diesem von Schlaglöchern übersäten Abschnitt der vierspurigen Straße finden sich so landesweit bekannte Restaurants wie Slows Bar BQ und Mercury Burger & Bar. Nicht mal der düstere ewige Schandfleck des verfallenden ehemaligen Bahnhofs, der seit Jahrzehnten geschlossen ist, kann diesen Diamanten den Glanz nehmen. (Die Ford Motor Company hat den maroden Bahnhof kürzlich gekauft, was einigen Detroitern verhaltene Hoffnung auf eine nachhaltige Wiedergeburt ihrer Stadt gibt.)

Präsidenten, Premierminister, Prinzen und Prinzessinnen aus aller Welt haben sich mit der genau eins zweiundfünfzig Meter großen, rundlichen Lady B fotografieren lassen, während sie breit grinsend T-Shirts mit der Aufschrift »Put Yo Mouth on It!®« hochhielten oder Baseballkappen mit dem Soul-Hole-Logo trugen. Man konnte auch Kaffeebecher, Schürzen und Kühlschrankmagneten als Andenken an den Besuch im Soul Hole kaufen.

Father Grabowski parkte auf der 14th Street unweit der Michigan-Avenue-Kreuzung, und wir gingen zur Eingangstür, die verschlossen war. Im Innern des Donut-Ladens war es dunkel, bis auf eine sanft beleuchtete Vitrine mit Gebäck. Ganz hinten umrahmte ein schwaches Lichtrechteck die Tür zur Küche.

Father Grabowski holte ein Handy aus seiner braunen Kutte und wählte eine Nummer. Er lauschte einen Moment und sagte: »Ja. Ich bin's.«

»Will ich wissen, wo Sie Ihr Handy in dem Ding verstauen?«, sagte ich, nachdem er aufgelegt hatte.

Die Küchentür öffnete sich, und Licht fiel in den Laden. Ein paar grelle Deckenlampen gingen flackernd an, und zum Vorschein kam eine runde, schwarze Frau, die eine strahlend weiße Kochmontur und einen Revolvergurt mit einem Smith & Wesson, Model 629, Kaliber .44 trug, der fast so lang war wie sie groß. Die Inhaberin des Soul Hole, Ernestine »Lady B« LaBelle, kam winkend und grinsend auf uns zu, schloss die Tür auf, und ehe ich etwas sagen konnte, packte sie mein Gesicht mit zwei kräftigen Händen, zog mich näher und gab mir einen Kuss.

»Na, wenn das nicht der Snow-Junge ist«, sagte sie, entließ meine Wangen aus dem Klammergriff und öffnete weit die Tür. Sobald Father Grabowski und ich eingetreten waren, machte sie die Tür wieder zu und schloss ab. »Sie sind spät dran, Father«, sagte sie und watschelte dann vor uns her zur Küche. »Die Gesprächsrunde fängt erst an, wenn alle da sind.«

»Gesprächsrunde?«, echote ich.

»Ich weiß, aber ich musste ja noch den Jungspund abholen«, sagte Father Grabowski zu Lady B.

»Wird keiner begeistert sein, dass Sie den jungen Snow mitgebracht haben«, sagte sie. »An der Gesprächsrunde soll bloß die Kerngruppe teilnehmen. Jetzt könnte uns das Ganze noch mehr Ärger einbringen.«

»Was zum Teufel läuft hier eigentlich?«, sagte ich, und wurde erneut ignoriert.

»Ist mir egal«, sagte Grabowski. »Er lebt da. Die nicht.«

»Wie Sie wollen.« Lady B schaltete das Deckenlicht im Laden aus. Bevor sie die Tür zur Küche öffnete, verharrte sie und schaute zu mir hoch. »Das geht nicht gegen dich, Kleiner«, sagte sie. »Ich mag bloß keine Überraschungen. Du bist heute Abend so was wie der Karo-Bube im Tarot. Und auf den ist kein Verlass.« Sie öffnete die Küchentür und deutete mit einer ausladenden Geste auf die drei Leute, die um einen runden Tisch saßen.

In meinem Alter konnte mich nur noch sehr wenig überraschen oder gar aus der Bahn werfen.

Das hier schaffte beides.

»Bevor du dir in die Hose machst oder wen erschießt, setz dich hin, halt den Mund und hör zu«, sagte FBI Special Agent Megan O'Donnell.

»Willst du einen Kaffee, Kleiner?«, sagte Lady B und berührte sanft meinen Arm.

»Wie wär's mit drei Fingerbreit von dem Two James Bourbon, den du im Schrank hast«, sagte ich, während ich O'Donnell fassungslos anstarrte. Neben O'Donnell saß ein Mann im mittleren Alter mit einem markanten Kinn und weißem Bürstenschnitt. Er trug eine Uniform des Immigration and Customs Enforcement.

Aber die größte Überraschung saß zur Rechten des ICE-Agenten.

»Elena?«, hörte ich mich sagen.

»Hi, Octavio«, sagte sie. »Ich wollte dich nicht mit reinziehen. Aber wegen Izzy und jetzt der Sache mit Carlos' Frau und Sohn ...«

Ich setzte mich neben Elena, und sie nahm meine Hand und drückte sie.

»Du darfst Tomás nichts hiervon erzählen. Er glaubt, ich bin mit meinen Freundinnen unterwegs.«

»Ehrlich gesagt, ich wüsste gar nicht, was ich ihm verdammt noch mal erzählen soll«, erwiderte ich.

Lady B goss Bourbon in zwei hohe Kaffeetassen. Ich nahm eine, und Father Grabowski nahm die andere. Sie bot auch dem ICE-Agenten und O'Donnell Bourbon an. Beide winkten ab, aber O'Donnell fragte: »Hätten Sie vielleicht noch ein paar Honigkrapfen, Lady B? Und Kaffee?«

»Natürlich, Kleines«, sagte Lady B. Zu dem ICE-Agenten sagte sie: »Was ist mit dir, Süßer?«

Der Agent schüttelte bloß den Kopf und starrte mich an.

»August«, sagte Father Grabowski und hob seine Tasse Bourbon.

»Father«, sagte ich und stieß sachte mit ihm an. Dann fragte ich mit Blick auf O'Donnell und den ICE-Agenten: »Wem verdanke ich denn das Vergnügen, mich mitten in der Nacht mit der Village People Tribute Band zu treffen?«

11

Ich kippte den letzten Rest von meinem Kaffeetassen-Bourbon herunter und signalisierte Lady B, dass ich noch einen gebrauchen konnte. Sie schenkte mir nach. Father Grabowski legte leicht eine Hand auf meinen Unterarm – den Unterarm, der dem Bourbon half, meinen Mund zu erreichen – und sagte leise: »Langsam, August.«

»Padre, vor fünf Minuten hätte ich noch auf Sie gehört. Aber jetzt bin ich in dieser Parallelwelt gelandet.« Ich warf einen Blick auf den weißhaarigen ICE-Mann. »Vor allem mit Agent Bürstenschnitt da drüben.«

»Sein Name ist Captain Mason Foley«, sagte O'Donnell. »Er ist Undercoveragent bei der DEA.«

»Wie viele Bundesagenten sind nötig, um eine Glühbirne zu wechseln?«, sagte ich. »43000, aber einer von ihnen muss erst mal an Licht glauben.«

Foley warf mir einen vernichtenden Blick zu, der einen schwächeren Mann dahingerafft hätte.

»Hör mal, August«, sagte O'Donnell, »es wäre ganz gut, wenn du dein Ego für fünf Minuten zurück in die Unterhose stopfen würdest.«

Ich stopfte, und O'Donnell ergriff das Wort.

»Die meisten Bundesbehörden haben ihre ›Weißen Wale‹«, sagte sie, »Geschichten, Mythen und Legenden, die hinter einer

Ermittlung stecken und größere, seltsamere und verwickeltere Ausmaße annehmen als die eigentliche Ermittlung. Die meisten Weißen Wale sind bloß Schwachsinn; eine geheime Akte hier, ein anonymer Topinformant da. Füllmaterial, das aus einer Ermittlung eine anschaulichere, dramatischere Geschichte macht.«

O'Donnell nahm sich einen Moment Zeit, um jeden am Tisch zu taxieren. Ihre Augen verharrten bei mir.

»Die ICE-Einsätze in Michigan, Ohio und Illinois haben derzeit ihren eigenen Weißen Wal, und der geht so«, fuhr sie fort. »Vor sechs Monaten wurden in diesen drei Bundesstaaten insgesamt 183 Inhaftierungen und Festnahmen durchgeführt. 167 von diesen Menschen wurden tatsächlich registriert, abgeschoben oder freigelassen.«

»Und die 16 anderen?«, fragte ich.

»Die ICE-Akten über Inhaftierungen und Festnahmen wurden schon immer ziemlich lasch geführt«, sagte Foley. »Im Vollstrecken sind sie stark, mit der Verwaltung hapert's. Verwaltungstechnisch betrachtet ist das wahr, was der ICE behauptet.«

»Mit anderen Worten«, sagte O'Donnell, »wir wissen nicht, was mit 15 dieser Menschen passiert ist.«

»Und der 16.?«

»Raúl Lopez«, sagte O'Donnell. »Wurde vor fünf Monaten bei einer Razzia in Chicago geschnappt. Vor drei Monaten, also im März, wurde in der Sonora-Wüste ein Leichnam mit zwei Kilo Kokain gefunden. Die Beschreibung von Lopez passte auf den Toten, aber wir hatten keine DNA oder Zahnunterlagen von ihm, deshalb ...«

»Vielleicht ist er einfach an die falschen Leute geraten, als er wieder in Mexiko war«, sagte ich.

»Er wurde nicht abgeschoben«, sagte Foley. »Er wurde inhaftiert, aber dann ist er in der Masse verlorengegangen, entweder mit Absicht oder weil jemand Mist gebaut hat. Ich möchte unbedingt wissen, was von beidem, damit das Problem behoben werden kann.«

»Es wird spekuliert, dass eine kleine, äußerst effiziente Gruppe von Kriminellen innerhalb gewisser ICE-Einheiten Menschenhandel betreibt«, sagte O'Donnell. »Zwangsprostitution, Arbeitssklaverei, sogar Verkauf einiger verschwundener Internierter als Drogenkuriere an Schlepperbanden.«

Lady B kam mit einem großen Teller an, auf dem eine Pyramide aus Donuts und kleinen Kuchen in allen möglichen Farben gestapelt war. Sie platzierte den Teller mitten auf den Tisch, trat dann zurück und stellte sich an die Küchentür.

»Also«, sagte ich. »Alle hier am Tisch gehören einer Gruppe an, die auf eigene Faust das Gerücht untersuchen soll, dass es eine Gruppe im ICE gibt, die ebenfalls auf eigene Faust arbeitet.« Niemand sagte etwas. »Wieso werde ich mit ins Boot geholt?«

Elena sagte: »Ich glaube, Izzy war ein mögliches Opfer dieser Leute.«

»Izzy?«, sagte Foley.

»Die junge Frau, die letzte Woche von der Brücke gesprungen ist«, sagte O'Donnell. Dann blickte sie mich mit ihren stechenden blauen Augen an. »Und wir arbeiten nicht völlig auf eigene Faust, August. Aber wir sind hart am Rande, während eine kleine, autorisierte Gruppe von Direktoren des FBI und der DEA auf Distanz bleibt und sich dahinter verschanzt, dass sie alles abstreiten kann.«

»Ist Phillips mit von der Partie?«, fragte ich. Phillips, Direktor der Detroiter Außenstelle des FBI, war O'Donnells Boss.

O'Donnell starrte mich einen Moment lang eindringlich an und sagte: »Nein.«

»Bringt dich ganz schön in die Bredouille, was?«, sagte ich.

O'Donnell erwiderte nichts.

»Du hast da eine richtig nette Nachbarschaft geschaffen, August«, sagte Father Grabowski. »Die Menschen lieben und respektieren das, was du in Mexicantown getan hast und weiterhin tust.«

»Lasst mich raten«, sagte ich. »Ihr wollt, dass ich mich zurückhalte, wenn der ICE wieder mal bei uns rumschleicht, um kleine Mädchen und Großmütter zu schikanieren.«

»Du bist eine Granate, August«, sagte O'Donnell. »Eine sehr wachsame, sehr gefährliche Granate. Und wenn du explodierst, wie ich es schon erlebt habe, könntest du die ganze Operation um Monate zurückwerfen. Diese Typen würden einfach irgendwo anders metastasieren, und wir müssten uns deine Granatsplitter aus dem Hintern ziehen.«

»Ihr bittet mich, die Augen vor einem katastrophalen Unrecht zu verschließen, damit ihr die Chance habt, *vielleicht* den Scheiß zu beenden, den eine Mischpoke von Bundesbehörden baut?«, sagte ich. »Seh ich das ungefähr richtig?«

»Hören Sie«, sagte Foley. »Ich bin seit fast zwanzig Jahren bei der DEA. Diese ICE-Agenten? Die sind wie ich. Ehrenhaft entlassene Ex-Soldaten, die etwas bewegen wollen. Das sind keine schlechten Jungs. Sie machen bloß ihre Arbeit, so gut sie können, im Rahmen des Gesetzes. Amerika sicherer machen, das ist für diese Jungs keine abgedroschene Phrase, sondern ihre tagtägliche Pflicht vor Ort, die sie erfüllen. Glauben Sie, es macht mir Spaß, hier möglicherweise Leute zu verpfeifen, mit denen ich zusammenarbeite? Wenn es nach mir ginge, würde ich euch allen sagen, fahrt zur Hölle – nichts für ungut, Father und Lady B.«

»Kein Problem«, sagte Father Grabowski.

Lady B stand einfach da und schwieg.

»Ich mache auf Wunsch meines Direktors mit«, sprach Foley weiter. »Ich tue, was erforderlich ist, um die schwarzen Schafe auszusortieren. Nicht mehr, nicht weniger.«

»Ist ein Typ namens Henshaw unter Ihrem Kommando?«, fragte ich.

»Ja«, sagte Foley. »Sergeant Corey Henshaw. Guter Mann. Ein bisschen übereifrig, aber einer, auf den man sich verlassen kann. Was ist mit ihm?«

»Er ist ein Arschloch«, sagte ich. »Wenn ihr in Mexicantown seid, haltet ihn an der kurzen Leine. Falls nicht, kann ich Ihnen garantieren, dass ein ganzes Notfallteam im Henry Ford Hospital nötig sein wird, um meinen Fuß wieder aus seinem Arsch rauszuholen. Er hat eine Nachbarin von mir drangsaliert – nette Lady, die schon länger amerikanische Staatsbürgerin ist, als er lange Hosen trägt – und hat einem Freund ein blaues Auge verpasst.«

Dann blickte ich Lady B an und sagte: »Und was hältst du von dem ganzen Kuddelmuddel hier?«

Mit verschränkten Armen vor ihrer üppigen Brust lachte Lady B. »Ich bin bloß die Schweiz, wo die Welt hinkommt, um Verhandlungen zu führen, Kleiner. Ich sag nur so viel, junger Snow: Wenn dein Daddy hier säße, würde er nicht zögern, ausweichen oder schwanken. Er würde sagen: ›Wer‹, ›Was‹, ›Wann‹, ›Wo‹, ›Warum‹ und ›Ich weiß, wie‹.«

Und schon war es wieder passiert: Ich hing am goldenen Haken des unumstößlichen Rufes meines Vaters. Nicht unbedingt etwas Schlechtes, weil mein Vater der Beste der Besten war. Nicht unbedingt etwas Gutes, weil ich einen eigenen Namen und ein eigenes Leben hatte.

Nach anderthalb Stunden hartem Palaver ging die Gesprächsrunde ohne Vereinbarungen oder Einvernehmen zu Ende: Foley hielt sich bedeckt, verteidigte seinen Einsatz für die DEA, während er seine Tarnung als pflichtbewusster ICE-Cop aufrechterhielt. Elena protestierte gegen die Taktiken und die Legalität von beidem und forderte ihn auf, uns allen eine ungefähre Vorstellung davon zu geben, was genau er vorhatte. Father Grabowski wetterte gegen die moralischen, ethischen und geistigen Auswirkungen, die diese Einsätze auf echte Menschen, echte Familien haben würden. Und O'Donnell versuchte vergeblich, die Friedensstifterin und allgemeine Einsatzexpertin schlechthin zu spielen.

Ich lehnte mich zurück und trank Bourbon.

Am Ende des Meetings deutete ich auf Elena und sagte zu O'Donnell: »Wenn du gut auf sie aufpasst, unterstütze ich jedes Spiel, das der kleine Verein hier aushandelt, solange ich das von der Zuschauertribüne aus kann.«

»Oh, das tut mir leid, August«, sagte O'Donnell mit dem Anflug eines Lächelns. »Hab ich vielleicht gesagt, ich hätte dich hierbei gern auf der Zuschauertribüne?« Immer, wenn O'Donnell lächelt, habe ich das Gefühl, es würde mir eine Spinne über den Rücken laufen.

»Also, Lady Macbeth«, sagte ich. »Was schwebt dir vor?«

O'Donnell erzählte mir unter vier Augen, wie ich behilflich sein konnte.

»Du machst Witze, oder?«, sagte ich.

»Ich hab wirklich gedacht, du würdest dich über meinen kleinen Auftrag freuen.«

»Weiß Frank eigentlich, wie böse und manipulativ du sein kannst?«

»Ja. Aber irgendwie macht ihm das nichts aus.«

Nach meinem kurzen Gespräch mit O'Donnell nahm ich Father Grabowski beiseite. »Weiß O'Donnell oder Foley von Ihrem kleinen geheimen Hilfsnetzwerk für illegale Einwanderer?«

»Nein«, sagte er. »Ich meine, ja, aber das Netzwerk, das ich zusammen mit ein paar anderen Priestern, Pastoren und Rabbinern im Laufe der letzten fünfzehn Jahre aufgebaut habe, ist gut. Ich habe sogar Kontakte beim Grenzschutz. Ich kann zwanzig Leute im Jahr woanders hinbringen oder verstecken, ohne dass sie auch nur eine Mahlzeit oder einen Schultag verpassen.«

»Schön und gut, aber werden Sie bloß nicht übermütig, alter Mann.«

»Ach, bist du etwa der Einzige, der übermütig werden darf?« Er sagte, er würde mich nach Hause bringen, aber ich erwiderte, ich würde lieber bei Elena mitfahren.

Aus gutem Grund.

Elena und ich hatten nämlich einiges zu klären, unter anderem die unangenehme Notwendigkeit, ihrem Mann, meinem Paten und besten Freund, ihre Beteiligung am Club Weißer Wal zu verschweigen.

Bedrückte Stille hing zwischen Elena und mir, als wir auf der Michigan Avenue in südöstlicher Richtung fuhren.

Schließlich sagte sie: »Du darfst es Tomás nicht sagen, Octavio. Versprich mir das.«

»Es fällt mir schwer, dir das zu versprechen, Elena. Trägst du noch die Pistole?«

Widerwillig sagte sie: »Ja.«

»Und wenn jemand auf dich anlegt, bist du bereit, das Gleiche zu tun, nur schneller?«

»Ich - keine Ahnung.«

»Herrgott, Elena«, sagte ich. »Tomás sollte es wissen -«

»*Nein*, Octavio!«, fiel sie mir ins Wort. »Er würde es nicht verkraften, wenn er wüsste, dass ich nicht aufgehört habe, das zu tun, was ich tun muss. Erst recht nach den Drohbriefen. Tomás und ich haben keine Geheimnisse voreinander, Octavio. Aber wenn ich ihm das erzählen würde? Er würde Amok laufen, um mich zu beschützen - und das kann ich nicht zulassen. Nicht jetzt. Nicht, wenn Menschen vielleicht mehr droht, als interniert oder abgeschoben zu werden.«

Ich sagte eine ganze Weile nichts, während ich versuchte, einen akzeptablen Mittelweg zu finden zwischen zwei Extremen - Tomás nichts von der Beteiligung seiner Frau an einer gefährlichen Unternehmung verraten oder ihm reinen Wein einschenken und das Risiko eingehen, dass die Unternehmung gänzlich scheiterte. Gewiss, Elena stand schon so lange an vorderster Front von Bürgerrechtsbewegungen, dass sie mehrmals von politischen und persönlichen Gegnern zur Zielscheibe gemacht worden war. Aber das hier war etwas anderes. Niemand hatte je zuvor ihre Sicherheit bedroht. Und sie war noch nie in ein Netz aus drei Strafverfolgungsbehörden verstrickt gewesen – DEA, ICE und FBI –, die mit unterschiedlichen Zielen in einem nicht klar definierten Fall zusammenarbeiteten.

Nach zwei Minuten kam ich zu dem Schluss, dass es keinen akzeptablen Mittelweg gab.

Ich musste mich entscheiden, so schwer es mir auch fiel.

»Du bist meine Patin«, sagte ich schließlich. »Ich liebe dich so, wie ich meine Mutter noch immer liebe. Ich werde Tomás nichts sagen, aber Geheimnisse schaffen es irgendwie immer, ans Licht zu kommen. Und wenn das ans Licht kommt, musst du bereit sein.« Ich holte tief Luft und sagte: »Wenn das überhaupt funktionieren soll, musst du eines für mich tun. Falls du es nicht tust, ist unser Deal vom Tisch.«

»Und das wäre?«

»Die Pistole in deiner Handtasche?«, sagte ich. »Mach Schießübungen. Tomás meint, du bist gut. Du musst besser werden. Die Drohungen gegen dich sind real, und die Einzigen, die auf dich aufpassen, sind ich, Tomás und vielleicht O'Donnell.«

»Ich – ich will niemanden verletzen –«

»Und ich will nicht, dass du stirbst«, sagte ich barsch. »Ich habe schon meine Mutter beerdigt. Ich will dich nicht auch noch beerdigen.«

Es war noch zu früh für sie, um nach Hause zu fahren; die Abende mit ihren Freundinnen dauerten für gewöhnlich bis mindestens zwei Uhr morgens. Tomás würde erst ins Bett gehen, wenn sie wohlbehalten wieder da war. Es war nicht nötig, dass sie mit ihren Freundinnen eine Geschichte absprach: Sie wussten, dass Elena sich manchmal bis spätnachts mit Anwälten, Politikern, Bürgern und Geschäftsleuten traf. Ihre Freun-

81

dinnen mussten lediglich wissen, wann sie ausging, damit keine bei ihr zu Hause anrief.

Und mal ehrlich, die Wahrscheinlichkeit, dass Tomás fragen würde, worüber die Frauen sich unterhalten hatten, war gleich null.

Wir landeten im American Coney Island und setzten uns an einen Tisch am Fenster.

»Dir fehlt bloß noch ein gelber Filzhut und ein grüner Mantel«, sagte ich nach einer Weile. Sie ähnelte der einsamen Frau in Edward Hoppers Gemälde *Automat*.

Elena lächelte kurz. Dann starrte sie wieder in ihre Tasse Kaffee.

Ich aß zwei Hotdogs, mit extra Chili, Käse und Zwiebeln.

Und eine große Portion Fritten.

Während ich mir meinen zweiten Hotdog schmecken ließ, rang ich weiter mit der Frage, wie ich am besten ein Geheimnis vor Tomás bewahrte. Ich kam nur zu dem Fazit, dass es keine guten Optionen gab.

Elena betete leise und diskret den Rosenkranz, den sie in ihrer Handtasche neben der Pistole aufbewahrte, während ich derweil dem Lärm der Kellnerinnen und Köche lauschte, die lachten und in ihrer griechischen Muttersprache plauderten und debattierten. Und ich fragte mich, was für eine Dynamik Geheimnisse in den liebevollsten Beziehungen entfalteten. Hatten meine Eltern Geheimnisse voreinander gehabt, harmlose oder brisante? Und obwohl ich hätte schwören können, dass ich ganz und gar ehrlich zu Tatina gewesen war, was mein Leben betraf, so bewahrte ich dennoch tief in meinem Innersten eine kleine, schwarze Schatulle mit Geheimnissen vor ihr auf: der zehn Jahre alte Junge, den ich nicht gesehen hatte und der meine Kugel in den Kopf bekam, nachdem sie den Anführer einer Taliban-Miliz durchbohrt hatte. Vater und Sohn. In einer Umarmung getötet.

Und andere blutige Vertraulichkeiten.

Die Maße meiner kleinen schwarzen Schatulle machten genau den Abstand aus, den ich zwischen mir und jedem, der mir wichtig war, bewahrte.

12

In jener Nacht und in den folgenden zwei Nächten schlief ich unten – was mir keine großen Unannehmlichkeiten bereitete, da ich mein waldgrünes Ledersofa fast genauso sehr liebe, wie ich Tatina und mit Chili und Limette gewürzte Steak-Fajitas liebe.

Am frühen Sonntagnachmittag klingelte mein Handy.

Es war Tomás.

»Die haben sie«, sagte er atemlos. »Die Schweine haben Elena.«

»Wer hat Elena?«

»Der ICE«, knurrte Tomás. »Ich hol dich in zwei Minuten ab. Steck deine Knarre ein.«

Von meinem Haus brauchten wir keine drei Minuten bis zum Café Consuela.

Tomás brachte seinen Pick-up mit quietschenden Reifen hinter einem schwarzen Chevy-Suburban-SUV mit Behördenkennzeichen zum Stehen. Vor der Verandatreppe drängten sich mindestens zwanzig Leute, die die Hälse reckten und Handys hochhielten, um Videos zu machen.

Tomás und ich bahnten uns einen Weg durch die kleine Gruppe von überwiegend weißen Männern und Frauen und schoben uns die Stufen zum Café hinauf.

Ein junger ICE-Agent mit fliehendem Kinn hob eine Hand, um

Tomás und mich aufzuhalten. »Hey, langsam, Leute! Ich kann euch nicht durchlass-«

Tomás verpasste dem Mann einen kurzen rechten Haken. Ein hässliches knirschendes Geräusch ertönte, bevor der Agent aus dem Mund blutend zusammensackte. Wir stürmten ins Café.

»Falls kein hinreichender Verdacht vorliegt, würde ich sagen, ihr erbärmlichen Wichser seid knapp drei Sekunden von einer Strafanzeige entfernt!« Mr Man Bun persönlich - Trent T. R. Ogilvy. Er hatte sich vor Mason Foley aufgebaut, dem Undercover-DEA/ICE-Agenten von O'Donnells Club Weißer Wal.

»Sir, unser hinreichender Verdacht ist die Überzeugung, dass in diesem Lokal illegale Einwanderer arbeiten«, sagte Foley.

Auf den ersten Blick sah ich fünf verängstigte Frauen - Elena und die vier Frauen vom Café Consuela - und Trent Ogilvy. Sie standen dem üblichen Overkill an Bundesbeamten gegenüber; sieben ICE-Agenten in einem Raum, in dem kaum zwölf Gäste Platz fanden. Alle Agenten gaben sich redlich Mühe, in ihren Einsatzwesten mit der Aufschrift »POLICE ICE« einschüchternd zu wirken. Ein dicker ICE-Mistkerl, der mich mit kaltem Blick beäugte, hatte auf seiner Weste einen Guacamole-Fleck. Ich hätte ihn gern gezwungen, seine Guacamole-Weste zu essen.

Foley warf mir einen kurzen Blick zu und sagte: »Wir stellen bloß Erkundigungen an -«

»Ihr Penner habt noch nicht mal das Essen bezahlt, das ihr gefuttert habt!«, schrie Ogilvy. »Das nenne ich Diebstahl, ihr elenden -«

Ein ICE-Agent versuchte, Ogilvy in den Polizeigriff zu nehmen. Es ging nicht gut für den Agenten aus: Ogilvy drehte sich in einer fließenden Bewegung um, packte das Handgelenk des Agenten, wirbelte ihn herum, als würde er mit ihm tanzen, und stieß ihn weg. Unklugerweise zog der Agent seine Pistole.

»Im Ernst?« Ogilvy lachte. »Unglaublich! Schusswaffen lösen in Amerika wohl jedes Problem, was?«

Blitzschnell riss Ogilvy dem Mann die Pistole aus der Hand und richtete sie stattdessen auf ihn. Das war ein Trick, den nur ein gut ausgebildeter Nahkampfexperte hinkriegte, ohne dass er selbst – oder jemand anderes – eine Kugel abbekam.

Tomás entdeckte Elena, die in der einzigen Sitznische des Restaurants saß. Sie hatte geweint und rieb sich den Oberarm.

Tomás drängte sich zu ihr durch.

»Hat dich einer angefasst?«, blaffte er.

»Tomás«, sagte Elena. »Ist schon gut, *mi amor*. Es ist alles –«

Er drehte sich um und schrie: »Wer von euch Scheißkerlen hat meine Frau angerührt?«

»Sir, ich muss doch –«

Weiter kam ein vierter Agent nicht, ehe Tomás ihm einen krachenden Kinnhaken verpasste.

Elena kreischte.

Die Frauen vom Café Consuela – Martiza, Louisa, Nina und Dani – kreischten.

Zwei Agenten stürzten sich auf Tomás und rammten ihn gegen die Wand.

Ein weiterer Agent richtete seine Waffe auf mich.

Der Name »Henshaw« stand auf seinem dunkelgrauen Hemd.

»Na los«, zischte Henshaw. »Versuch's doch, du Saftsack.«

Nachdem ich kurz in Erwägung gezogen hatte, ihm die Pistole zu entreißen und ihn damit k. o. zu schlagen, lächelte ich und sagte: »Seit wann braucht ihr eine Rechtfertigung, um zu schießen?«

Dann drehte ich mich um, legte die Hände auf den Rücken und wartete entweder auf eine Kugel oder auf Handschellen.

Tomás und mir wurden die Waffen abgenommen, dann wurden wir mit Handschellen gefesselt und zusammen mit Ogilvy, der ebenfalls in Handschellen war, auf die Rückbank eines schwarzen Chevy-Tahoe-SUV verfrachtet. Tomás schwor jedem, der seine Frau angefasst hatte, blutige Rache. Während die

Agenten uns die Stufen des Lokals herunterzerrten, hatte ich Elena gesagt, sie solle meinen Anwalt David G. Baker anrufen und ihm schildern, was passiert war.

Offenbar hatten Elena und Trent Ogilvy sich den Agenten in den Weg gestellt, als die in die Küche des Café Consuela stürmen wollten. Einer von Foleys Agenten hatte Elena im Übereifer am Oberarm gepackt und sie beiseitegezerrt.

Daraufhin hatte Ogilvy ihm einen Faustschlag in die Nierengegend verpasst.

»Ihr Helden habt euch heute *muchos problemas* eingehandelt«, sagte Henshaw, als er sich hinters Lenkrad des SUV setzte und uns über die Schulter angrinste.

»Hör mal«, sagte ich. »Falls du vorhast, mit uns zu einem lauschigen Plätzchen zu fahren, damit wir deinen kleinen rosa Schniedel lutschen, von mir aus. Aber vorher brauch ich Lippenbalsam oder irgendwas.«

Ogilvy bog sich vor Lachen.

Es ist eine historisch belegte Tatsache, dass einige Schwachköpfe des männlichen Geschlechts schnell in Weißglut geraten, wenn ihre Sexualität infrage gestellt wird.

Henshaw war einer von diesen Schwachköpfen.

Er zog seine Knarre, richtete den schwarzen Lauf auf mich und sagte: »Aha, du bist wohl eine ganz oberschlaue Schwuchtel, was?« Er schob mir den Lauf seiner Waffe dicht vor die Nase. »Willst du an irgendwas lutschen? Hä? Willst du?«

»Henshaw!«

Foley stand an der offenen Beifahrertür.

»Schluss damit«, sagte er.

»Jawohl, Sir!«, sagte Henshaw, schlagartig in strengstem militärischem Gehorsamsmodus. Er steckte rasch seine Pistole ins Holster und blickte nach vorn.

Foley starrte uns drei sehr lange an. »Sie haben einem meiner Männer den Kiefer gebrochen«, sagte Foley zu Tomás.

»Und einer von Ihren *pendejo*-Wichsern hat meine Frau angefasst«, sagte Tomás. Er schnaubte wie ein Stier, der mit dem roten Tuch des Matadors gereizt und den Lanzen des Picadors gequält wurde. »Mir ist egal, für wen ihr euch haltet oder was für eine Dienstmarke ihr euch gebastelt habt. Wenn ihr euch an meiner Frau vergreift, vergreif ich mich an euch.«

Foley bestätigte mit einem Kopfnicken, dass er diese Art von urbaner Revanche verstand.

Die Frauen vom Café Consuela kamen angeführt von Elena aus dem Lokal und die Treppe herunter. Zwei Agenten versuchten, so gut sie konnten, sie aufzuhalten.

»Tomás!«

»Mir geht's gut, Baby!«, rief Tomás auf Spanisch. »Geh nach Hause! Ich ruf dich an! Alles in Ordnung!«

»Ihnen ist hoffentlich klar, Gentlemen, dass ich verpflichtet bin, Sie in Gewahrsam zu nehmen«, sagte Foley. Er richtete seine eisblauen Augen auf Tomás. »Sie, weil Sie, wie ich schon erwähnt habe, einem ICE-Agenten den Kiefer gebrochen haben. Sie –«, er sah mich an, »– weil ich gern wissen würde, was einen ehemaligen guten Cop dazu treibt, eine Art Bürgerwehr zu bilden.«

»Sie waren mal Polizist?«, sagte Ogilvy zu mir.

»Ist lange her«, sagte ich.

»Und jetzt?«

»Verkaufe ich Häuser.«

»Ach so.«

»Und Sie?«, fuhr Foley mit strengem Blick auf Ogilvy fort. »Sie haben einem meiner Männer die Waffe abgenommen und sie gegen ihn gerichtet, bevor Sie sie abgegeben haben. Und offen gesagt kann ich Engländer nicht ausstehen.«

Bevor wir losfuhren, fiel mir auf, dass Tomás den Kopf seltsam schief hielt. Er starrte Henshaw im Rückspiegel mit einem zusammengekniffenen und einem weit geöffneten Auge an.

»Was zum Teufel machst du da?«, flüsterte ich.

Ohne seine Konzentration zu unterbrechen, flüsterte Tomás: »*Los ojos!*«

Der böse Blick.

13

Wir wurden zum 14. Revier gebracht, aber nicht erkennungsdienstlich erfasst.

ICE-Agent Foley wechselte bloß ein paar Worte mit dem diensthabenden Sergeant, zeigte auf uns und ging.

Der diensthabende Sergeant – ein kleiner, untersetzter Mann mit schütterem Haar, der Kosinski hieß – eskortierte Tomás, Ogilvy und mich von dem frisch renovierten Empfangsraum nach unten in den Kerker.

»Sind wir verhaftet?«, fragte ich, als wir zu den Käfigen runtergingen.

»Nein«, sagte Sergeant Kosinski. »Ihr sollt euch bloß wieder einkriegen, hat das ICE-Weichei gemeint. Wollt ihr, dass ich euch offiziell verhafte? Wär das für euch Komiker eine Ehre?«

»Wir machen Ihnen nicht besonders Angst, was?«, sagte ich.

»Was ist heute? Sonntag?«, sagte Kosinski. »Nee, wir wechseln uns hier mit den Tagen ab, an denen wir uns von so harten Burschen wie euch Angst machen lassen. Ich bin montags, mittwochs und samstags dran. Sorry.«

Während die Stadt eine beträchtliche Summe Geld in die Sanierung von einigen der älteren Reviere wie dem 14. investiert hatte, um sie für die Presse »fotogener« zu machen, hatten die unterirdischen Arrestzellen keinen Groschen gesehen. Sie waren noch immer mittelalterlich und rochen nach Jahrzehnten

Schweiß, Urin, verstopften Toiletten, Blut und Erbrochenem. Irgendwo tropfte Wasser, und eine uralte Lüftungsanlage drohte, eines langsamen Todes zu sterben.

Wir drei wurden in einem von drei Käfigen eingeschlossen und machten es uns so bequem wie möglich.

Tomás und ich hatten Erfahrung mit solchen Zellen.

Bei Ogilvy war ich mir nicht sicher. Aber er schien unsere Situation gut zu verkraften, setzte sich im Lotussitz auf die Bank, als wollte er meditieren.

»Bist du okay, mein Großer?«, sagte ich zu Tomás.

»Irgendwer wird dafür bezahlen, Octavio«, sagte Tomás. »Irgendwer *muss* dafür bezahlen.«

Nach einer Weile sah Tomás Ogilvy an und sagte: »Wieso trägst du deine Haare so?«

Mag sein, dass ich vor Verlegenheit leicht rot wurde, aber ich musste zugeben, dass mir die Frage auch schon in den Sinn gekommen war.

»Tja, ich bin ein großer Fan von Akira Kurosawa«, sagte Ogilvy mit strahlender Begeisterung und noch immer im Lotussitz.

»Akira wer?«

»Japanischer Filmregisseur«, sagte ich. »Hast du *Die glorreichen Sieben* gesehen?«

»Wer denn nicht?«, sagte Tomás. »Hat der Typ den gemacht?«

»Nein«, sagte ich. »Er hat den Film gemacht, auf dem *Die glorreichen Sieben* basiert – *Die sieben Samurai.*«

»Und meine Frisur«, sagte Ogilvy, »basiert auf der Art, wie die Samurai, die um das Jahr 790 herum entstandene edle Kriegerkaste Japans, ihre Haare trugen. Unter ihrer Haartracht hielten sie sich an einen strengen Moral-, Verhaltens- und Treuekodex. Bushido genannt.«

»Die Jungs mit den Schwertern und Flip-Flops?«

»Genau!«, sagte Ogilvy. »Die Frisur ist Sinnbild für mein Glaubenssystem: Ehre. Rechtschaffenheit. Demut. Großzügigkeit.

Sie erinnert mich daran, wer zu sein ich an jedem beliebigen Tag anstreben sollte.«

»Sieht trotzdem dämlich aus«, murmelte Tomás.

»Ich würde unseren Zellengenossen besser nicht beleidigen«, sagte ich. »Er ist gefährlicher, als er aussieht. Guck dir mal das Tattoo an seinem linken Unterarm an.«

Selbst in dem trüben flackernden Licht der Arrestzellen war Ogilvys dezentes bläuliches Tattoo gut zu sehen, das ein geflügeltes Schwert zeigte, unter dem sich ein Spruchband mit der Aufschrift »Who Dares Wins« entrollte.

»Sie sind seit fünf Jahren der Erste, der davon Notiz nimmt und anscheinend auch noch gut informiert ist«, sagte Ogilvy. »Außer einem Barista in Portland, der wissen wollte, welcher Künstler das Tattoo gemacht hat.«

»Ich vermute, Sie haben ihm gesagt: Ihre Majestät Queen Elizabeth II.?«

»So ungefähr.« Ogilvy grinste.

»Sie sind also ein knallharter Typ, was?«, sagte Tomás zu Ogilvy.

»*Ehemaliger* knallharter Typ«, sagte Ogilvy. »Special Air Service, British Army. Heutzutage helfe ich lieber Leuten dabei, *organisierte* knallharte Typen zu werden, um ihre persönlichen Lebensziele zu erreichen und der Allgemeinheit zu dienen.« Ogilvy lachte, dann sagte er: »Darf ich annehmen, dass Sie selbst auch so etwas wie ein knallharter Typ sind, Mister –«

»Gutierrez«, sagte Tomás. »Tomás. Manche Leute nennen mich El *Sepulturero*.«

»So ein Quatsch! Kein Mensch nennt dich ›Der Totengräber‹«, sagte ich.

»Na ja –«

»Ich habe noch nie gesehen, dass jemand mit einem Schlag einen Kiefer zertrümmert«, sagte Ogilvy. »Beeindruckend.«

»Sie haben sich vorhin auch ganz gut geschlagen«, sagte

Tomás. »Danke, dass Sie, ähm, versucht haben, den Ladys zu helfen.«

»Ich bin väterlicherseits Engländer und mütterlicherseits Schotte«, sagte Ogilvy. »Galanterie und Raufereien liegen mir im Blut, Kumpel.«

»Hey«, stöhnte der Mann in der Zelle nebenan. »Ihr – ihr Arschlöcher, haltet endlich die Klappe.«

Er trug einen teuren Anzug und lag ausgestreckt auf der Zellenbank. Hin und wieder stöhnte und rülpste er, während er sich das breite Ende seiner Krawatte auf das rechte Auge drückte.

»Alles in Ordnung?«, sagte ich zu ihm. »Soll ich jemanden für Sie rufen?«

Der Mann setzte sich schwerfällig auf und versuchte, mich mit seinem unversehrten Auge scharf zu sehen. Er regulierte den einäugigen Fokus und knurrte: »Fick dich, du Niggah.« Dann legte er sich wieder hin. Ogilvy, empört über die Beleidigung, setzte an, um dem Mann zu antworten, doch ich berührte ihn am Arm, lächelte und sagte: »Ich bin dagegen geimpft. Lassen Sie's gut sein.«

Nachdem wir eine Stunde lang »Aus welchem Film ist folgende Zeile?« gespielt hatten, kam unser erster Besucher des Tages: Detective Captain Leo Cowling.

Cowling trug seine beste Sommergarderobe: taubenblauer Leinenanzug, dunkelblaues Hemd mit Monogramm, beigefarbene Seidenkrawatte und hellbraune Wildlederslipper. Krönung des Outfits waren ein cremefarbener Panamastrohhut und eine glänzende Goldschnalle an seinem Alligatorledergürtel.

Außerdem trug er ein Grinsen im Gesicht, das sich fast von Ohr zu Ohr erstreckte.

»Du meine Güte! Heute muss Weihnachten sein, denn Geburtstag hab ich nicht!«, sagte er, als er an die Gitterstäbe unseres Käfigs trat.

»Tag, Leo«, sagte ich. »Lange nicht gesehen, zum Glück.«

»Ach, das ist einfach zu schön«, sagte Cowling. Er griff in seine Jacketttasche und holte ein iPhone hervor. Er hielt es für ein Selfie mit uns dreien im Hintergrund hoch.

»Moment«, sagte ich.

Ich legte Tomás einen Arm um die Schultern und er mir. Ogilvy wusste zwar nicht genau, was vor sich ging, machte aber spontan mit und legte seinen Kopf auf Tomás' Schulter.

»Freund?«, fragte Ogilvy mich mit Blick auf Cowling.

»Nicht direkt«, sagte ich.

»Feind?«

»Nicht direkt.«

Wir grinsten und zeigten Cowling gleichzeitig den Mittelfinger.

Cowling machte mehrere Fotos.

»Mein Anwalt reißt dir deinen verdammten schwarzen Arsch auf«, fauchte der gut gekleidete Mann in der Nachbarzelle Cowling an. »Und was von dir übrig bleibt, knüpfen wir am nächsten Baum auf.«

»Oh, bitte, Sie müssen uns unbedingt verraten, wer der Gentleman ist«, sagte Ogilvy zu Cowling.

»Und Sie sind?«

»Benedict Cumberbatch«, sagte Ogilvy. »Ein Gefährte dieser Raufbolde.«

»Über Geschmack lässt sich nicht streiten«, sagte Cowling. Dann deutete er mit einem Nicken auf den Mann in der Nachbarzelle. »Eine nette junge Muslima mit einem hübschen geblümten Hidschab sitzt auf einer Bank am Campus Martius und liest ein Buch, während sie auf den Bus wartet. Studentin an der Wayne State. Jedenfalls, Mr Charmebolzen hier hatte beim Lunch ein Glas zu viel. Er sieht die Muslima. Fängt an, sie richtig wüst zu beschimpfen.«

Tomás beschloss, sich einen schrägen Spaß zu erlauben, stellte sich dicht an die Gitterstäbe zwischen unserer Zelle und der des Mannes und fing an, ihm auf Spanisch etwas zuzuflüstern.

»Wir sind hier in Amerika, du dreckiger Latinoarsch«, brüllte der Mann ihn an. »Sprich verdammt noch mal Englisch!«

»Hat die Muslima ihn geschlagen?«, fragte ich in Anspielung auf das verquollene Auge von Mr Charmebolzen.

»Er könnte gestolpert und auf meine Faust gefallen sein«, sagte Cowling.

»Sag diesem verfickten mexikanischen Scheißkerl, er soll das Maul halten, sonst stopf ich es ihm, das schwöre ich!«

»Na, na, jetzt seien Sie mal schön still«, sagte Cowling herablassend zu dem Mann.

»Verdammte Scheiße!«, schrie der Mann. Plötzlich stürzte er sich auf die Gitterstäbe zwischen uns, steckte Hände und Arme in unsere Zelle – und knallte mit dem Kopf gegen eine der Eisenstangen.

Der Mann kippte bewusstlos nach hinten und landete hart auf dem Betonboden.

»O mein Gott«, sagte Tomás. »Das war – wunderbar.«

»Du bist ein Meister der Provokation, *compadre*«, sagte ich und klopfte Tomás auf die Schulter. Dann fragte ich Cowling: »Irgendwelche Abdrücke auf den Drohbriefen, die ich dir gegeben habe?«

»Nichts Verwertbares«, sagte Cowling. »Ehrlich, ich wünschte, es wäre anders. Hab was gegen Erwachsene, die Zeit und Lust haben, so widerlichen kranken Mist zu verschicken.«

Eine Stunde später tauchte FBI Special Agent Megan O'Donnell auf und begrüßte uns mit den Worten: »Derjenige von euch Schwachköpfen, der sich gerade vollgepinkelt hat, steigt nicht in mein Auto.«

Wir drei zeigten auf den bewusstlosen Mann in der Nachbarzelle.

»Moment mal, Freundchen«, sagte O'Donnell und legte eine Hand fest auf Ogilvys Brust. »Wer zum Teufel sind Sie?«

»Er war zufällig bei der Sache im Café Consuela dabei«, sagte ich.

»Ich hab da bloß zu Mittag gegessen«, sagte Ogilvy. »Und auf einmal brach das Chaos aus!«

»Ich bürge für ihn«, sagte ich.

»Als ob darauf Verlass wäre«, sagte O'Donnell.

Tomás und ich unterschrieben Papiere und steckten unsere Waffen wieder ein, und O'Donnell fuhr uns zurück nach Mexicantown.

Sie setzte Tomás zuerst ab.

Elena kam aus dem Haus gerannt und warf sich in seine Arme. Sie küssten sich. Plötzlich beendete Elena den Kuss und gab Tomás eine schallende Ohrfeige. Mit fuchtelnden Armen stritten die beiden sich auf Spanisch, bis sie im Haus verschwunden waren.

Dann ließen wir Ogilvy ein kurzes Stück vor meinem Haus aus dem Wagen.

»Seltsame Zeiten, was?«, sagte Ogilvy, als er hinten ausstieg.

»Seltsame Zeiten«, pflichtete ich bei. »Ich hab zu Hause einen sechzehn Jahre alten Islay-Whisky. Wir sollten uns demnächst mal unterhalten.«

Sobald Ogilvy die Tür zugemacht hatte, sagte O'Donnell: »Hast du auch Scotch im Haus?«

Sie saß an meiner Kücheninsel und starrte das Glas Lagavulin an, das ich ihr eingeschenkt hatte.

»Das Café Consuela stand auf einer vorab genehmigten ICE-Watchlist«, sagte sie. »Foley hatte mit der Planung der Razzia nichts zu tun. Und Elena war bloß zufällig dort, um mit Dani über den Sohn ihrer Schwester zu sprechen – der sich als Illegaler versteckt hält und Angst hat.«

»Ich schwöre bei Gott, O'Donnell«, sagte ich. »Noch so eine Razzia, und ich scheiß auf dich und deinen kleinen Trupp Anfängerpolizisten – ich mach Foley und Henshaw fertig –«

»Es ist wieder eine Tote gefunden worden, August«, sagte sie.

»Großer Gott.«

»Latina. Achtzehn, neunzehn. Verkleidet als Dorothy aus *Der Zauberer von Oz*, samt den roten Schuhen. Wurde bei Zug Island angespült. Sie wurde – gebrandmarkt.« O'Donnell kippte ihr Glas Scotch runter. »Mit Hakenkreuzen.«

14

Meines Wissens hat seit 1876 niemand mehr Brathähnchen, Kartoffelsalat und Bier für ein schönes Sommerpicknick auf Zug Island eingepackt.

Ich bezweifle sogar, dass überhaupt jemand einen faulen Tag mit Sonne und Strand auf Zug Island verbracht hat, seit der Möbel- und Immobilienunternehmer Samuel Zug gut 140 Hektar Sumpfland trockenlegen ließ, um sein exklusives River-Rouge-Refugium zu schaffen. 1886 verkaufte die wohlhabende Familie Zug – zermürbt vom Kampf gegen die Verwüstungen durch Überschwemmungen – die Insel im größten Grundstücksdeal des Jahrzehnts für 300 000 Dollar.

Seit über einhundert Jahren erging es der Insel nicht besser. Sie ist ihr eigener Kreis in einer Hölle geworden, die sich nicht einmal Dante hätte ausdenken können: Hochöfen mit klaffenden roten Mäulern und düstere berghohe Halden aus Kohle, Koks und Eisenerz. Hohe Schornsteine stießen dicke, dunkle Wolken aus, während Generationen von Männern die schwarze, verrußte Luft tief in die Lunge einatmeten. Generationen von abfließendem Regenwasser verwandelten den Fluss ringsherum in eine trübe, giftige Suppe.

Noch heute klagen umliegende Gemeinden über ein ständiges, dumpfes Stampfen, das von der Insel herrührt …

… wie der Herzschlag des Teufels womöglich.

Die sterblichen Überreste der zweiten jungen Latina, siebenmal gebrandmarkt mit einem Hakenkreuz, waren in der ätzenden chemischen Brühe des River Rouge nicht weit von Zug Island versenkt worden, was ihre Zersetzung beschleunigt und kaum etwas übrig gelassen hatte, das eine Spur zu ihrem Mörder oder ihren Mördern hätte liefern können.

»Du siehst eine Verbindung zwischen dem Mord an der jungen Frau und dieser Weißer-Wal-Geschichte?«

»Von den Indizien her ja«, sagte O'Donnell. »Sie war kostümiert, und in ihrem Körper wurden Spuren von Barbituraten und Amphetaminen nachgewiesen. Zumindest in dem, was noch von ihr übrig war. Das Problem ist, wenn die Medien sich in die Sache verbeißen, dann kriegen wir es mit einer Serienmörderpanik zu tun. Und das könnte alles noch komplizierter machen, als es ohnehin schon ist.« Sie leerte ihren zweiten Scotch. Sie bat nicht um einen weiteren, und ich bot ihr keinen an. »Bitte sprich mit den Leuten, die ich dir genannt habe, August. Wenn ich das mache, redet keiner. Die malen sich bloß aus, wie ich in Tanga und High Heels aussehen würde. Wenn du das machst - ein in Ungnade gefallener Cop -, fühlen sie vielleicht eine Art Seelenverwandtschaft und werden gesprächig.«

»Ich denke, es zeugt von schlechten Manieren, mich einen ›in Ungnade gefallenen Cop‹ zu nennen und gleichzeitig meinen sechzehn Jahre alten Single Malt zu trinken. Nur für die Zukunft.«

»Sorry«, sagte O'Donnell untypischerweise. »Find einfach raus, was die wissen. Und ich muss es wissen, bevor noch mehr Scheiße passiert.«

Kurz nachdem O'Donnell am frühen Abend gegangen war, rief Tomás an.

»Bist du zu Hause?«, fragte er.

»Ja. Was ist –«

Er legte auf.

99

Fünf Minuten später hämmerte Tomás an meine Tür.

»Du wusstest Bescheid«, sagte er.

»Worüber?«

»Über Elena! Über sie und diesen ICE-Typen, Foley! Und über den Priester und den ganzen geheimen Quatsch im LaBelle's! Und keiner hat mir was gesagt!«

»Hör mal –«, sagte ich mit ruhiger Stimme.

Weiter kam ich nicht, weil Tomás mir das Licht ausknipste.

Als ich auf dem Wohnzimmerfußboden wieder zu mir kam, war es Nacht.

Vor mir, ein Negra Modelo in der dicken Faust, stand Tomás.

»Wurde auch langsam Zeit«, sagte er. »So fest hab ich doch gar nicht zugeschlagen, du Weichei.«

»Wie lange?«

»So lange, dass ich mir in Ruhe das letzte Inning der Tigers gegen die Chicago Cubs angeguckt hab.«

Ich rappelte mich auf, schüttelte den Kopf, um ihn klar zu bekommen, und stützte mich auf die Rückenlehne des Sofas. Meine Nase blutete leicht, war aber offenbar nicht gebrochen, obwohl ich sie pochen spürte.

»Wer hat gewonnen?«

»Cubs«, sagte Tomás. »Acht zu drei. Ist nicht unser Jahr. Willst du ein Bier?«

»Und einen Tequila«, sagte ich. Jetzt wusste ich, wie es sich anfühlte, auf der Empfängerseite von Tomás' harten und schwieligen Fingerknöcheln zu sein. »Du hast mich k. o. geschlagen, verdammt! In *meinem* Haus!«

»Ja, hast du aber auch verdient, du Blödmann.«

Obwohl ich wusste, dass es Tomás wohl kaum besänftigen würde, erklärte ich, warum ich ihm Elenas Beteiligung am Club Weißer Wal verschwiegen hatte. Und ich wies ihn darauf hin, dass es Elenas gutes Recht war, ein Privatleben zu haben, selbst in ihrer Ehe, und über ihr eigenes Schicksal zu bestimmen. Eine

100

Feststellung, die er mit abfälligem Schnaufen und gelegentlich mit einem ungläubigen »Schwachsinn« quittierte.

Ich kippte den Tequila runter, und dann nahmen wir unser Bier und setzten uns draußen auf meine Verandatreppe.

Es war eine schwülwarme Nacht. Um die fünfundzwanzig, sechsundzwanzig Grad.

Wir sagten beide minutenlang kein Wort.

Wir blickten bloß auf die Häuser entlang der Markham Street, hörten Hundegebell in der Ferne und das unaufhörliche Rauschen des nächtlichen Verkehrs auf dem I-75 und der nahen Ambassador Bridge. Über dem Stadtteil hing ein zunehmender Sichelmond an einem überwiegend schwarzen Himmel ohne Sterne. Die waren von der nächtlichen Beleuchtung des I-75 ausgelöscht worden.

Schließlich zeigte Tomás auf Carlos' Haus gegenüber und sagte: »Elena hat mir erzählt, dass seine Frau und sein Junge sich verstecken müssen. Wie geht's ihm?«

»Nicht gut«, sagte ich. »Er hat lange ohne sie hier gelebt. Endlich hatte er sie bei sich, und dann passiert so was. Er versucht, sich mit Arbeit abzulenken, und Jimmy kümmert sich um ihn. Aber – gut geht's ihm nicht.«

Tomás nickte, trank einen großen Schluck von seinem Bier. »Mein Papá? Hat immer schwer geschuftet. Mann, konnte der arbeiten! Die Familie? Hat zuerst Äpfel geerntet, dann Spargel und Rüben, Kopfsalat und Paprika, Melonen. Hat Wassermelonen gehasst!« Er schwieg einen Moment und trank wieder einen Schluck. Legte den Kopf in den Nacken und blickte zum Nachthimmel hinauf. »Meine kleine Schwester Angie – die hat härter gearbeitet als ich. Meine Mamá und Angie. Wie Maschinen. Manchmal hat mein Papá mich windelweich geprügelt.« Tomás lachte, herzhaft und lang. »Er hat gesagt: ›Das ist deine *Familie*, du kleiner Scheißer! Du arbeitest hart für die Familie!‹ Wenn er dann damit fertig war, mir den Hintern zu versohlen, hat er gesagt: ›Denkst du, das hat wehgetan? Warte, bis die Gringos deinen faulen braunen Arsch in die Finger kriegen!‹« Wieder lachte Tomás, aber diesmal konnte ich in dem fahlen Licht aus meinem Haus erkennen, dass er Tränen in den Augen hatte. »Sonntags saßen er und Mamá an einem wackeligen Tisch in irgendeinem Motel für Wanderarbeiter oder in der von Kakerlaken verseuchten Unterkunft auf einer Farm. Mamá zählte das Geld, schrieb alles auf einen Zettel. Dann höre ich meinen Papá flüstern: ›Ist das drin?‹ Nach ein paar Minuten berührt Mamá seinen Arm, lächelt und sagt: ›Sí.‹ Dann sieht er mich und Angie an und sagt: ›Ich finde, wir sollten uns ein Eis holen. Was meint ihr, sollen wir für uns alle ein Eis holen?‹ Derselbe Mann, der mich nach Strich und Faden vermöbelt hat, legt den Arm – *brazo grande y fuerte!* – um meine Schultern. Und wir essen Eis.«

»Heutzutage würde er wahrscheinlich wegen Kindesmisshandlung verhaftet«, sagte ich.

»Die verdammten Weißen.« Tomás lachte leise und schüttelte den Kopf. »Die machen alles kaputt, oder?« Dann holte er tief Luft und sagte: »Er hat mir beigebracht, ein Mann zu sein. Für die Familie stark zu sein. Die Familie zu beschützen. Hat mir gezeigt, wie wichtig die richtige Frau ist. Eine Frau, die in ihrem Mann größere Träume, größere Möglichkeiten sieht. Eine Frau, die weiß, wie sie dich zusammenflickt, wieder auf die Beine stellt und zurück in den Kampf schickt. So eine Frau habe ich in Elena. Elena ist noch mehr als das. Sie ist der einzige Grund, warum ich irgendwie an Gott glaube, Octavio, denn so eine Frau wie Elena wird einem nicht zufällig beschert. Engel sind keine Zufälle.«

»Entschuldige, dass ich es dir nicht erzählt habe.«

»Eine Entschuldigung reicht nicht, *pendejo*«, sagte Tomás. »Es gibt nämlich nur vier Dinge, die mich auf dieser beschissenen Erde halten: Elena, meine Tochter, meine kleine Enkelin June – und du.«

Tomás blickte wieder kurz in den Nachthimmel und trank dann den Rest von seinem Bier in einem Zug.

»Was immer du tun musst, damit meine Frau in Sicherheit ist und alles wieder seinen normalen beschissenen Gang geht, ich bin dabei, Octavio«, sagte Tomás. »Aber du musst ehrlich zu mir sein. Keine Geheimnisse, keine Lügen oder sonst irgendeinen Schwachsinn.«

»Morgen fahr ich nach Royal Oak. Willst du mitkommen?«

»Was ist in Royal Oak?«

»Duke Ducane.«

Tomás warf mir einen Blick zu. Früher einmal hatte dieser Name die Hölle entfesselt, zumindest in Detroit.

»Ist der nicht noch im Knast? Oder tot?«

»Nein«, sagte ich. »Seit zwei Jahren raus.«

»Und wieso sollten wir dem teuflischen Hundesohn einen Besuch abstatten wollen?«

»Weil er früher in Detroit mit Frauen gehandelt hat«, sagte ich. »Von Neufundland nach Toronto über Detroit und weiter nach Kentucky und Tennessee. Russinnen, Chinesinnen, Nigerianerinnen. Sie haben ein Viertel seines Geschäfts ausgemacht. Hatte Kanäle und Unterschlüpfe, die nicht mal das FBI aufspüren konnte. Er kennt die Schlüsselfiguren im Sexhandel. Zumindest kannte er die mal.«

»Was macht der Widerling in Royal Oak?«

»Er ist jetzt in der Musikbranche.«

»Gütiger Himmel«, sagte Tomás. »Das ist ja noch schlimmer.«

15

Royal Oak war einmal eine schrille Hippie-Enklave der oberen Mittelschicht vierzehn Meilen nordwestlich von Detroit, in der alternde weiße Liberale so richtig einen auf flippig machen konnten. Der Geruch von Joints und Nelkenzigaretten hing in der Luft, wohin man auch ging: von hippen Kaffeebars mit ausgeleierten Sofas und schlechten Aktgemälden über kleine, aber feine Fahrradläden bis hin zu teuren Bauernmärkten, wo die Wörter »biologisch« und »glutenfrei« vermutlich zum ersten Mal überstrapaziert wurden. Man konnte in einem Laden Vintage-Klamotten kaufen und sich dann gleich nebenan ein Latex-Bondage-Outfit maßschneidern lassen. Lange bevor ihnen »kulturelle Aneignung« vorgeworfen wurde, fuhren weiße Kids mit Lippenpiercings und blonden Dreadlocks schon auf ihren Skateboards die Main Street rauf und runter, vorbei an so mancher überteuerten Kunstgalerie oder einem angesagten Imbiss für fettige Burger. Filmfreaks, die nach filterlosen Gauloises oder Gitanes stanken, huldigten der Kinokunst am flackernden Altar des Main Art Theatre, wo wöchentlich Regisseure wie François Truffaut, Roberto Rossellini oder Ingmar Bergman gefeiert wurden.

Und es gab heruntergekommene, baufällige Musikclubs, in denen Rockbands wilde Konzerte vor zugedröhnten Teenagern gaben, die knallig gelb, rot oder blau gefärbte Haare hatten, Tat-

toos und Piercings und gnadenlos zerrissene Jeans und unge-
schnürte Doc-Martens-Stiefel trugen.

Royal Oak ist für Michigan das, was Austin für Texas ist: eine
kleine Zitadelle des musikbegeisterten, unbekümmerten, pro-
gressiven weißen Linksliberalismus inmitten einer Sargassosee
aus Waffen tragenden, Kreuze verbrennenden rechtsradikalen
Milizen und reaktionärer neo-konservativer Politik, während
alle Schwarzen und Latinos mit Furcht und Abscheu von außen
auf beides schauen.

Royal Oak ist das, was passiert, wenn reiche Weiße eine Gegend gentrifizieren, die von Weißen der Mittelschicht bewohnt
wird.

Obwohl ich darauf schimpfte, hatte ich doch die ein oder andere Schwäche für Royal Oak.

Als ich zehn war, gingen meine Eltern mit mir in die Wieder-
aufführung von *Alien* in einer digital überarbeiteten Director's-
Cut-Fassung, die im Main Art Theatre gezeigt wurde, als man
dort endlich begriff, dass sich Popkultur rentierte. Meine Mutter hatte sich das Original zusammen mit Freundinnen angeschaut. Sie hatte meinem Vater erzählt, *Alien* sei »wie eine mexikanische Kindergeschichte, nur im Weltall!« Unvorstellbare
Monster und unersättlich Böses kämpften gegen die Tugendhaf-
ten an Orten, wo Tugend und Rechtschaffenheit selten gewan-
nen. Mein Vater zweifelte danach eine Zeit lang am Verstand
meiner Mutter.

Dave's Comics war inzwischen ebenso Geschichte wie das
längst verschwundene R&J Café. Zum Glück servierte das Red
Coat Tavern noch immer einen der besten Burger der Gegend mit
in Butter gedünsteten Zwiebeln.

Mein Anwalt – David G. Baker – lebte hier.

»Warum noch mal hat er bloß fünf Jahre wegen Erpressung in
Jackson abgesessen und ist nicht wegen Mordes, Drogen, organi-
sierter Kriminalität, Menschenhandel und Prostitution lebens-

lang verknackt worden?«, fragte Tomás, als wir auf der Woodward Avenue im dichten Nachmittagsverkehr nach Norden Richtung Royal Oak krochen.

»Teure Anwälte«, sagte ich. »Ganz zu schweigen davon, dass er die Hälfte der Richter und Politiker im Bundesstaat in der Tasche hatte. Wenn er für das alles verknackt worden wäre, wären die für noch mehr verknackt worden. Und das Rechtssystem in Michigan ersäuft im Eriesee. Ich bin nie das ungute Gefühl losgeworden, dass ich meine Klage gegen den alten Bürgermeister nur deshalb gewonnen habe, weil Duke Ducane beschlossen hat, ihn fallen zu lassen.«

»Trotzdem«, sagte Tomás, »du hast ihn einkassiert. Viele Cops haben das versucht – auch dein alter Herr –, aber geschnappt hast du ihn, Grünschnabel.«

Ich sah mein Heldentum bei der Verhaftung von Marcus »Duke« Ducane weiterhin skeptisch.

Ehe wir unseren Ausflug nach Royal Oak antraten, legten wir den obligatorischen Zwischenstopp in Tomás' Keller ein, in dem sein großer Waffenschrank stand.

»Gott«, sagte ich mit Blick auf den Waffenschrank. »Was soll das denn?«

Verschwunden war das Poster von einem irre aussehenden Generalissimo Emiliano Zapata Salazar, stattdessen klebte jetzt ein Poster mit den beliebten mexikanisch-amerikanischen Komikern George Lopez, Gabriel Iglesias, Paul Rodriguez und Cristela Alonzo auf dem Schrank. Die an der Decke hängende nackte Glühbirne mit der Kordel hatte jetzt einen Schirm aus Buntglasimitat mit der Aufschrift »¡El hogar es donde está el corazón!« – »Zuhause ist da, wo das Herz ist!«

»Das war Elena«, sagte Tomás. »Zapata hat ihr immer eine Heidenangst eingejagt, wenn sie hier unten Wäsche gemacht hat. Irgendwas von wegen seine Augen würden sie verfolgen.«

»Großer Gott«, sagte ich, irritiert von den Veränderungen.

»Der Schrank sieht aus, als hättest du jetzt Frijoles und Hunde-
welpen drin.«

Es kostete mich einiges an Überzeugungsarbeit, bis Tomás
einsah, dass ein halb automatisches Gewehr – nur ein einzi-
ges – vielleicht ja doch für unseren Besuch in Dukes Aufnahmestudio SoundNation in Royal Oak genügen könnte. Widerwillig entschied er sich für das imposant aussehende IWI Tavor
XB95.

»Aber ich pack zwei Magazine ein«, sagte Tomás. »Falls ich den
Scheißkerl erledigen muss, will ich auf Nummer sicher gehen,
dass er tot ist.«

Statt noch ein zweites Sturmgewehr mitzunehmen, begnügte
sich Tomás mit einer Beretta 92, Kaliber 9mm, im Schulterholster, einer Ruger .357 Magnum, gut versteckt in einem Rücken-
holster, und einem Ka-Bar-Messer, Modell Snody Snake Charmer,
in der linken Tasche seiner Cargohose.

»Ich fühl mich total nackt«, maulte Tomás, als er den Waffenschrank zumachte. »Ein paar mickrige Bleispritzen und ein mexikanischer Zahnstocher.«

Ich hatte großes Verständnis für Tomás' Widerwillen, Duke
Ducane ohne schwere Artillerie zu besuchen.

In der Detroiter Unterwelt gibt es dunkle Legenden: die Purple
Gang, eine für ihre Skrupellosigkeit berüchtigte Bande, die in
der Prohibitionszeit ihr Unwesen trieb und überwiegend aus ost-
europäischen Juden bestand, Vito »Billy Jack« Giacalone und sein
Bruder Anthony »Tony Jack« Giacalone, italienische Mafia-Bosse,
die in Verdacht standen, für das Verschwinden und die Ermordung des Gewerkschaftsführers Jimmy Hoffa verantwortlich zu
sein, und der berüchtigte schwarze Drogenboss Frank Usher,
dessen Geschäftssinn und reuelose Brutalität seine italienischen
Mafia-Partner derart beeindruckten, dass er den Spitznamen
»Frank Nitti« verpasst bekam, genau wie Al Capones grausame
rechte Hand.

Und dann war da noch Marcus »Duke« Ducane: Drogendealer, Erpresser, Waffenschieber und Menschenhändler.

Als ich bei der Polizei anfing, hatte Duke Ducane bereits zwei Bürgermeister überdauert, einen DPD-Commissioner, drei Ducane-Sonderkommissionen, eine gemeinsame Ermittlung von DPD und FBI und einen Prozess, der wegen Verfahrensfehlern eingestellt wurde.

Wie Tomás sagte, war ich derjenige, der Duke Ducane schließlich in Handschellen ins 14. Revier führte.

Und ich war derjenige, dem er zuzwinkerte, als er in acht Anklagepunkten freigesprochen wurde, die ihm lebenslange Haft im Hochsicherheitsgefängnis gebracht hätten, und stattdessen mit gerade mal fünf Jahren wegen Erpressung davonkam. Da gelangte ich zu der beunruhigenden Erkenntnis, dass Duke sich von mir hatte festnehmen *lassen*. Er ließ gerade genug Köder vor meiner Nase baumeln, um aus einem Geschäft herauszukommen, das zu einer dezentralisierten, entpersönlichten und anonymen globalen Maschine geworden war. Autonome Nationalstaaten mit undurchschaubaren Vereinbarungen, Schattenverträgen und Bergen von Schlangen mit mehreren Köpfen, jeder mit tödlichem Gift.

Ich war Duke Ducanes letzte und beste Chance zum Rückzug, ohne zwei Kugeln in den Hinterkopf zu bekommen. Vielleicht war das der Grund, warum er anscheinend keinen Groll gegen mich hegte.

Nach meinem Prozess wegen unrechtmäßiger Entlassung erhielt ich einen Brief von Ducane.

»Tut mir leid, dass Sie Ärger hatten, Detective Snow«, begann der Brief. »Sie glauben es mir vielleicht nicht, aber Ihre Schwierigkeiten tun mir aufrichtig leid. Wohin Ihr Weg Sie auch führt, eines sollen Sie wissen: Dank Ihnen bin ich ein anderer Mensch geworden. Vielleicht nicht transzendental – ich bin nicht Saulus. Denken Sie einfach an das 5. Buch Mose, Kapitel 31, Vers 6:

›Empfangt Vollmacht und Kraft: Fürchtet euch nicht und weicht nicht erschreckt zurück, wenn sie angreifen! Denn der Herr, dein Gott, er zieht mit dir.‹«

Selbst der Teufel zitiert die Bibel.

Ich bog auf den kleinen Parkplatz hinter einem zweigeschossigen roten Backsteingebäude direkt an der Main Street, zwei Meilen nördlich vom I-696, und parkte.

Duke Ducanes Aufnahmestudio SoundNation.

Tomás und ich vergewisserten uns kurz, dass unsere Waffen entsichert waren.

Überzeugt, dass wir beliebig viele Armeen kleiner Inselstaaten abwehren und rasch gekrönt werden könnten, gingen wir hinein.

16

Das Schild neben der schlichten polierten Ahornholztür mit der Aufschrift SoundNation Recording Inc. hätte durchaus auch diskret den Eingang eines Wirtschaftsprüfungsbüros markieren können.

Drinnen wurde sofort klar, dass es sich nicht um ein solches handelte: Die Wände sahen aus, als hätte Jackson Pollock sie persönlich im Bourbon-und-Kokain-Rausch mit Farbe bespritzt. An der Decke hing ein Kronleuchter aus weißem Milchglas in Form einer riesigen Flasche Jack Daniel's.

Auf beiden Seiten des Flurs standen sich zwei geschwungene kleine Sofas gegenüber, die mit Stoff in schwarz-weißem Leopardenmuster bezogen waren, was die Brechreizwirkung noch verstärkte.

Gut zehn Meter entfernt, an einem Milchglasschreibtisch, der mit weißen LED-Lämpchen umrahmt war, saß eine attraktive junge Frau mit unglaublich weißer Haut, blau-lila Emo-Haar, schwarzem Lidschatten, schwarzem Lippenstift und einem silbernen Nasenpiercing.

»Hi!«, sagte sie enthusiastisch. »Willkommen bei SoundNation!«

»Ich bin August Snow«, sagte ich ebenso enthusiastisch. »Das ist mein Reisegefährte und Personalchef Tomás Gutierrez. Und Sie sind?«

»White Girl!«

»Äh – okay«, sagte ich. »Hätten Sie was dagegen, wenn ich Sie beim Vornamen nenne?«

»Überhaupt nicht«, sagte sie. »Mein Name ist Dahlia Alanis Delaney.«

Ich erklärte, dass ich sehr gern mit Duke sprechen würde. Sie griff nach einem weißen Telefon, das aussah, als wäre es extra für die englische Königin entworfen worden, und machte einen kurzen Anruf. Nach ein oder zwei Sekunden sagte sie: »Ja, Sir«, und legte auf.

»Mr Ducane ist in einer Minute bei Ihnen, Mr Snow«, sagte Dahlia Delaney alias White Girl: »Könnte ich bitte Ihre Waffen haben?«

Tomás und ich wechselten einen Blick.

»Woher –«

Dahlia deutete auf ihren Computermonitor: Ein Standbild in Schwarz-Weiß wie eine Röntgenaufnahme zeigte Tomás und mich. Alle unsere Waffen waren deutlich zu erkennen.

»Im Ernst?«, sagte ich.

Dahlia öffnete eine Schreibtischschublade, holte einen Smith & Wesson 686 Plus hervor und richtete den Revolver lässig auf mich. »Im Ernst.«

»Was ist mit Duke oder den Compton-Zwillingen?«

»Die *Compton*-Zwillinge?«, sagte Tomás ungläubig. »O Mann, das wird ja immer besser.«

»Mr Ducane, ja«, sagte sie, während sie weiter den glänzenden Lauf der Waffe seelenruhig auf mich gerichtet hielt. »Die Zwillinge, nein. Alle – Gäste und Kunden – händigen mir ihre Waffen aus. Ist ein bewährtes Verfahren und entspricht den Branchenrichtlinien für das 21. Jahrhundert.«

Widerstrebend händigte ich ihr meine Glock aus. Sie verstaute sie in einer Schließkassette und gab mir ein Ticket: Nr. 26.

Dann sah sie Tomás an.

»Nix da«, sagte Tomás. »Auf gar keinen Fall.«

Ihr Schreibtischtelefon klingelte, und sie ging ran, zielte dabei aber lächelnd weiter mit ihrem Revolver auf mich. Sie lauschte vielleicht fünf Sekunden, nickte, senkte ihre Waffe und sagte: »Selbstverständlich«, dann legte sie auf. »Sie dürfen Ihre Waffen behalten«, sagte sie zu Tomás.

»Danke, Engelchen«, sagte ich.

»Was zum Teufel war das denn?«

»Bogart. Vielleicht sind Sie zu jung –«

»Das war der schlechteste Bogart, den ich je gehört hab«, sagte sie naserümpfend.

»Sie hat recht«, sagte Tomás. »Den hast du noch nie gut –«

»Okay, ich hab's kapiert!«

White Girl beschrieb uns den Weg zu Ducanes Büro, und wir folgten dem langen, Brechreiz erregenden Flur.

Unterwegs kamen wir an vier Aufnahmestudios vorbei: Im ersten sang sich eine junge Schwarze die Seele aus dem Leib, während ein Toningenieur auf einem riesigen Mischpult Regler einstellte. Hinter dem Toningenieur saß ein junger Schwarzer mit geschlossenen Augen und nickte in einem Rhythmus, den weder Tomás noch ich hören konnte, langsam mit dem Kopf.

Im nächsten Studio las ein großer weißer Typ von einem Skript auf einem Notenständer ab. Zwei Frauen im Businessoutfit diskutierten angeregt mit ihrem Toningenieur. Auf dem Schild an der Studiotür stand: SOUNDNATION HEISST DIE WESTERN MICHIGAN FORD DEALER ASSOCIATION WILLKOMMEN.

Im dritten Studio war ein junger Schwarzer, der eine mit Edelsteinen verzierte Sonnenbrille, ein buntes Seidenhemd, eine blaue Samthose mit Schlag, einen breiten weißen Lackledergürtel und weiße, mit Edelsteinen besetzte Cowboystiefel trug. Ein buschiger Afro und dicke Koteletten komplettierten seinen Elvis-Presley-Look. Er sprach mit einem Toningenieur und deutete auf Notenblätter, die auf dem Mischpult lagen.

Das vierte Studio war dunkel.

Eine kleine junge Frau in Businesskleidung ging mit einem hübschen Lederaktenkoffer in der Hand an uns vorbei. Sie lächelte und zwinkerte mir zu, ehe sie weiter Richtung Empfangsbereich ging.

Ich blieb stehen und sah ihr hinterher.

»Was ist?«, fragte Tomás.

»Nichts«, sagte ich. »Ich könnte schwören, dass ich sie schon mal gesehen hab.«

»Männer wie wir glauben, wir kennen jede *chica guapa*«, sagte Tomás. »Komm schon, lass uns den Scheiß hier hinter uns bringen.«

Wir bogen nach rechts und hörten die Stimmen der Compton-Zwillinge, Dukes Bodyguards und seine auf eine seltsame und gefährliche Art stets treuen Ersatzsöhne. Ich hatte nichts mehr von ihnen mitbekommen, seit sie vor fünf Jahren gleichzeitig mit ihrem Boss in den Knast wanderten. Ein Schauer lief mir über den Rücken, und ich griff unwillkürlich nach meiner Waffe, die ich am Empfang abgegeben hatte.

Ich hoffte, die Zwillinge waren mir nicht mehr böse, weil ich ihnen vor fünf Jahren die Handschellen angelegt hatte. Falls ja, könnte dies ein sehr kurzer und schmerzhafter Besuch werden.

»Oh, Mann«, sagte einer der Zwillinge im Bariton eines Bergtrolls. »Hoffe, das Miststück ist tot.«

Tomás und ich spähten um die Ecke in den Konferenzraum; die Zwillinge saßen mit ihren massigen Rücken zu uns und schauten auf einen imposant großen Flachbildfernseher, der an der Wand montiert war. Auf dem polierten Ahornholzkonferenztisch zwischen ihnen lagen, so meine Vermutung, die Überreste von allem, was die Speisekarte von Taco Bell an Tex-Mex-Fastfood zu bieten hatte. Auf dem Bildschirm war der Körper einer jungen Frau am Fuß einer moosbewachsenen Klippe zu sehen. Die Frau,

113

gekleidet im Stil der 1940er Jahre, umklammerte eine schwarze paillettenbesetzte Handtasche.

»He, Jungs!«, sagte ich.

Die Zwillinge drehten sich blitzschnell auf ihren Stühlen um, standen auf und nahmen prompt eine offensive Kampfhaltung ein.

»Halt den Scheiß an«, sagte einer der Zwillinge zum anderen. Ich glaube, es war Fergie, aber die Eizelle hatte sich so genau geteilt, dass ich nie ganz sicher war, welcher Zwilling welcher war. Fergies Bruder Fin nahm die Fernbedienung vom Konferenztisch und drückte die Pausetaste. Das Fernsehbild erstarrte genau in dem Moment, als eine alte Frau, die weiße Spitzenhandschuhe und ein Spitzendeckchen als Hut trug, auftauchte und traurig auf den Leichnam der jungen Frau blickte.

»*Miss Marple?*«, sagte ich. »Ernsthaft?«

»Was hast du hier zu suchen?«, sagte Fin (glaube ich) mit nicht unerheblicher Gereiztheit. »Wieso hat White Girl uns nicht angerufen? Und wer ist der blöde Speedy-Gonzales-Verschnitt da?«

»So viele Fragen«, sagte ich. »So wenig Interesse. Ich schätze, eure Empfangsdame war von meinem Charme und guten Aussehen derart überwältigt, dass sie glatt vergessen hat, euch anzurufen. Und der Gentleman hier ist mein Freund, Vertrauter und spiritueller Berater. Übrigens – er kann es gar nicht leiden, wenn er blöder Speedy-Gonzales-Verschnitt genannt wird.«

Gleichzeitig – und mit ziemlich hohem Gruselfaktor – nickten die Zwillinge mir zu und sagten: »Was wollt ihr zwei Niggah hier?«

»Wir haben einen Termin bei eurem Zoowärter«, sagte ich.

»Das heißt, wir können euch nicht die Fresse polieren?«

»Heute nicht, Jungs«, sagte Tomás und öffnete sein Hemd gerade so weit, dass seine Pistole im Schulterholster zu sehen war.

»Das steht aber noch aus, Snow«, sagte einer von den Zwillingen. »Das ist dir klar, oder?«

»Schätze, es wird noch warten müssen, mein Lieber«, sagte ich.

Ich grinste, salutierte vor den Zwillingssoziopathen, und Tomás und ich setzten unseren Weg fort.

Ich wollte gerade an eine hohe Ahornholzdoppeltür klopfen, als die leise aufging.

»*As-salamu alaykum*«, sagte Duke hinter seinem großen antiken Rosenholzschreibtisch.

»Dito, Süßer«, sagte ich und betrat die relative Dunkelheit seines Büros. Ich wusste, dass Tomás eine Hand an dem Messer in seiner Hosentasche hatte und die andere so hielt, dass er blitzschnell die Pistole aus dem Schulterholster ziehen könnte. »Im Knast zum Islam konvertiert?«

»Ich sichere mich bloß spirituell nach allen Seiten ab«, sagte Duke. »Ich hätte auch sagen können *Shavua tov*, *Namaskaram*, *Allah Abho*, *Jai Jinendra*, *Hamazor Hama Ashobed* oder Friede sei mit dir. Soweit ich mich erinnere, ist Letzteres eher dein Stil, stimmt's?«

Dukes Büro war schmal und lang. Hinter seinem antiken Schreibtisch trug er ein teures lindgrünes Poloshirt und eine weiße Schiebermütze von Kangol. Eine mit Monogramm bestickte Golftasche mit einem Satz Schlägern lehnte hinter ihm an einem beleuchteten Glasregal. Es enthielt unter anderem ein paar Bücher, kleine chinesische Jadeschnitzereien, gerahmte Fotos und, aus welchem Grund auch immer, eine silberne Frauenhalskette, deren herzförmiger Anhänger einen Diamanten in der Mitte besaß.

»Für die Herzdame?«, sagte ich auf die Halskette deutend.

»Nicht mehr«, sagte Duke trocken.

Das Interessanteste in dem Regal war eine Sammlung von Highland-Single-Malt-Scotch-Flaschen.

Eine hatte eine dicke Staubschicht.

»Na«, begann ich und beäugte die zwei gesteppten Chesterfield-Ledersessel vor dem Schreibtisch. Ich nahm einen in Beschlag. »Die Arbeit in der Gefängniskantine scheint sich ja gelohnt zu haben.«

»Man sollte stets für die Zukunft vorsorgen, junger Snow«, sagte er, griff hinter sich und nahm drei Kristallgläser aus dem Regal. »Die Royal Bank of Canada, die Bank of Nova Scotia, die Bank of Montreal und die Scotiabank Negril haben mir vor meinem Gerichtsprozess und anschließenden Gefängnisaufenthalt bei meiner Zukunftsplanung geholfen. Whisky?«

»Gern«, sagte ich. »Wie wär's mit der verstaubten Flasche?«

Duke bot Tomás einen Whisky an, der jedoch mit einem vornehmen Grunzen ablehnte.

Duke schob mir ein Glas Single-Malt-Whisky hin, und wir nahmen gleichzeitig einen genüsslichen Schluck. »Dieser Whisky ist über siebzig Jahre alt, Junge, also kipp ihn nicht runter, als wären wir Kumpel, die sich samstags abends im Elks Club die Kante geben«, sagte er. »Nun. Man munkelt, du bist auf der Suche nach Informationen zum Sexhandel in unserer schönen Stadt. Strebst du eine neue Karriere an, weil das bei der Polizei nicht hingehauen hat?«

Ich erklärte Duke, worum es ging, und schob dann mein leeres Glas zu ihm rüber. Er war so nett, mir noch einmal zwei Fingerbreit einzuschenken. »Ich hatte diese Art von Unternehmen irgendwann satt. Ich war nie ein sentimentaler Bursche, aber nachdem ich zu viel Verzweiflung und Angst bei zu vielen Frauen gesehen hatte, bin ich aus der Branche ausgestiegen. Die bittere Wahrheit ist, ein paar von den Ladys *wollten*, dass ich sie durchs Land der unbegrenzten Möglichkeiten schleuse. Immer noch besser, als von irgendeinem neureichen Hongkonger Millionär oder einem saudischen Prinzen vergewaltigt zu werden. Oder als russische oder türkische Drogenkurierin zusammengeschlagen zu werden.« Duke trank noch einen Schluck Scotch. »Aber so ist das nun mal, was? Glorreiches neues Jahrhundert. Glorreiche neue Möglichkeiten.«

»Dein Edelmut ist wirklich inspirierend, Duke«, sagte ich, angewidert von seiner nonchalanten Attitüde. »Echt nobelpreisverdächtig.«

»Komm verdammt noch mal zum Punkt«, blaffte Tomás Ducane an.

Die zwei Männer wechselten drohende Blicke, bevor Duke lächelte und sagte: »Der Punkt ist, dass ein paar kriminelle ICE-Einheiten junge Latinas und Frauen aus dem Nahen Osten kidnappen und durch ein neues privates Netzwerk schleusen. Angeblich haben sie sich sogar eine junge weiße Irin geschnappt, deren Visum abgelaufen war. Ich meine, sie können die Frauen nicht selbst durchs Land schleusen, weil das zu riskant ist, klar? Und die Profis, die ich kenne – gekannt habe –, wollen keine Partnerschaft mit irgendwelchen Bundesagenten – weder eine schmutzige noch sonst eine –, weil die nämlich am liebsten nur dasitzen und Däumchen drehen. Also, mit wem kommen sie stattdessen ins Geschäft?« Duke ließ sich einen Moment Zeit, um Tomás und mich auf die Folter zu spannen. »Skinheads, Neonazis, weiße rassistische Motorradbanden. Und ich meine, wenn es etwas gibt, wovon Michigan noch mehr in Hülle und Fülle hat als Äpfel, Kirschen, Barsche und Hirsche, dann sind das weiße Hassgruppen. Die meisten von denen sind gehirnamputierte, Eichhörnchen fressende Wichser, die ohne Wegbeschreibung nicht mal ihren eigenen Arsch finden könnten. Die größeren Gruppen brauchen ständig Geld für Drogen und Waffen, und was gibt es für eine bessere Methode, an Knete zu kommen, als Mädchen verkaufen? Sie durch Striplokale zu schleusen. Durch exklusive teure Sexclubs. Mit großen, knallharten Bikerclubs aus Kalifornien und Texas zusammenarbeiten.« Duke nahm einen Notizblock und einen Mont-Blanc-Kuli und begann zu schreiben. »Wenn ich du wäre? Mit den Leuten hier würde ich reden.« Er riss das Blatt vom Block ab und reichte es mir.

»Du bist ausgesprochen hilfsbereit«, sagte ich. »Wieso?«

»›Nicht mit dem Blut von Böcken und jungen Stieren, sondern mit seinem eigenen Blut ist er ein für alle Mal in das Heiligtum hineingegangen und so hat er eine ewige Erlösung bewirkt.‹ Hebräer 9,12. Nicht jeder geht denselben Weg zur Erlösung, Snow. Das hier ist mein Weg. Und mein Weg ist von meinem eigenen Blut geebnet worden. Meiner Geschichte. Das Unternehmen hier? *Mein* Unternehmen. Hundert Prozent legal. Dieser Weg hat die Wahrscheinlichkeit, dass ich eines unfreiwilligen vorzeitigen Todes sterbe, um mindestens achtzig Prozent reduziert. Die Rechnung gefällt mir.« Dann lächelte er. Es war ein Lächeln, das dem der Schlange im Paradies garantiert nahekam. »Außerdem kaufe ich meine Donuts im selben Laden wie du und gehe auch zum selben Friseur wie du. Und der kluge Mann hat Achtung vor Donuts und Friseuren. Verstehst du, was ich sagen will?«

Ich verstand es.

»Du bist genau wie dein Daddy«, sagte Duke schließlich. »Ehrenwerter Mann. Ein bisschen schwer von Begriff, aber ich bin trotzdem davon überzeugt, dass wir als ehrenwerte Männer unterschiedlicher Meinung sein können, ohne uns gegenseitig abzuknallen.«

»Und was ist mit den Compton-Zwillingen?«, fragte ich.

»Ich werde die Jungs natürlich davon in Kenntnis setzen, dass du keine Persona non grata mehr bist und mit größtem Respekt behandelt werden solltest«, sagte Duke. Er lachte und fügte hinzu: »Könnte natürlich sein, dass ich das mehrmals wiederholen muss, bis es haften bleibt, deshalb ...«

Ich trank den letzten Schluck von meinem Scotch, stand auf und streckte Duke die Hand hin. Überrascht starrte Duke eine Sekunde lang darauf, ehe er sich erhob und sie schüttelte.

»Sei vorsichtig da draußen«, sagte Duke. »Gut möglich, dass ich deine Freundschaft irgendwann mal brauche, und ich fänd's bedauerlich, wenn du vorher umgelegt wirst.«

Ich betrachtete Duke in seinem lindgrünen Poloshirt, der weißen Kangol-Mütze und den pinken Shorts mit weißem Gürtel.

»Wird hier gerade ein Remake von *Caddyshack* gedreht?«, sagte ich. »Weil, ehrlich, Duke. Dein Kostüm passt perfekt!«

»Mach, dass du rauskommst.« Duke lachte.

»Man sieht sich, Jungs«, sagte ich zu den Compton-Zwillingen, als wir am Konferenzraum vorbeikamen. Sie guckten wieder *Miss Marple*. »Hoffe, ihr vermisst mich nicht allzu sehr.«

»Arschloch«, sagte Fergie.

»Arschloch«, stimmte Fin zu.

»Hat es Ihnen bei uns gefallen?«, fragte Dahlia alias White Girl, als ich mein Ticket gegen meine Glock tauschte.

»Ich hab das Gefühl, ich brauch eine Dusche mit Messwein«, sagte ich.

17

»Das könnte verdammt schnell verdammt übel werden.«
Tomás und ich warteten in Tom's Oyster Bar in Royal Oak
auf unseren Lunch. Bei dreißig Grad Hitze und vierzig Prozent Luftfeuchtigkeit hatte Tomás darauf bestanden, dass wir
draußen sitzen, weil kaltes Bier bei solchen Temperaturen angeblich noch besser schmeckte. Dabei wusste ich, dass er es auch
im Michigan-Winter während eines Schneesturms genüsslich
trank.

»Mit schnell und übel komm ich klar«, sagte ich. »Im Moment
hab ich bloß irgendwelche Schauergeschichten und einen dürftigen Hinweis von einem Ex-Knacki.«

»Aber deiner FBI-Freundin traust du, ja?«

»O'Donnell?«, sagte ich. »Ja. Tu ich. Aber sie hat nicht immer
recht und traut ihrer eigenen Intuition nur ungern. Das Regierungsangestelltensyndrom.«

Unsere Kellnerin – eine junge Frau mit einem strahlenden
Lächeln, beschwingter Laune und dem kryptischen Oberarm-Tattoo »Camus hatte recht« – brachte unsere Getränke. Tomás
hatte ein Craftbier namens New Holland Dragon's Milk bestellt
(ein Beweis dafür, dass in Grand Rapids, Michigan, nicht alles
bibelfanatischer holländischer Reformkonservatismus war).
Nach dem Genuss von Dukes Highland-Whisky hatte ich mich
für ein Sodawasser mit viel Eis und einer Limettenscheibe ent-

schieden. Vielleicht nächstes Mal einen Valentine-Wodka-Martini, gekühlt, ohne Eis, zwei Oliven.

Tomás verschlang seine Baja Fish Tacos, während ich mir jeden Bissen von meinem Shrimp Po'Boy auf der Zunge zergehen ließ. Ich hatte erst die Hälfte von meinem Sandwich gegessen, als Tomás, der schon bei seinem letzten Taco war, sagte: »Wir hätten der Welt einen Gefallen tun und Ducane abknallen sollen wie einen tollwütigen Hund.«

»›Halte deine Freunde nahe bei dir, aber deine Feinde noch näher‹«, zitierte ich entweder Sun Tzu oder Machiavelli. »Solange er sein Aufnahmestudio betreibt, ist er keine Gefahr für uns.«

»Und die Compton-Zwillinge? Glaubst du ernsthaft, er kann diese King-Kong-Dreckskerle an der kurzen Leine halten?«

»Die Compton-Zwillinge essen, schlafen oder scheißen nur, wenn Duke es ihnen sagt. Außerdem, wenn Duke mich hätte umlegen wollen, wäre das längst passiert.« Dann sagte ich: »Bist du heute Abend immer noch dabei?«

»Sí.«

»Gut«, sagte ich. »Hol mich gegen halb neun ab.«

»Ich bring hundert Mäuse mit«, sagte Tomás. »In Ein-Dollar-Scheinen.«

Er lachte laut.

Ich weniger.

Nicky Karnopolis betreibt einen der beliebtesten Stripclubs auf Detroits 8 Mile Road westlich vom Southfield Freeway, aber bei Gott – er ist dümmer, als die Polizei erlaubt.

Nickys Vater – Christophanos »CK« Karnopolis – besaß früher drei Clubs: The Barbiton in Greektown, Aphrodite's Pillow in Grand Circus und Leto's auf der West 8 Mile. Die Clubs waren einigermaßen sauber, und für die Stripperinnen galt die sehr strenge Regel, sich weder zu betrinken noch Drogen zu nehmen, was von CKs mit Steroiden aufgeputschten Security-Schlägern durchgesetzt wurde.

Karnopolis machte keinen Hehl daraus, dass er Schwarze nicht leiden konnte – »Wieso sollte ich Niggah in meine Clubs lassen? Niggah sind *Tiere!* Und die geben kein Trinkgeld!« Er entkam nur knapp einer Reihe von Diskriminierungsklagen, die ein paar Gäste und eine Stripperin gegen ihn eingereicht hatten.

Im reifen Alter von achtundsiebzig Jahren beschloss der Zigarren kauende, Ouzo saufende CK schließlich, dass Stripclubs etwas für junge Männer waren. Er verkaufte zwei von ihnen und überließ den dritten und größten Club – Leto's – seinem dämlichen Sohn Nicky.

»Wenn er's verkackt?«, gestand CK mir einmal untypischerweise. Ich glaube, eine halbe Flasche Ouzo hatte ihm das Gehirn vernebelt. »Scheiß auf ihn. Mach ich einfach noch mehr Jungs. Hab noch immer griechisches Feuer im Sack, klar?«

Falls Nicky irgendwas über Kidnapping, Prostitution oder Menschenhandel wusste, vergaß er es wahrscheinlich fünf Minuten nach seiner letzten Koks-Line oder seinem fünften Glas kaum trinkbaren Champagner.

Dennoch, er stand auf Duke Ducanes Liste und war in FBI Special Agent Megan O'Donnells Kopf.

Für Nicky war der Club leicht verdientes Geld. Außerdem bescherte er ihm nicht nur Sex, sondern auch ein riesiges Haus an einem See außerhalb der Stadt mit einem privaten Landungssteg, an dem mal ein acht Meter langes Pontonpartyboot gelegen hatte (unlängst beschlagnahmt).

Tomás und ich saßen in Nickys vollgestopftem Hinterzimmerbüro.

»Leute«, sagte Nicky und ließ ein Eine-Million-Megawatt-Grinsen aufblitzen. »Ernsthaft? Frauenhandel? Sehe ich so bedürftig oder bescheuert aus?«

Ich verkniff mir eine Antwort.

»Keiner von der Polizei oder vom FBI hier aufgekreuzt? Vielleicht vom ICE?«, fragte Tomás.

»Oha, oha – *oha!*«, sagte Nicky mit dramatischen bremsenden Handbewegungen. »FBI? Scheiß-ICE? Leute, das hier ist ein *ehrbares* Unterhaltungslokal für Erwachsene! Bullen aus der Gegend, ja. Klar. Aber die kriegen für gewöhnlich ein paar Bier aufs Haus und obendrein gratis eine Titte ins Gesicht gedrückt, klar? Uns hat keiner Ärger gemacht.«

»Was dagegen, wenn wir noch ein bisschen hierbleiben?«, fragte ich.

»So lange Sie wollen, Detective«, sagte Nicky mit seinem einzigartig irritierenden und nervösen Kreischlachen. Ich korrigierte ihn nicht, was den »Detective« betraf. »Ich spendier euch sogar Drinks! Lapdance gefällig? Ich habe da diese Zwillinge – Bosnien, Belgrad, irgend so ein scheißosteuropäisches Land –, die machen jeden Schwanz zum Diamantenschneider, Ehrenwort.«

Auf dem Weg zurück in die suppige Dunkelheit des Clubs sagte Tomás: »Spinn ich, oder war der Typ high auf Meth wie sonst was?«

»Wie sonst was«, sagte ich.

Der DJ des Clubs – ein weißer Typ mit blonden Dreadlocks und einem übergroßen Brooklyn-Dodgers-Sweatshirt – spielte dröhnend laut irgendeinen Rap-Song über »fette Kohle und wilde Ficks«, während zwei Frauen sich auf der Bühne um Stangen schlängelten.

Eine der Frauen, mit rötlichem Hautton, großen dunklen Augen und pechschwarzem Haar, sah kaum legal aus. Sie erspähte mich, lächelte und zwinkerte.

Aus irgendeinem Grund befiel mich ein unangenehmer Schauder.

Als würde ich sie von irgendwoher kennen.

Wenn es an Stripclubs eines gibt, wovon sich mir schon immer der Magen umgedreht hat, dann ist es der Geruch: ein feuchter Mief. Ein widerlicher Mix aus Schweiß, Furzen, Schimmel, bedenklichem Essen, schalem Bier und vorzeitiger Ejakulation. Auf den Toiletten stinkt es nach verkohlten Autoreifen.

Abgesehen von dem Geruch und der Abwertung von Frauen zu reinen Sexobjekten hat mich immer schon die dürftige poetische Fantasie bei den Künstlernamen der Stripperinnen gestört: Jade Green, Tiffany Diamond, Honey Potts.

Eine Frau mit karamellfarbener Haut zeigte immerhin ein bisschen Initiative, um ihrem Künstlernamen »Marqesh de Sade« gerecht zu werden. Sie stöckelte mit eindrucksvollem sexuellem Selbstvertrauen auf unwahrscheinlich hohen Lucite-Highheels zu unserem kleinen Tisch und sagte: »Sieht so aus, als könntet ihr Trauerklöße ein bisschen Stim-u-lation gebrauchen.«

Bevor ich Marqeshs Angebot, uns Trauerklöße etwas aufzuheitern, dankend ablehnen konnte, hatte sie sich schon rittlings auf meinen Schoß gesetzt und meinen Kopf an ihre glänzenden Brüste gezogen, die fest entschlossen waren, über die Ufer ihres schwarzen Kunstleder-BHs zu treten. Sie roch nach mäßig teurem Parfüm und einer anstrengenden Lapdance-Nacht.

Tomás lachte. »Mein Freund ist wirklich ein Trauerkloß, Marqesh. Meinst du, du kannst ein Lächeln in sein Gesicht zaubern?«

»Oh, ich kann noch viel mehr, Süßer«, sagte sie. Dann beugte sie sich dicht an mein Ohr und sagte: »Draußen, Notausgang, fünf Minuten. Hab was über den ICE für dich.«

Nachdem sie sich ein paar Minuten zu gehirnerschütternder Musik auf mir gerekelt hatte, zwinkerte Marqesh mir zu und ging zurück in die überhitzte Gästemenge.

»Hattest du dabei genauso viel Spaß wie ich?«, sagte Tomás lachend.

Fünf Minuten später standen Tomás und ich draußen vor dem Notausgang des Clubs.

Die Tür öffnete sich scheppernd, und Marqesh kam in einem

lila »Sailor Moon«-Polyesterkimono und flauschigen rosa Häschenpantoffeln heraus.

»Habt ihr eine Zigarette?«, sagte sie.

»Rauchen ist tödlich«, sagte ich.

»Ich strippe für Idioten, die mich an dem Müllding da rammeln wollen«, sagte sie und deutete auf einen Container, der aussah wie ein rund um die Uhr geöffnetes Flatrate-Büffet für Ratten. »Eine Zigarette bringt mich nicht schneller um als dieser Job.«

»Normal oder Menthol?«, fragte Tomás.

»Menthol.«

Tomás griff in eine Tasche seiner Cargohose und holte eine Packung Salem Menthol 100 hervor. Er reichte Marqesh die Schachtel, und sie klopfte eine Zigarette heraus. Tomás gab ihr Feuer und sagte: »Behalt die Schachtel. Ich versuche gerade aufzuhören.«

Sie nickte zum Dank mit dem Kopf und steckte die Schachtel Zigaretten in ihre Kimonotasche.

»Ich kenn dich«, sagte sie schließlich und musterte mich mit zusammengekniffenen Augen. »Der Cop, der den Bürgermeister hinter Schloss und Riegel gebracht hat.«

»Sorry, ich –«

»Nein«, fiel sie mir ins Wort. »Du wirst dich nicht an mich erinnern. Du bist in das Haus von seinem Bauunternehmer-Kumpel in Indian Village gekommen. Der Scheißkerl wollte dich bestechen. Ich war oben an der Treppe und hab so einem Wichser von der Staatsanwaltschaft einen geblasen. Du hast dem Kumpel vom Bürgermeister gesagt, er soll sich ins Knie ficken. Dann hast du ihm die blöde Visage poliert.« Marqesh nahm einen tiefen Zug von der Zigarette und blies zwei Rauchsäulen aus der Nase. »Ich geh für keinen auf den Strich, aber – schnelles Geld ist schnelles Geld. Sex ist schon immer Verhandlungssache gewesen. Da könnt ihr jede Ehefrau fragen.«

Marqesh zog ein letztes Mal tief an ihrer Zigarette, warf den

Stummel auf den Boden und trat ihn mit einem flauschigen Häschenpantoffel aus.

»Hab euch und Nicky gehört«, sagte sie. »Verfickter Idiot. Ja, letzte Woche waren ein paar ICE-Typen hier. Vier. Nein - drei. Der vierte Typ sah aus wie ein Biker: Zottelbart, Lederweste. Ich konnte keinen Clubnamen sehen. Die haben ordentlich gebechert. Einer von ihnen hat einen Hunni bezahlt für einen Lapdance von einem der weißen Mädels. Russin. Zugedröhnt mit Meth und Wodka.« Marqesh zündete sich wieder eine Zigarette an und nahm einen tiefen Zug. »Wann habt ihr das letzte Mal gehört, dass irgend so ein Bundesfuzzi für irgendwas mit einem Hunni gewedelt hat? Jedenfalls, der Typ ist besoffen. Hackedicht. Brüllt plötzlich rum ›Ich sollte deine Papiere überprüfen, Schätzchen‹ und ›Weißt du, wie viel wir für deinen süßen Kommunistenarsch kassieren könnten?‹. Sofort stecken seine Kumpel der russischen Tussi ein paar Zwanziger in den Stringtanga, packen ihn, und weg sind sie.«

»Kannst du einen von den Typen beschreiben?«

»Weiß«, sagte sie. »Glaub ich jedenfalls. Scheiße, ihr kennt ja die Beleuchtung da drin. Könnten auch chinesische Zirkuszwerge gewesen sein. Aber ich weiß, dass die vom ICE waren. Als sie reinkamen, haben zwei von denen DaShawn ihre Ausweise gezeigt, als würden sie dafür einen kostenlosen Lapdance kriegen. Arschlöcher.«

»DaShawn?«

»Türsteher. Ist nicht mehr da. Netter Typ, hat bloß versucht, irgendwie über die Runden zu kommen.«

Tomás und ich bedankten uns bei Marqesh.

Ich griff in meine Tasche, um ein paar Scheine hervorzuholen. »Lass stecken«, sagte sie. »Versprecht mir einfach, dass ihr die Typen fertigmacht. Ich mach den Job hier, weil ich ihn machen will. Manche Frauen haben gar keine Wahl. Ihr findet diese Typen doch, oder?«

»Wir tun, was wir können«, sagte ich.

Als Tomás und ich zu meinem Wagen gingen, sagte ich: »Normal oder Menthol?«

»Wenn du mit jemandem in einem Stripclub reden willst«, sagte Tomás, »wird er oder sie wahrscheinlich eine rauchen wollen. Lockert die Stimmung. Hast du das denn nicht auf der Polizeischule gelernt?«

»An dem Tag muss ich krank gewesen sein.«

18

nd?«, sagte O'Donnell. »Habt ihr Jungs euch heute Abend gut amüsiert?«

Es war später Montagabend, und ich war nackt. Die Dusche lief schon, als O'Donnell anrief.

»Ein paar von uns haben sich besser amüsiert als andere«, sagte ich.

»Irgendwas für mich?«

»Liebe und Respekt«, sagte ich. »Ansonsten hab ich null.«

Ich fasste kurz unseren Besuch bei Duke Ducane für sie zusammen. Und ich erzählte ihr von unserem Abend in dem Stripclub, wo ein sehr dummer, sehr nervöser Karnopolis uns nichts verraten und eine tapfere Stripperin namens Marqesh de Sade uns unseren ersten brauchbaren Hinweis gegeben hatte.

»Marqesh de Sade?«, sagte O'Donnell. »Der beste Strippername, den ich seit Jahren gehört habe.«

»Inzwischen sind anscheinend auch Neonazis und Biker in die Sache verstrickt. Wenn ich wie du beim FBI wäre, würde ich anfangen, Informationen über Hassgruppen von Bikern in Michigan zu sammeln.«

»Wir überwachen derzeit acht solcher Gruppen in unserem Nachrichtenraum«, sagte sie. »Außerdem haben wir einen Mann in den BMC eingeschleust – Blutsbrüder Motorcycle Club –, in Howell. Lose Verbindung zu den BMCs an der Westküste. Widerliche Mistkerle, aber vor allem Waffen und Drogen. Kein Menschenhandel, soweit wir wissen.«

»Acht Gruppen und nur ein eingeschleuster Ermittler?«, sagte ich.

»Hast du eine Ahnung, wie viele von diesen Spinnergruppen es in Michigan gibt?«, sagte O'Donnell.

»Laut dem Southern Poverty Law Center sind es verdammt viele«, sagte ich, während ich im Badezimmer in dem dichter werdenden Dampf aus der Dusche stand.

»Wenn du mir einen Gruppennamen und eine Adresse besorgst, besorge ich einen richterlichen Beschluss für eine Telefonüberwachung. Was ist das für ein Geräusch?«

»Das ist die Dusche, die darauf wartet, dass ich mir endlich einen Abend in einem Stripclub abwasche.«

»Mensch, Snow«, sagte O'Donnell. »Ich hätte nicht gedacht, dass du so ein Chorknabe bist.«

Nach dem Duschen zog ich eine abgetragene, verwaschene, goldgelbe Jogginghose der Wayne State University und einen schwarzen Hoodie an, legte mich ins Bett und nahm einen Gedichtband von Antonio Machado zur Hand. Eine Lektüre, die meine Träume vielleicht in Richtung Wasserräder und Kathedralen lenken würde.

Natürlich gibt es Nächte, da lege ich mich nur *auf* das Bett. Nur für den Fall, dass Izzy zu Besuch kommt, um mich daran zu erinnern, dass dieser tote Körper einmal ihre Seele barg oder dass die dunklen Gänge meines Verstandes zurück nach Kabul und Kandahar, Ghazni und Gardez führen. Nächte, in denen ich auf »den Ruf« warte. Den Befehl, abzudrücken und den Körper fallen zu sehen.

Nach vierzig Minuten Lesen war an Schlaf noch immer nicht zu denken.

Ich wollte mich schon auf den Weg nach unten machen in der verzweifelten Hoffnung, dass zwei Ibuprofen und vielleicht zwanzig Minuten Sport im Fernsehen ausreichen würden, um mich in einen traumlosen Schlaf zu lullen.

Soeben hatte ich mich in eine Sitzposition auf der Bettkante gehievt, als ich es hörte.

Ein Geräusch auf der Rückseite des Hauses. Vielleicht bloß die Klimaanlage.

Oder aber es war vielleicht »der Ruf«.

Ich stieg in ein Paar Adidas-Laufschuhe, nahm meine Glock vom Nachttisch, überprüfte das Magazin und schlich nach unten.

Im Garten die Schatten von zwei Männern, die versuchten, mit einer Brechstange das Keypad an meinem Schuppen auszuhebeln.

Ein dritter Mann näherte sich dem Schuppen, geduckt und flink. Er schien sauer auf die zwei Männer zu sein und gestikulierte in Richtung Haus.

Ich pirschte mich im Dunkeln zu einem Fenster nach vorne raus.

Ein bärtiger Mann hockte an meiner Tür, das leise metallische Geräusch eines Dietrichs kratzte im Schlüsselloch. Ich ließ ihn kratzen und kauerte mich hinter das Sofa unterm Fenster.

Der Türknauf drehte sich.

Die Tür öffnete sich langsam.

Der pechschwarze Lauf einer 9-mm-Halbautomatik lugte durch die Tür.

Dann trat der bärtige Mann ein.

Ich richtete mich auf und rammte ihm den Lauf meiner Pistole gegen den Hals. Er fiel, griff sich keuchend an die Kehle. Seine Waffe schlitterte über den Fußboden. Ein zweiter Mann, dürr, in einem weißen T-Shirt unter einer schwarzen Lederweste, kam durch die Tür gestürzt, Baseballschläger einsatzbereit. Ehe er mir einen Schwinger verpassen konnte, tauchte ein großer dritter Mann hinter dem Dürren auf und drückte ihm eine dunkle Hand auf den Mund.

Ein gedämpfter Schrei von dem dürren Mann. Der Baseball-schläger fiel klappernd zu Boden.

Der Dürre flüchtete humpelnd aus meinem Haus, und der kräftigere schemenhafte Mann blieb, wo er war, mit einem blut-verschmierten Jagdmesser in der rechten Hand.

Tomás.

»Noch zwei hinterm Haus«, flüsterte ich.

Ich hob die Pistole des ersten Mannes auf und verpasste ihm noch einen ordentlichen Schlag auf den Kopf, bevor Tomás und ich ums Haus herum nach hinten liefen.

»Mach schon, Arschloch!«, rief jemand aus einem parkenden Pick-up dem humpelnden Mann zu.

Der humpelnde Mann kletterte auf die Ladefläche, und der Pick-up raste davon.

Ein bewusstloser Mann, der eine schwarze Kutte des Bluts-brüder Motorcycle Club trug, lag ausgestreckt auf meiner schma-len Einfahrt nicht weit vom Schuppen. Irgendwer stand vor ihm. Ich richtete meine Glock auf den stehenden Mann.

»Hey«, sagte Tomás lachend. »Das ist doch Man Bun!«

»Mache um diese Zeit immer gern einen kleinen Spaziergang«, sagte Trent T. R. Ogilvy seelenruhig »Verschafft mir einen klaren Kopf. Nährt die Seele.« Er deutete auf den bewusstlosen Mann zu seinen Füßen. »Das hier hat mir erst recht einen klaren Kopf verschafft.«

Ich sagte: »Es ist noch einer im Haus.«

»Neutralisiert?«, fragte Ogilvy.

»Neutralisiert.«

Ogilvy ging in die Hocke und fing an, die Taschen des Bewusst-losen zu durchsuchen. Tomás und ich liefen wieder nach vorne und sahen gerade noch, wie der Mann, den ich im Wohnzim-mer niedergestreckt hatte, die Markham Street runter zu einem Motorrad humpelte, das aussah wie eine aufgemotzte Harley-Davidson.

»Nein«, sagte ich und hielt Tomás am Unterarm fest. »Lass ihn laufen.«

»Gerald Brecker«, sagte Ogilvy, der mit einer kleinen Taschenlampe auf den Führerschein des bewusstlosen Mannes leuchtete. »Palm Grove Drive 322, Spring Lake Township.« Ogilvy richtete den Strahl der Taschenlampe auf mich und sagte: »Ich nehme an, Gerald Brecker aus Spring Lake Township ist kein Bekannter von Ihnen?«

»Nie von ihm gehört.«

»Und natürlich haben wir noch das da.«

Ogilvy leuchtete auf Gerald Breckers linken Unterarm: ein Tattoo von einem wütenden bärtigen Mann, der einen großen Hammer schwang, auf dem skandinavische Runenzeichen eingraviert waren. Unter dem Tattoo stand in schnörkeliger Schrift: »BMC«, gefolgt von den Wörtern »Heimat. Bruderschaft«.

»Ich vermute, ihr Gentlemen wollt bei Teil zwei dieser Sache nicht mehr dabei sein. Nur für den Fall, dass die Cops davon erfahren«, sagte ich. Dann sagte ich zu Tomás: »Und was zum Teufel machst du eigentlich hier?«

»Kann seit den Drohungen gegen Elena nicht mehr gut schlafen«, sagte Tomás. »Manchmal lese ich nachts. Manchmal fahr ich in der Gegend herum. Diese Nacht war deine Glücksnacht.«

»Mensch«, sagte ich. »Du liest?«

»Entschuldigen Sie, Gentlemen. Es gibt in dieser Sache einen ›zweiten Teil‹?«, sagte Ogilvy. »Ich nehme an, die Polizei spielt bei Teil zwei keine Rolle.«

»Nein«, sagte ich. »Die Polizei spielt dabei keine Rolle. Und Sie auch nicht, Trent.«

»Nun«, sagte Ogilvy, richtete sich auf und steckte die Taschenlampe weg. »Da bin ich anderer Meinung, weil es mich enorme Anstrengung gekostet hat, diesen Gentleman zu überwältigen.«

Tomás hob sein blutiges Messer. »Es ist mitten in der Nacht an einem Montag, und ich bin ein Latino, der mit einem blutigen

Messer neben einem bewusstlosen Neonazi steht. Was hätte ich Besseres zu tun?«

»Was ist mit Elena?«

»Die ist für ein paar Tage bei unserer Kleinen«, sagte Tomás, womit seine Tochter gemeint war. »In Ferndale passiert nie was, außer dass ein Kiffer vielleicht mal ein Paar Crocs klaut.«

»Okay«, sagte ich zu beiden Männern. »Aber das wird nicht schön.«

Keiner von beiden sagte etwas.

Ich tippte den Code ins Keypad, um meinen Schuppen zu öffnen.

Ogilvy und Tomás schleiften den bewusstlosen Gerald Brecker in den Schuppen.

»Ich nehme an, Sie haben Kabelbinder?«, sagte Ogilvy, als ich die Tür zumachte und verriegelte.

19

Carlos und Jimmy hatten den Schuppen hinter meinem Haus mit viel Liebe zum Detail gebaut. Dazu gehörte, dass sie die Wände mit einer doppelten Schicht Steinwolle absolut schalldicht gemacht hatten: Sie hatten gewusst, dass sie mitunter bis spät in die Nacht arbeiten und vielleicht ein Stück Rohr oder Holz zersägen müssten. Seit Kurzem restaurierten sie nach Feierabend den Oldsmobile 442, den sie mir geschenkt hatten.

Die Schallisolierung würde sich an diesem frühen Dienstagmorgen als sehr nützlich erweisen, wenn wir Gerald Brecker in die Mangel nahmen.

Wir fesselten den Neonazi-Biker an einen Metallstuhl gut drei Meter vor dem Olds 442 und stellten drei sehr helle Arbeitslampen auf Ständern um ihn herum auf.

Er war jetzt bei Bewusstsein, und was er da sah, gefiel ihm ganz und gar nicht.

»Was – was habt ihr vor?«, sagte Brecker. Er schluckte schwer und kniff die Augen gegen das grelle Licht zusammen. »Das könnt ihr nicht machen! Das ist nicht okay, verdammt!«

»Dass ihr mich in den frühen Morgenstunden zusammenschlagen wolltet, das ist ›nicht okay‹, Gerald«, sagte ich. »Ich bin sicher, dass du geschnappt worden bist, ist das Einzige, das für dich ›nicht okay‹ ist.«

»Meine Brüder kommen wieder und holen mich hier raus«, knurrte er. »Mit geladenen Knarren, Arschloch.«

»Einer von deinen Biker-Brüdern ist meilenweit weg und verarztet gerade seine rechte Schulter und wahrscheinlich eine durchlöcherte Niere«, sagte ich. Ich deutete auf Tomás und sagte: »Dank diesem Mann –«

»Hey«, sagte Tomás und winkte Brecker zu. »Wie geht's, Wichser?«

»Ein anderer Spielkamerad von dir hat garantiert einen gebrochenen Kiefer, eine zertrümmerte Nase und einen ausgekugelten Arm.« Ich deutete auf Trent und sagte: »Dank diesem Gentleman.«

»Hallöchen, Kumpel«, sagte Ogilvy und nickte Brecker zu.

»Und deinem anderen Freund habe ich so fest gegen die Gurgel geschlagen, dass er sein Frühstück einen Monat lang durch einen Strohhalm lutschen muss«, sagte ich. »Also, ich schätze, deine großen bösen Neonazi-Kumpel werden sich vorläufig nicht mehr hier blicken lassen.«

»Das da sind die Waffen, die wir deinen Freunden abgenommen haben«, sagte Ogilvy und deutete auf die Waffen, die er in einem Halbkreis vor Brecker angeordnet hatte: zwei 9-mm-Halbautomatik-Pistolen, ein billiger Revolver, drei lange Messer, ein Schlagring, ein Teleskop-Schlagstock aus Metall und ein Baseballschläger aus Aluminium. »Wer benutzt denn noch Schlagringe?«, wunderte sich Ogilvy laut.

»*Und* einen Baseballschläger aus Aluminium?«, sagte ich zu Brecker.

»Fick dich, du Wichser«, knurrte Brecker.

»Du kannst gern versuchen, dir eine von den Waffen zu schnappen«, sagte ich zu Brecker, »falls es dir gelingt, dich von deinen Fesseln zu befreien. Aber ich garantiere dir – ehe du eine davon erreicht hast, zerlegen wir dich in Einzelteile. Und die Teile verfüttern wir dann an eine mutierte Barschart im Detroit River mit

135

Zähnen so groß wie das künstliche Gebiss meines Immobilienmaklers.«

»Was wollt ihr?«, sagte Brecker.

»Wer hat dich geschickt«, sagte ich und überprüfte nebenbei Magazin und Patronenkammer meiner Glock. »Warum. Wie viel. Und wer hat die Hand am Geldhahn. Oder bist du bloß ein stinknormaler, strunzdummer Rassist, der Schwarze und Latinos der Unter- bis Mittelschicht beklauen will?«

Brecker taxierte uns nervös einen nach dem anderen – mich, Ogilvy und Tomás –, richtete dann die Augen auf die vor ihm im Halbkreis ausgelegten Waffen. Er zerrte an seinen Fesseln und nuschelte: »Was ihr hier macht, verstößt gegen das Gesetz.«

»Oh, jetzt liegt dir auf einmal das Gesetz am Herzen?«, sagte ich lachend.

»Das bringt doch hier nichts«, knurrte Tomás und ging dann zu einer von fünf Werkzeugkisten, die ich im Schuppen hatte. Er nahm eine Schneidezange und ging zurück zu Brecker. Dann kniete er sich vor ihm hin und zog ihm den rechten Stiefel und die Socke aus.

»Hey!«, sagte Brecker panisch. »Hey, was soll der Scheiß, Mann!«

»Ja, Tomás«, sagte ich. »Was soll der Scheiß?«

»Du wirst verdammt noch mal reden. Und zwar jetzt«, sagte Tomás zu Brecker, während er ihm die Zange um den kleinen Zeh legte.

»Wer, was, warum und wie viel«, sagte ich. »Sonst, und das schwöre ich dir, wird Tomás dir den Zeh abschneiden.«

Knackender Knochen.

Spritzendes Blut.

Schreie.

»Mensch, Tomás!«, sagte ich. »Spinnst du!«

»Du hast doch gesagt ›abschneiden‹!«

Brecker hatte die Augen verdreht und warf sich auf dem Stuhl hin und her. Ogilvy sprang vor und stopfte Brecker einen Lappen in den Mund, um seine Schreie zu dämpfen.

»Ich hab nicht gemeint, du sollst ihm den Zeh abschneiden! Ich wollte dem Typen bloß drohen! Verdammte Scheiße!«

»Tja«, sagte Tomás, »dann drück dich demnächst klarer aus, verflucht!«

»Ganz ehrlich«, sagte Ogilvy, während er Brecker knebelte, »ich hab das auch so verstanden.«

»Großer Gott! Ernsthaft, Leute? Wirklich?«

Brecker wurde ohnmächtig.

Nach zehn Minuten kam er wieder zu sich. Ich holte Tequila, Wasserstoffperoxid und Paracetamol aus dem Haus. Ogilvy säuberte die Stelle, wo Breckers kleiner Zeh gewesen war, und verband die Wunde.

»Ihr – ihr habt meinen verdammten Zeh abgeschnitten«, schrie Brecker. Dann versuchte er, sich auf die Tabletten zu konzentrieren, die ich ihm hinhielt, und sagte: »Was ist das?«

»Schmerzmittel.«

Er nahm die Tabletten dankbar an, spülte sie mit dem Tequila runter, den ich ihm in den Mund schüttete.

»Versuchen wir es noch mal, *pendejo*«, sagte Tomás.

Im Gegensatz zu den Ergebnissen ausführlicher Studien, die von der CIA, vom Außenministerium, vom Justizministerium und vom Pentagon durchgeführt wurden, fördert Folter anscheinend doch gelegentlich ehrliche und wichtige Informationen zutage. In diesem Fall öffnete Brecker sich wie eine gut gegossene Rose im vollen Sonnenlicht …

… oder wie ein Mann, dem gerade der kleine Zeh abgeschnitten worden war.

Er gehörte zur Neonazi-Ortsgruppe des BMC, deren Hauptquartier eine Biker-Bar namens Taffy's am Spring Lake war, in den weniger wohlhabenden Außenbezirken des gleichnamigen Ortes, neunzehn Meilen nordwestlich von Detroit. Die Gruppe –

zwanzig oder dreißig Personen, fast ausschließlich Männer –
verkaufte Marihuana, PCP, MDMA, Crystal Meth und Oxy-Imitate
in Pharmaqualität aus Kanada vor allem an Teenager und See-
urlauber. Jedenfalls war das alles, was Brecker – vermutlich eine
kleine Nummer in der Organisation – wusste. Hin und wieder
bekamen sie eine Großbestellung für Oxy, Gras und Viagra-Imi-
tate von einem auf Schadensersatzklagen spezialisierten Anwalt,
der ein großes Haus am See besaß und über den seit Langem das
bislang unbewiesene Gerücht umging, er habe eine Vorliebe für
minderjährige Mädchen.

Und ab und an erhielten sie eine Bestellung von »so einem
Griechen, der einen Stripclub betreibt«.

»Wie heißt der Anwalt?«, fragte ich.

»Olsen«, sagte Brecker, der sich dem Tequila und den Schmerz-
tabletten ergab. »Barney Olsen.«

Ich schüttete noch einen Schluck Tequila in ihn hinein.

»›Du willst Gerechtigkeit?‹«, fragte Tomás. »›Dann willst du
Barney!‹ Der fette Scheißkerl auf Werbetafeln und Bussen?«

»Ja«, sagte Brecker. »Genau der. Du hast mir den verdammten
Zeh abgeschnitten, du dreckiger Latino!«

»Du hast ja noch neun«, sagte Tomás.

»Fick dich!«

Tomás ging wieder zu den Werkzeugkisten und nahm eine
ziemlich große Metallschere heraus.

»O Gott!«, flehte Brecker. »Himmel! Nein! Nein, bitte! Es tut
mir leid, Mann.«

Nach einem Moment legte Tomás die Metallschere zurück in
die Werkzeugkiste.

Brecker sagte, der BMC hätte von Olsen eine Geldspritze von
ein paar Riesen bekommen, damit sie mich aufmischten, als
unmissverständliche Warnung, mich aus »seinen Geschäften«
rauszuhalten.

»Und was sind ›seine Geschäfte‹?«, fragte ich.

»Keine Ahnung«, sagte Brecker, den Tränen nahe. »Und es ist mir auch scheißegal. Es war gutes Geld, und der Club konnte es gebrauchen.«

»Olsen macht mit seinen Schadensersatzklagen wahrscheinlich ein paar Millionen im Jahr«, sagte ich zu Brecker. »Und du und deine Kumpel lasst euch für ein Trinkgeld auf mich ansetzen? Heilige Scheiße. Ich hab zwar immer gewusst, dass Rassisten minderbemittelt sind, aber ich hätte nicht mal im Traum für möglich gehalten, dass sie geistig *so* zurückgeblieben sind.«

»Das Wort benutzen wir nicht mehr, August.« Ogilvy bemühte den Pluralis Majestatis.

»Zwanzig Riesen sind kein Trinkgeld«, sagte Brecker. »Du hast den BMC an deinem schwarzen Arsch, wenn ich denen sag, was ihr mit mir gemacht habt! Mal sehen, wer dann in Einzelteile zerlegt wird!«

Ich ging vor ihm in die Hocke. »Ich schätze mal, du gehst nicht zurück. Ich schätze mal, deine Kumpel werden Olsen erzählen, sie hätten mich fertiggemacht. Aber hey – der ›Niggah‹ könnte ruhig noch eine Abreibung gebrauchen. Ich schätze mal, sie werden noch mehr aus ihm rausholen wollen. Und du? Wenn sie dich durch die Tür reinhumpeln sehen, fragen sie sich, wie viel du verraten hast. Und Biker können Verräter nicht leiden. Vielleicht landest du bei einem anderen Club. Vielleicht bei irgendwelchen bekloppten Idioten, die Eichhörnchen fürs Abendessen schießen und lächerliche Militärübungen machen.« Ich drückte ihm den Lauf meiner Glock mitten auf die Stirn. »So oder so, du bist geliefert.«

Brecker kniff die Augen zu und fing an zu heulen.

Dann pinkelte er sich voll.

Sobald der Schuppen abgespritzt und Breckers Zeh in meiner Gästetoilette runtergespült worden war, bedankte ich mich bei Ogilvy für seine Hilfe und sagte, er solle nach Hause gehen. Dann fuhren Tomás und ich Brecker an den Rand von Spring Lake und rollten ihn nicht weit von einem ausgetrockneten Sumpf von der Ladefläche des Pick-ups.

Ich stellte mich vor ihn hin und sagte: »Wenn ich auch nur den Verdacht habe, dass du in meine Richtung gefurzt hast, finde ich dich und bring dich um. Hast du verstanden, Gerald Brecker?«

Dann stieg ich wieder in Tomás' Pick-up, und wir fuhren davon.

Wir schwiegen eine Weile, ehe Tomás sagte: »Ich schwöre bei Gott, Octavio – ich hab wirklich gedacht, du hast gesagt, ich soll ihm den Zeh abschneiden.«

»Können wir einfach irgendwo was frühstücken und nicht mehr drüber reden?«

»Ja, klar. Frühstücken«, sagte Tomás. »Aber ohne Würstchen –«

Tomás und ich verleibten uns auf dem Rückweg nach Mexicantown in einem Denny's eine ordentliche Ladung Kohlenhydrate ein.

Es bestand die – wenn auch geringe – Möglichkeit, dass Gerald Brecker zu den Cops humpeln würde. Ich vermutete, dass er bereits ein langes Vorstrafenregister wegen Bagatelldelikten hatte, einschließlich der Zugehörigkeit zur Drogen- und Waffen-Bikerszene am See. Mehr Ärger, als vielleicht ein kleiner Zeh wert war.

»Glaubst du, die Markham Street würde uns ein Alibi geben, falls er zu den Cops geht?«, sagte Tomás.

»Ich glaube, die Markham Street würde auf einen Stapel King-James-Bibeln schwören, dass wir eine Kiste mit kleinen Kätzchen vorm Ertrinken im Detroit River gerettet haben.«

Tomás lächelte mich verschmitzt an.

»Für einen Katholiken nimmst du dir ganz schön viele Freiheiten raus, Octavio.«

»›Wenn wir unsere Sünden bekennen, ist er treu und gerecht; er vergibt uns die Sünden und reinigt uns von allem Unrecht.‹«

»Ja. Wie gesagt ...«

Es war acht Uhr am Dienstagmorgen, als Tomás mich schließlich zu Hause absetzte.

Ich wollte gerade FBI Special Agent Megan O'Donnell anrufen, um ihr mitzuteilen, dass ihr mythischer Weißer Wal uns mit der Schwanzflosse einen ausgesprochen realen Klaps auf den Hintern verpasst hatte, als mich plötzlich ein mulmiges Gefühl beschlich. Als würde sich eine Spur von jemandes Restelektrizität in Luft auflösen.

Ich zog meine Glock und umschloss sanft die Abzugssicherung.

Da.

Elf Uhr.

Höhe zweieinhalb Meter.

Frisch geduscht und nur in ein weißes Badetuch gehüllt, kam eine zierliche junge Frau mit rötlich brauner Haut und nassem rabenschwarzem Haar die Treppe herunter. Sie war athletisch gebaut und auf eine stoische, desinteressierte Art hübsch. Wie ein Fotomodell, das außer der eigenen Existenz alles sterbenslangweilig findet.

Die Pole-Dance-Stripperin, die mir im Stripclub Leto's zugezwinkert hatte.

Die Businessfrau, die gerade Duke Ducanes Aufnahmestudio SoundNation verließ, als wir reingingen.

»Wenn ich die Hände hochnehme, fällt das Badetuch runter«, sagte die junge Frau sachlich. »Mir ist das ziemlich egal. Aber Sie. Wie fänden Sie das?«

»Wer zum Teufel sind Sie?«, sagte ich.

»Ich bin die IT-Abteilung.«

20

Ohne groß auf meine 9.mm zu achten, kam die junge Frau die letzten Stufen herunter und ging in meine Küche. Ungeniert öffnete sie meinen Kühlschrank und inspizierte den Inhalt.

»Also«, sagte ich. »Die Pistole macht gar keinen Eindruck?«

Sie zog den Kopf aus meinem Kühlschrank, warf mir einen kritischen Blick zu und sagte: »So groß und beängstigend ist deine auch wieder nicht. Ist das da echte Salsa? Ich meine, selbst gemacht? Ohne Gluten und auch nicht gentechnisch verändert? Hast du Chips?«

Ich steckte meine alles andere als beängstigende Pistole weg.

»Also wirklich, es ist nicht nett, uns alte Leute zum Narren zu halten«, sagte ich und griff in ihren wüstentarnfarbenen Army-Rucksack auf meinem Sofa. Ich hielt die Perücke und den Bikini hoch, die sie im Stripclub Leto's getragen hatte.

»Stimmt«, sagte sie. »Aber es macht einen Heidenspaß. Hast du kein Mountain Dew oder Gatorade?«

»Zieh dir was an, dann mach ich uns was zu trinken.«

Sie wollte ihren Rucksack nehmen.

Ich bremste sie. »Nein. Der bleibt hier.«

In dem Rucksack waren zwei Laptops, ein Sortiment an USB-Sticks, die an einer Art großem Schlüsselring aufgereiht waren, abgetragene Vasque-Wanderschuhe, zwei Kaki-Shorts, zwei Grafik-T-Shirts – eines mit dem Logo einer 8oer Rockband namens Rebone, das andere mit dem einer EDM-Band namens A Tribe called Red –, Unterwäsche, Toilettenartikel und ein Marttiini-Lappland-Jagdmesser in einer Lederscheide.

Und es gab noch mehr Verkleidungsutensilien: falsche Zähne, Kontaktlinsen in drei verschiedenen Farben, eine weitere Perücke, diverse Brillen, Hautkleber und Nasenprothesen.

Ihr Name war Lucy Elise Pensoneau, und sie kam ursprünglich aus dem Indianerreservat Bay Milly in Michigans Upper Peninsula. Wie ein paar Spielmarken und manipulierte Schlüsselkarten aus dem Bellagio, dem Caesars Palace und dem ARIA vermuten ließen, hatte sie zuletzt Münzspielautomaten in Las Vegas mit elektromagnetischen Tricks dazu gebracht, Geld auszuspucken.

Als sie nach zehn Minuten wieder herunterkam, trug sie übergroße waldgrüne Cargoshorts mit vielen Taschen und ein T-Shirt mit dem Aufdruck: »Es gibt zwei Arten von Menschen auf dieser Welt: 1. Diejenigen, die aus unvollständigen Daten extrapolieren können.«

Außerdem hatte sie eine Sig-Sauer-P220-10-mm-Pistole auf mich gerichtet.

»Ernsthaft?«, sagte ich, erschöpft von einer anstrengenden durchgemachten Nacht und einem beschissenen frühen Morgen. »Weißt du, wie oft ich schon in meinem eigenen Haus von irgendwelchen Leuten mit einer Knarre bedroht worden bin? Weißt du das? Jetzt leg die Bleipuste weg, bevor ich sie in Salsa tunke und dich zwinge, sie zu essen.«

»Sorry«, sagte sie und senkte die Waffe. »Macht der Gewohnheit.«

»Herrgott noch mal.« Ich nahm ihr die Pistole aus der Hand. »Wie kann so was zur ›Gewohnheit‹ werden?« Ich warf die Patrone in der Kammer aus, zog das Magazin heraus und legte das jetzt harmlose Stück Metall auf den Couchtisch. »Jetzt setz dich«, sagte ich und deutete auf die Hocker an meiner Kücheninsel. »Und erzähl mir, wer zum Teufel Lucy Elise Pensoneau ist –«

»Lucy Three Rivers ist mir ehrlich gesagt lieber.«

Ich warf ihr einen Blick zu. »Erzähl mir einfach, wer du bist und warum ich dich nicht mit einem Tritt in den Hintern rausschmeißen soll.«

»Mein Gott«, sagte sie. »Bist du immer so emotional?«

»Jetzt red endlich!«

Während sie sprach, beruhigte ich mich, indem ich vegetarische Tacos mit gehackten und gegrillten Vidalia-Zwiebeln, kurz gegrillten Jalapeños, schwarzen Bohnen, Tomatillos und *queso fresco* machte. Ich öffnete ein Glas Salsa und stellte einen Löffel hinein.

In der alten Espressokanne meiner Mutter kochte ich Kaffee mit Kirscharoma und setzte mich mit einer Tasse an die Kücheninsel.

»Ich hab Bier dadrin gesehen«, sagte Lucy und nickte Richtung Kühlschrank.

»Ja«, sagte ich. Ich öffnete den Kühlschrank, nahm eine Dose natürlich aromatisiertes Mineralwasser mit Kirschgeschmack heraus und gab sie ihr.

»Hey, ich bin alt genug für Bier.«

»Vielleicht in den Niederlanden oder auf den Philippinen«, sagte ich. »Bei mir nicht.«

»Du hast doch meinen Führerschein gesehen«, sagte sie. »Ich bin zweiundzwanzig.«

»Der ist gut«, sagte ich nach einem Bissen Taco und einem schnellen Schluck Kaffee. »Fast täuschend echt. Wie alt bist du wirklich?«

»Skittles hat gesagt, du wärst anstrengend.«

»Das hat er gesagt?«

»Ja.« Sie nahm sich noch einen Taco und verputzte ihn. »Er meinte, du hättest vor einer Weile ein paar Wegwerfhandys aktiviert. Er meinte, du bräuchtest vielleicht Hilfe. Ich bin die Hilfe. Seh ich nicht aus wie zweiundzwanzig? Der Typ im Stripclub hat das jedenfalls gedacht.«

»Der Typ im Stripclub hatte die Nase voll Koks und den Bauch voll Champagner«, sagte ich. »Nicht gerade die beste Voraussetzung für ein gesundes Urteilsvermögen.« Nach einem Schluck Kaffee sagte ich: »Warum die Spielchen?«

»Meine Art, dir zu helfen«, sagte sie. »Hab spitzgekriegt, dass du zu dem Aufnahmestudio wolltest. Ich hab dein Handy und deinen Laptop gespooft, als ich hier ankam.«

»Und der Stripclub?«

»Da wollte ich bloß sehen, ob du so ein Perverser bist«, sagte sie, die linke Wange voll mit einem großen Bissen Taco. »Der Typ, mit dem ihr in dem Hinterzimmerbüro geredet habt –«

»Nicky Karnopolis.«

»Ja«, sagte sie. »Genau. Der war ganz schön fertig, nachdem du und der große Typ wieder weg wart. Da wusste ich, dass du nicht hingegangen bist, um dir die Tittenshow anzugucken. Er hat irgend so einen Blödmann namens Barney Olsen angerufen. Apropos Titten, die Tussi, die dir den Lapdance gegeben und dein Gesicht an ihren Busen gedrückt hat. Geilt dich so was auf, oder was?«

»Bist du nicht ein bisschen jung für solche Unverschämtheiten?«

»Leb du mal ein Jahr in meinem Reservat«, sagte sie. »Dann frag mich noch mal. Und sei mal zwei Jahre lang die einzige Studentin – die einzige *rothäutige* Studentin – in den Informatikseminaren an der Michigan Tech. Jedenfalls, egal, wo du warst, ich war vor dir da. Dachte, du könntest vielleicht ein paar Infos gebrauchen, die nicht mit den traditionellen Methoden alter Schule beschafft wurden. Ich hab das Handy von dem Stripclubtypen gebluejackt. Und das von dem schwarzen Typen – Duke Soundso.«

»Großer Gott.«

»Ich vertrau Leuten nicht so schnell, wie Skittles das tut«, sagte sie, schnappte sich den letzten Taco und bestrich ihn dick mit meiner Salsa. »Ich musste sichergehen, dass du sauber bist.«

»Und?«

»Du bist okay, denk ich«, sagte Lucy mit vollem Mund. »Tut dir leid, was du mit Skittles gemacht hast?«

»Ja.«

»Das hat er auch gesagt.« Lucy redete mit vollem Mund. »Aber ich wär nicht hier, wenn ich dich nicht leiden könnte. Skittles? Der tickt anders.«

»Ist mir aufgefallen.«

»Übrigens«, sagte Lucy. »Dein Handy? Irgendwer hat es gespooft. Irgendwer überwacht deine Anrufe.«

»Wer?«

»Keine Ahnung«, sagte sie, aß den Taco auf und leckte sich die Finger. »Merkwürdige Konfiguration. Keine Bundespolizei. Keine lokale Polizei. Einfach – merkwürdig. Ich kann's rausfinden, wenn du mir eine Stunde Zeit gibst. Welches Zimmer ist meins?«

»Das im Haus nebenan«, sagte ich. »Fehlt mir gerade noch, dass die ganze Nachbarschaft sich fragt, warum eine Neunzehnjährige bei mir wohnt.«

»Wow. Skittles hat gesagt, dass du ein altmodischer Chorknabe bist.«

Ich rief Jimmy Radmon an, der keine fünf Minuten später rüberkam. Wie immer war sein Klopfen bloß reine Höflichkeit; er öffnete die Tür und kam hereingesprungen.

Der Anblick von Lucy an meiner Kücheninsel war offenbar ein bisschen zu viel für Jimmy; seine Augen wurden riesengroß, und sein Mund klappte auf. Wäre ich in seinem Alter gewesen, hätte ich wahrscheinlich genauso reagiert: Sie war eine knospende Schönheit.

»Jimmy«, sagte ich. »Das ist Lucy ...« Ich zögerte, unsicher, welchen Namen ich benutzen sollte.

»Three Rivers«, sagte sie.

»Lucy Three Rivers«, wiederholte ich. »Sie bleibt eine Weile bei uns. Sie zieht in dein Zimmer bei Carmela und Sylvia. Das da sind Lucys Sachen.« Ich zeigte ihm den Rucksack auf meinem Sofa. Dann sagte ich zu Lucy: »Carmela und Sylvia liegen mir ganz besonders am Herzen, also benimm dich, sonst fliegst du raus, IT-Abteilung hin oder her. Bedroh keinen mit deiner Knarre oder deinem Messer, okay? Und was immer du auch tust, Finger weg von ihren Brownies.«

Lucy sagte zu Jimmy: »Bist du schon vergeben? Du bist richtig süß.«

Jimmy klappte der Mund fast runter bis zum Boden auf und wieder zu.

»Ich – äh – hab 'ne Freundin«, stammelte Jimmy. »Aber – ähm – danke.«

»In einer Stunde will ich wissen, wer in meinem Handy herumkriecht«, sagte ich zu Lucy. »Außer dir.«

Lucy salutierte, trank einen großen Schluck von ihrem Mineralwasser mit Kirschgeschmack, rülpste und sagte: »Bist du echt ein harter Kerl? Skittles meint, du wärst ein harter Kerl. Einer, der richtig hinlangt. Hast du schon mal wen ausgeknockt?«

Ich schielte zu Jimmy hinüber und sagte: »Bring sie rüber zu Carmela und Sylvia. Sofort.«

21

Ich trug einen schwarzen sommerleichten Tom-Ford-Anzug mit einem hellgrauen seidenen Einstecktuch, ein weißes Hemd und schwarze Santoni-Schuhe mit doppelter Schnalle. Perfekt für die traurige Angelegenheit, am Sarg einer jungen Frau zu knien, die ich nicht gekannt hatte, und in gefaltete Hände zu flüstern: *Ave Maria, gratia plena, Dominus tecum ...*

Ich verließ genau in dem Moment das Haus, als Lucy Three Rivers aus dem von Carmela und Sylvia gesprungen kam.

»Hey!«, sagte sie.

Als ich die Straße überquerte, um meinen gemieteten Caddy aus Carlos' Garage zu holen, ging Lucy rückwärts vor mir.

»Ich hab was für dich, harter Kerl –«

»Nicht jetzt, Lucy«, sagte ich und versuchte vergeblich, an ihr vorbeizukommen.

»Ja, aber dieser Scheiß ist echt megaseltsam.« Sie hüpfte rückwärts, sodass sie mich weiter ansehen konnte. »Das zweite Spoofing von deinem Handy? Die Technik ist so alt, dass sie schon wieder neu ist! Das ist wie ein Pterodaktylus mit Jetpack!«

Plötzlich schob sich Jimmy Radmon zwischen mich und Lucy. Er sah sie an und sagte: »Wenn Mr Snow ›nicht jetzt‹ sagt, dann meint er auch ›nicht jetzt‹, Miss Fire.«

Lucy hörte auf zu hüpfen und stemmte die Fäuste in die Hüften.

»Ich heiße *Three Rivers*«, sagte sie. »Und wenn du nicht so süß wärst, würde ich dir wahrscheinlich eine reinhauen.«

Jimmy wandte sich an mich. »Alles in Ordnung, Mr Snow?«

»Nein«, sagte ich. »Eigentlich nicht. Danke, Jimmy.«

Während ich weiter zu Carlos' Garage ging, hörte ich Lucy hinter mir sagen: »Wow. Was ist denn mit dem los?«

»Er mag es nicht, wenn guten Leuten was passiert«, sagte Jimmy. »Und er mag es schon gar nicht, wenn er zu ihrer Beerdigung muss.«

Die Most Holy Redeemer Catholic Church an der Ecke von Junction Street und dem heutigen Vernor Highway hat seit ihrer Errichtung im Jahre 1880 drei Bauphasen durchgemacht: das schlichte Holzgebäude, das auf harter Erde und dickem Schlamm erbaut wurde, die sechzehn Jahre später entstandene Kathedrale im europäisch-gotischen Stil aus rotem Backstein mit Spitzturm und deren 1927 erfolgte umfangreiche Neugestaltung, die noch heute steht.

Die Fassade der Kirche veränderte sich genauso wie die Gesichter ihrer Besucher; von weißen europäischen Immigranten, die Gott dafür dankten, dass sie auf der Reise ins gelobte Amerika nicht ertrunken oder an der Ruhr gestorben waren, zu Mexikanern und Südamerikanern, die Gott aus so ziemlich dem gleichen Grund dankten.

Betritt man die Holy Redeemer, ist es so, als würde man in die Basilika St. Paul in Rom hineingehen. Atemberaubende Fresken, ein hoher und gewaltiger Hauptaltar, Nebenaltäre und Andachtsschreine. Wenn man mit gesenktem Kopf und zum Gebet gefalteten Händen in einer Kirchenbank kniet, könnte man beim Aufschauen fast meinen, am Altar würde ein nachdenklicher Papst stehen und einen anlächeln.

An diesem Dienstagmorgen Mitte Juni lächelte niemand.

Kein gütiger Papst lächelte die Gläubigen an.

In einem glänzenden, mit Chromleisten verzierten grauen

Sarg am Kopfende des Altars lag eine neunzehn Jahre junge Frau, die unter Drogen gesetzt und brutal vergewaltigt worden war.

Bobby Falconi und seine Frau Jen standen am Haupteingang der Kirche und begrüßten die Leute, die zum Trauergottesdienst kamen. Sie übernahmen die Kosten, um Isadora Rosalita del Torres im Tod das Minimum an Würde zu geben, das ihr im Leben versagt geblieben war.

»Schön, dass du gekommen bist, August«, sagte Bobby, als wir uns die Hand gaben. »Und danke für deine Hilfe. Ich bin dir was schuldig, Mann.«

»Du schuldest mir gar nichts«, sagte ich. »Was du hier für sie tust, ist viel mehr, Bobby.«

Ich gab Jen, einer seit dreiundzwanzig Jahren mit Bobby verheirateten Japano-Amerikanerin, einen Kuss auf die Wange.

Zu meinem Erstaunen waren bereits mindestens sechzig Leute da.

Sechzig Leute, die diese junge Frau im Sarg sehr wahrscheinlich nicht gekannt hatten, aber gekommen waren, um ihr die letzte Ehre zu erweisen und für sie zu beten. Viele von ihnen waren mit Elena Gutierrez befreundet oder hatten beruflich mit ihr zu tun: Nadin Rosado, Stadträtin des 6. Bezirks; Kommunalaktivisten, Geschäftsinhaber aus Mexicantown. Gekommen waren auch die Ladys vom Café Consuela und natürlich eine Phalanx von *abuelas*, die betagten Köpfe bedeckt mit schwarzen Spitzenmantillas. Sie mochten die Frau im Sarg zwar auch nicht gekannt haben, aber sie wussten, dass sie jung, Mexikanerin und tot war. Genug, um zu trauern und den Rosenkranz zu beten.

Ebenfalls zu meinem Erstaunen saßen Carmela und Sylvia in einer Kirchenbank.

»Das mit Ihrer Freundin tut uns leid, Mr Snow«, flüsterte Sylvia, nahm meine Hand und drückte sie.

Nachdem ich eine emotional erschöpfte Elena umarmt und auf die Wange geküsst hatte, nahm ich neben Tomás Platz.

»Du hast dich schick gemacht«, flüsterte ich.

»Diese Krawatte«, sagte Tomás ebenfalls im Flüsterton. »Fühlt sich an, als würde ich von einem Baby gewürgt.«

Zehn Minuten vor Beginn des Gottesdienstes betraten einige andere meiner Markham-Street-Nachbarn die Kirche, darunter Jimmy, Carlos und Trent T. R. Ogilvy. Ich hatte weder Jimmy noch Carlos je in einem Anzug gesehen, und der Anblick verblüffte mich und erfüllte mich zugleich mit einem seltsam stolzen Gefühl.

Und bei ihnen war Lucy Three Rivers, bekleidet mit einer zerrissenen schwarzen Jeans, schwarzen Converse All Stars und einem schwarzen Bellagio-Casino-T-Shirt. Das war vermutlich das respektvollste Beerdigungsoutfit, das sie zustande brachte. Ich erkannte den Ausdruck in ihrem Gesicht, als sie an mir vorbeikam. Es war der »Ab jetzt ist die Sache echt ernst«-Ausdruck. Der Ausdruck im Gesicht junger Menschen, wenn ihnen plötzlich klar wird, dass auch sie sterben können.

Zu den Vereinbarungen, die Bobby und Jen mit der Holy Redeemer getroffen hatten, gehörte der Kirchenchor – zwanzig Mitglieder, jung und alt, in strahlend weißen Gewändern –, der nicht weit vom Altar auf Stühlen saß.

Und mögen Engelscharen dich singen zur Ruh.

Father Irwin Prescott war zwar nicht mexikanischer Abstammung, aber das hätte ihm niemand angemerkt bei seinen perfekten Spanischkenntnissen und dem emotionalen Überschwang, mit dem er die Messe las und seine Trauerpredigt hielt.

Zum Schluss stellte sich der Chor im Halbkreis um Isadoras Sarg und sang einen Song aus den 1980ern – »Yah Mo Be There« – auf Spanisch.

Alle Augen in der Kirche wurden feucht.

Bis auf meine.

Und Tomás'.

Tränen hätten unsere Sicht auf die grausame Rache verschleiert, die wir in Izzys Namen zu üben gedachten.

Nach der Messe hielt Bobby mich an der Tür auf und sagte: »Kommst du zur Nachfeier?«

»Nein«, sagte ich. »Ich hab noch was zu erledigen.«

Bobby fragte lieber nicht nach. Das tat er schon nicht mehr seit meiner Zeit beim DPD.

»Hey!«, sagte Tomás, als er mich auf dem Parkplatz einholte. »Gehst du zur Nachfeier im Armando's?«

Ich konnte ihn nur anblicken.

Klarer Vorsatz.

Konzentrierte Entschlossenheit.

Fokussierter Zorn.

Zielerfassung.

Er drehte sich zu Elena um und sagte: »Wir sehen uns zu Hause, Baby.«

»Wieso? Wo willst du denn hin?«

Tomás warf mir einen kurzen Blick zu. Dann sagte er zu Elena: »Ich hab noch was zu erledigen.«

Sie bekreuzigte sich rasch und sagte: »*Mia madre.*«

»Fahr«, sagte er und gab ihr die Schlüssel zum Pick-up. »Wir sehen uns später. Versprochen.«

Dann stiegen wir in meinen Caddy und fuhren los.

Wir legten einen Zwischenstopp ein.

Bei Tomás zu Hause.

Seinem Waffenschrank.

»Was soll ich diesmal mitnehmen?«, fragte er.

»Nimm alles mit.«

»Ach du Scheiße.«

Und von Tomás' Haus in Mexicantown trugen wir den Kampf nach Southfield, einem Vorort nördlich von Detroit.

Ich wollte Gerechtigkeit.

Ich wollte Barney.

22

Wenn man im Großraum Detroit unterwegs ist, begegnet einem unvermeidlich das stets verblüffende Mondgesicht von Barney Olsen, das auf Reklametafeln und Bussen prangt. Neben der massigen grinsenden Visage des auf Schadensersatzklagen spezialisierten Anwalts und Multimillionärs steht der Slogan, mit dem er seit fünfundzwanzig Jahren Reklame für sich macht: »Du willst Gerechtigkeit? Dann willst du *Barney!*«

Olsen wird gelegentlich von Gerüchten verfolgt, er würde in seiner weitläufigen millionenteuren modernen Villa in Hanglage am Spring Lake wilde Partys feiern. Nichts Neues in Anbetracht dessen, dass die meisten Leute mit Häusern direkt am Ufer des Sees gut betucht sind und sich im Sommer auf Bootsausflügen, bei Feuerwerken und beim Grillen und vor allem an dem langen Wochenende zum vierten Juli gern volllaufen lassen. (Nichts bringt amerikanischen Patriotismus besser zum Ausdruck als von Knallkörpern abgerissene Finger und bierbäuchige Reiche, die auf Motorbooten vögeln.)

Auf Olsens Partys gab es angeblich auch alkoholselige Ausschweifungen, bei denen minderjährige Mädchen in das wilde Leben von *Sex and Drugs* eingeführt wurden. *Rock 'n' Roll* war optional.

Ich hatte Olsen bei seinen illegalen Geschäften gestört, und prompt hatte er mir ein paar minderbemittelte Neonazi-Biker auf den Hals gehetzt, um mir körperlichen Schaden zuzufügen.

Und das konnte ich mir nicht bieten lassen.

Ich brachte meinen Caddy auf dem Parkplatz von Olsens fünfgeschossigem Gebäude am Marianengraben des Lodge Freeway in Southfield mit quietschenden Reifen zum Stehen, fest entschlossen, dem Anwalt genau das anzutun, was er offenbar mit mir vorgehabt hatte.

»Hör mal, Octavio«, sagte Tomás. »Geh da nicht mit gezückten Waffen rein.«

»Sagt der Mann, der einem ICE-Agenten den Kiefer gebrochen hat.«

Olsen beschäftigte etliche Anwälte, die jeweils einen gewissen Prozentsatz von Fällen betreuten und versuchten, für ihre Mandanten nach Stürzen, Auto- oder Motorradunfällen, ärztlichen Behandlungsfehlern etc. Schadensersatz herauszuschlagen. Aber die fünfte Etage nahm Olsen ganz allein für sich und seinen fetten Arsch in Beschlag.

Tomás und ich trugen jeder eine doppelläufige Schrotflinte, Kaliber .20. Und das waren nur die Waffen, die zu sehen waren. Mit mustergültiger Autorität zeigte Tomás dem Wachmann kurz seine aufgeklappte Brieftasche.

»Brauchen Sie Unterstützung, Detectives?«, fragte der Wachmann, während er sich vergewisserte, dass sein Hemd ordentlich in der Hose steckte.

»Nein«, sagte ich. »Bloß Zugang zur fünften Etage.«

»Jawohl, Sir«, sagte der Wachmann, zog seine Karte durch den Leseschlitz im Aufzug und drückte den Knopf für Olsens Privatetage. Er salutierte zackig, und die Türen schlossen sich.

»Schon erstaunlich, wie weit man mit einem Führerschein und einer Kundenkarte von Macy's kommt«, sagte ich zu Tomás.

»Ja, nicht?«

In der fünften Etage gingen wir an einem voll ausgestatteten

Fitnessraum, einem großen Konferenzzimmer, einer Bibliothek und seltsamerweise auch an einer Sushibar vorbei, wo der japanische Koch mit gelangweilter Miene an einer Wand lehnte und irgendwas auf seinem iPad las.

Schließlich kamen wir zu einem großen, geschwungenen Eichenschreibtisch, hinter dem eine schlanke brünette Frau saß.

»Wo ist er?«, knurrte ich. »Wo ist Olsen?«

Die Frau stand auf, sichtlich geschockt, als wir entschlossen an ihr vorbei auf die gläserne Doppeltür zu Olsens Büro zumarschierten. Ich zerrte an der Tür. Sie klapperte und blieb geschlossen.

»Haben Sie –«

»Nein, ich habe keinen verdammten Termin«, sagte ich. »Aber ich bin sicher, dass er mich unheimlich gern sehen würde. Jetzt öffnen Sie schon die Scheißtür!«

Tomás ging um den Empfangstisch herum und fand den Entriegelungsknopf für die Tür.

»Sir!«, sagte die Empfangsdame und folgte Tomás und mir in das Chefbüro. »Sir, Mr Olsen ist –«

»Mr Olsen ist was?«, sagte ich, als ich in der geöffneten breiten Tür eines großen leeren Büros stand, das, wie ein Namensschild verriet, »Rechtsanwalt Barnard J. Olsen« gehörte.

»Das versuche ich Ihnen ja die ganze Zeit zu sagen, Sir«, sagte die Empfangsdame atemlos. »Er ist nicht da, Mr Olsen war schon seit zwei Tagen nicht mehr im Büro. Niemand hat etwas von ihm gehört. Partner. Sonstige Mitarbeiter. Mandanten. Niemand. Er hat zwei Gerichtstermine und drei eidesstattliche Zeugenbefragungen verpasst. Er geht nicht an sein Handy. Wir sind alle – na ja – ganz schön besorgt.« Nervös blickte sie auf unsere Schrotflinten. »Sind Sie – Mandanten?«

Tomás und ich gingen.

Von Barney Olsens Kanzlei in Southfield fuhren Tomás und ich weiter nach Norden zu seinem Haus am Spring Lake. Es war nicht schwer zu finden. Einige Jahre zuvor war es in Lifestyle-Magazinen wie *Hour* und *Detroit Design* vorgestellt worden und sah aus wie ein Fantasieprodukt aus den fiebrigen Träumen eines feudalen Shoguns und Frank Lloyd Wrights.

Umgeben von einem nicht gerade dezenten Eisenzaun erhob es sich in bester Lage auf einem zwei Hektar großen Grundstück am Seeufer mit eigener Anlegestelle. Neben dem Eingangstor, auf dem die großen verschnörkelten, aus Eisen geformten Initialen »BO« prangten, stand eine altmodische, rot lackierte britische Telefonzelle.

»Wenn du anrufen musst, um reinzukommen«, sagte Tomás, als wir auf das Tor zufuhren, »kommst du nicht rein.«

»Das wird wohl kein Problem sein«, sagte ich und deutete auf das Tor. Es stand bereits halb offen.

Tomás stieg aus dem Wagen und öffnete es ganz.

Als er sich wieder auf den Beifahrersitz setzte, blickte er mich an und sagte: »Waffen entsichert?«

»Waffen entsichert.«

Es ist nie ein gutes Zeichen, wenn ein Haus allem Anschein nach leer ist und die Eingangstür offen steht; Tomás stürmte aufrecht hinein, ich in geduckter Haltung.

Nichts. Niemand.

Tomás signalisierte mir, dass er die obere Etage inspizieren würde, während ich mich im Erdgeschoss und im Untergeschoss umsah.

Das Haus wirkte völlig leer und gründlich gereinigt: Kühlschrank, Küchenregale, Vorratskammer und Wandschränke, alles leer. Keine Möbel. Die beiden Badezimmer im Erdgeschoss stanken nach Reinigungsmittel. In einem Medienzimmer baumelten nackte Kabel aus Löchern und von der Wandhalterung, an der mal ein Fernseher montiert gewesen war.

Der riesige offene Wohn-Essbereich bot nach wie vor einen

atemberaubenden Blick auf den See, war aber ansonsten ebenfalls leer.

Das Untergeschoss genauso.

Groß und leer.

Ich wollte schon wieder die Treppe hinauf nach oben gehen, als ich aus dem Augenwinkel etwas bemerkte. Ein kleines weißes Quadrat, das an einer Ecke unter dem cremefarbenen Teppichboden hervorlugte. Ich bückte mich und sah mir das weiße Quadrat genauer an. Es war ein Stück Spitze, das unter einer Wand hervorlugte. Ich zog daran, und es löste sich von der Wand. Knapp acht Zentimeter lang. An einem Ende war ein Fleck, der aussah wie Blut.

Ich brauchte nicht lange, um die Entriegelung für die falsche Wand zu finden.

Ich drückte sie auf, und prompt schlug mir ein beißender Ammoniakgeruch entgegen.

Barneys geheimer Partyraum. Der Raum war ein großes fensterloses Rechteck. Wie es aussah, war hier eine schnelle Renovierung angefangen und genauso schnell wieder abgebrochen worden. Einige Löcher in den Wänden waren zugespachtelt, andere einfach offen gelassen worden. Schleifspuren von Möbeln oder irgendwelchen Geräten auf dem Teppichboden. Am hinteren Ende des Raums war eine Bar mit leeren Getränkeregalen, ein paar umgekippte Barhocker. Von der Decke über der langen Bar hingen drei Ketten, eine mit flauschigen weißen Handschellen daran. In den Ecken der Decke waren weitere Löcher, aus denen leblos bunte Kabel ragten.

Links neben der Bar ging eine Tür ab: fünf kleinere Räume, in dreien davon mit Bleichmittel getränkte Matratzen. Der fünfte Raum war schallisoliert. Leere Gestelle, auf denen elektronische Geräte gestanden hatten, ein kleiner Schreibtisch und vier an der Wand montierte Überwachungsmonitore mit zerschmetterten Bildschirmen.

Ich würde Bobby Falconi bitten, das Stück Spitzenstoff bei sich in der Rechtsmedizin von Wayne County auf Spuren untersuchen zu lassen, aber mich beschlich das mulmige Gefühl, dass Izzy diese Räume gekannt hatte.

»Octavio!«

Ich hastete in den ersten Stock und fand Tomás in einem Raum, der mal ein Schlafzimmer mit Seeblick gewesen sein könnte.

»Was riechst du?«, fragte Tomás.

»Bleichmittel«, sagte ich. »Und Farbe.«

Tomás holte sein Taschenmesser hervor, ging vor der Wand in die Hocke und drückte die Spitze der Klinge in eine weiche Stelle. Er zog die Klinge heraus und hielt sie mir hin.

»Spachtelmasse.« Ich zeigte auf die Stelle, wo Tomás die noch nicht ganz getrocknete Spachtelmasse herausgepult hatte. »Ein Einschussloch? Was zum Henker ist hier los?«

Tomás richtete sich auf. »Ich glaube, ich weiß, wo der geschätzte Barnard J. Olsen ist.«

»Wo?«

Er deutete nach draußen auf die große schimmernde Fläche des Sees.

23

Auf der Fahrt von Olsens Haus zu der Biker-Bar Taffy's on the Lake machte ich zwei kurze Anrufe.

Als Erstes rief ich meinen Anwalt David G. Baker an.

»HERRgott, August!«, rief G. »Erinnerst du dich an das letzte Mal? Erinnerst du dich, dass ich ein ganzes verdammtes Sortiment an Brechstangen gebraucht habe, um dich aus den knorrigen Klauen des FBI zu befreien? Wie oft muss ich dir das noch sagen – ich bin *Vertrags*anwalt, August, kein Strafverteidiger! Also wirklich, dein Vater –«

»Ich hab keine Zeit für eine virtuelle Tracht Prügel von meinem Dad, G«, sagte ich. »Ich muss wissen, ob du mir bei dieser Sache den Rücken freihälst.«

Eine lange Pause entstand. Dann sagte G: »Kommt drauf an, wer als Erster zieht, wie und ob das nachweisbar ist – was es allerdings fast nie ist. Ein Dienstausweis würde helfen, aber du hast natürlich keinen Dienstausweis mehr. Ich frage Janet Layne. Die Strafverteidigerin, mit der ich mich letztes Jahr zusammengetan hab. Sie soll für mich mal ein paar Szenarien durchspielen.«

»Hast du nicht letztes Jahr mit dieser Janet Layne eine Affäre gehabt?«, sagte ich. »Stabil? Tolles Lächeln? Mörderbeine?«

»Du bist drauf und dran, in eine Neonazi-Biker-Todesfalle zu laufen, und willst wissen, mit wem ich ins Bett gehe?«, sagte er.

»Hör mal. Tatina muss unbedingt herziehen. Oder du musst zu ihr ziehen. So oder so, mein Liebesleben kann unmöglich interessanter sein als eine drohende Mordanklage gegen dich. Oder schlimmer noch, dass ich für dich Schiwa sitzen muss.«

Mein nächster Anruf verlief ziemlich genauso.

Ich erzählte Megan O'Donnell von meinem jüngsten Erlebnis mit Gerald Brecker und seiner Neonazi-Motorradbande. Von unserem Besuch in Barney Olsens Kanzlei in Southfield und riet ihr, ein Forensikerteam des FBI zu Olsens Haus am Spring Lake zu schicken. Und ich erzählte ihr, dass ich auf dem Weg zu einer kleinen Biker-Bar namens Taffy's on the Lake war, um mir ein Bier und ein paar Kurze zu genehmigen.

»Was du da vorhast, ist bescheuert«, sagte O'Donnell.

»Willst du wissen, was bescheuert ist, O'Donnell?«, sagte ich. »Fünf Leute, die im Hinterzimmer eines verdammten Donutladens hocken und über ›Weiße Wale‹ quatschen. Während gleichzeitig Latino-Frauen aus meiner Nachbarschaft verschwinden oder tot aufgefunden werden.«

»Hey, du Arschloch, wag es ja nicht, bei mir die Latino-Karte zu spielen!«

»Wenn das die einzige Karte ist, die ausgeteilt wird«, sagte ich, »dann wird sie auch gespielt.«

Ich legte auf.

Nach einem Moment sagte Tomás: »Wenn ich dich was frage, haust du mir dann aufs Maul?«

»Ich wär dir ja noch einen Schlag aufs Maul schuldig.«

»Wenn du wütend bist und endlich Dampf ablassen willst«, sagte Tomás, »wieso rufst du dann diese Duckmäuser an und erzählst denen, was du vorhast?«

»Ich hab's satt, tatenlos zuzusehen, wie alles den Bach runtergeht«, sagte ich. »Ich hab's satt, dass Leute, die was tun *sollten*, sich bloß zurücklehnen und Kaffee trinken und dann alles abstreiten, wenn die Kacke am Dampfen ist. Wenn ich in der

Scheiße stecke, dann stecken *alle* in der Scheiße.« Ich konnte spüren, dass Tomás mich anstarrte. Ich schielte zu ihm rüber und sagte: »Was ist?«

»Du bist ein sehr angespannter junger Mann«, sagte Tomás.

Es war später Nachmittag, als wir vor dem Taffy's on the Lake hielten, einem heruntergekommenen Flachbau am äußeren Rand von Spring Lakes schickeren Wohnsiedlungen in Uferlage. Auf dem Parkplatz standen ein hübsch restaurierter saphirblauer 1959er Ford F-100 mit Weißwandreifen, ein verbeulter kotzbrauner 2004er Buick Rendezvous und fünf schwarze Harley-Davidson-Maschinen, lässig auf ihre Seitenständer gelehnt.

»Wie willst du die Sache durchziehen, *jefe*?«, fragte Tomás, nachdem er das 15-Schuss-Magazin seiner Beretta Brigadier Inox überprüft hatte.

»Siehst du, wie wir angezogen sind?«, sagte ich.

Tomás warf mir einen fragenden Blick zu, ehe ihm bewusst wurde, wie wir beide angezogen waren. »Echt klassisch elegant à la James Bond, Mann.«

»Und so treten wir auf«, sagte ich. »Mit Klasse.«

»Und wenn das nicht hinhaut?«

»Dann sehen wir weiter.«

Tomás parkte, und wir betraten das versiffte Lokal Taffy's on the Lake, das nicht mal in der Nähe des Sees lag.

Die Beleuchtung war schummrig, und trotz der Klimaanlage war der Raum stickig und muffig und stank schal nach Zigaretten und Gras. Es gab acht freistehende Tische und drei in Sitznischen, die meisten noch übersät mit leeren Bierflaschen, Schnapsgläsern und den roten Plastikschalen, in denen Pommes und Chicken Wings serviert werden. Es gab eine Wurlitzer-Bubbler-Jukebox, über der eine Südstaatenflagge hing, sowie ein großes Poster von einem bekannten zottelhaarigen Detroiter Rocker, der in eine amerikanische Flagge gewickelt war und den Mittelfinger zeigte.

Ich spürte, dass die Sohlen meiner sehr teuren Schuhe an irgendeinem biologischen Material kleben blieben, das auf dem Fußboden geronnen war.

Hinter der Bar stand ein vollbärtiger Mann mit breiter Brust, der ein T-Shirt mit dem Aufdruck »FU« anhatte. Über dem T-Shirt trug er seine Kutte – eine schwarze Lederweste mit allerlei Abzeichen drauf. Ich bin mir ziemlich sicher, dass er sich keines der Abzeichen damit verdient hatte, gebrechlichen alten Ladys über die Straße zu helfen.

Zwei andere Typen – beide in ihren Kutten – saßen rauchend und trinkend an der Bar.

Alle Augen waren auf Tomás und mich gerichtet.

»Wir haben geschlossen«, knurrte der Barkeeper.

»Ist uns eigentlich nur recht«, sagte ich. »Wir würden nämlich gern ein nettes, ungestörtes Gespräch mit dem Geschäftsführer dieses vornehmen Etablissements führen.«

»Er hat gesagt, wir haben geschlossen, Mann«, sagte der Gast zur Rechten. »Oder du und dein Kumpel nix verstehn unsere Sprake?«

Die drei Männer lachten.

Ich griff langsam in meine Gesäßtasche und zog mit zwei Fingern mein Portemonnaie heraus. Aus dem Portemonnaie fischte ich dreihundert Dollar. »Vorschlag«, sagte ich. »Dreihundert Dollar für drei Minuten von der kostbaren Zeit des Geschäftsführers. Wie sieht's aus?«

»Wir wollen dein Geld hier nicht, du schwarzer Arsch!«, sagte der Barkeeper und knallte seine fleischige Faust auf die Bar. »Und jetzt verschwindet!«

»Langsam, langsam, Hatcher«, sagte eine kräftige Baritonstimme aus der Dunkelheit. »Geld ist überall willkommen – auch hier. *Vor allem* hier.«

Ein Schrank von einem Mann tauchte aus dem Schatten auf. Er zog gerade den Reißverschluss seiner Jeans hoch.

»Seid ihr Bullen?«

»O Gott, nein«, sagte ich. »Ich bin Mr Snow, und das ist mein Mitarbeiter J. Paul Yeti. Wir wollen bloß rein interessehalber ein paar Erkundigungen einholen.«

»Worüber?«, fragte der Riese.

»Zum Beispiel über die Beziehung zwischen dem BMC und einem Anwalt namens Barney Olsen«, sagte ich. »Und, falls wir dazu kommen, warum ein paar Clubmitglieder versucht haben, mich letzte Nacht in Mexicantown zusammenzuschlagen.«

Der Riese starrte uns lange an. Bei jedem Atemzug entwich seiner Nase ein leises Pfeifen.

Der Barkeeper griff langsam unter die Theke.

Der Typ links an der Bar hatte eine Hand unter seine Weste geschoben.

»Ich mach euch einen Vorschlag«, sagte der Riese schließlich. »Legt doch einfach das Geld auf den Tisch und lasst uns eure E-Mail-Adresse da, wir melden uns dann bei euch.«

Er drehte sich um und entfernte sich.

»Sorry, das geht leider nicht«, sagte ich. »Ich brauche nämlich zeitnahe Antworten, weil eine, nein, *zwei* junge Frauen ermordet worden sind, und ich glaube, dass euer Club und Barney Olsen etwas mit den Morden zu tun haben.«

Der Riese blieb stehen. Er drehte sich wieder zu uns um.

»Du hast doch vorhin gesagt, ihr wärt keine Cops«, sagte der Riese langsam und verschränkte die massigen Arme vor der ausladenden Brust. »Wenn ihr keine Cops seid, wer zum Teufel seid ihr dann?«

Ich machte ein paar Schritte auf ihn zu, lächelte und sagte: »Ich bin der Rächer der Gerechten, du Scheißkerl, und wenn ich in den nächsten sechzig Sekunden keine Antworten kriege, reiß ich dir den Arsch auf.«

Das Pfeifen aus der Nase des Riesen wurde plötzlich lauter und schneller.

Nach einem Moment blickte er den Barkeeper an und sagte: »Mach sie kalt.«

Der Barkeeper zog blitzschnell eine abgesägte Schrotflinte unter der Theke hervor, und gleichzeitig zog der Gast zur Linken einen Großkaliberrevolver.

Tomás, der schon vor fünf Minuten entschieden hatte, auf welchen der drei Männer an der Bar er als Erstes schießen würde, feuerte zweimal auf den Barkeeper. Die Kugeln trafen die rechte Schulter und die Abzugshand des Barkeepers. Seine Schrotflinte ging los, und ein Teil der Decke zerplatzte.

Ich feuerte mit meiner Glock auf den Gast mit dem Revolver und erwischte ihn am Knie und an der Hüfte.

Er fiel vor Schmerz vom Barhocker.

Der Riese schoss mit einem Langlaufrevolver auf Tomás, verfehlte ihn aber.

Aus einer geduckten Feuerposition machte ich einen Zwei-Meter-Sprung auf den Riesen zu und rammte ihm den Griff meiner Waffe rasch hintereinander einmal auf die Nase und einmal auf den Mund. Nase und Zähne knirschten, Blut schwappte.

Er war noch nicht erledigt.

»Wichser«, nuschelte er, packte mich dann mit einer rippenquetschenden Umarmung und knallte mich gegen die Wand, ohne die Umklammerung zu lösen. Der Aufprall presste mir den letzten Rest Luft aus der Lunge.

Tomás hätte mir geholfen, wenn er nicht mit dem zweiten Mann an der Bar zu tun gehabt hätte, der jetzt eine auf Vollautomatik gestellte Maschinenpistole in den Händen hielt. Kugeln durchsiebten Wand und Eingangstür. Tomás hechtete neben die Jukebox und wartete auf seine Gelegenheit zum Schuss.

Ich war kurz davor, das Bewusstsein zu verlieren.

Die Glock weiterhin in der Hand, feuerte ich drei, vier Kugeln in Richtung Fußboden.

Der Riese ließ mich los und taumelte weg. Ich saugte so viel Luft ein, wie ich konnte.

Meine Kugeln hatten sich durch seinen Oberschenkel ins Knie gebohrt.

Ich feuerte auf den Typen mit der Maschinenpistole.

Mir blieb nichts anderes übrig, als ihn zu erschießen.

Eine Kugel erwischte ihn an der rechten Schläfe.

Erledigt.

Der Riese war zu einer Wand gekrochen und lehnte sich dagegen.

»Du bist tot«, sagte er halb ächzend, halb lachend. »Du bist so was von tot. Du wirst uns alle bald wiedersehen. Sehr bald, du Wichser.«

»Schnauze«, sagte Tomás und knallte dem Riesen den Gewehrkolben seiner Schrotflinte gegen den Kiefer.

Wir standen an der offenen Tür zum Büro des Riesen.

»Heilige Scheiße.«

Auf einem schwarzen Metallschreibtisch lag ein Kilo Kokain. Anscheinend hatten wir ihn dabei gestört, das Koks in kleine Tütchen abzufüllen. Auf einem Stuhl in einer Ecke lagen zwei große Beutel mit Pillen. Und vier Bündel Hundertdollarscheine.

Ich entdeckte einen kleinen schwarzen Tresor und beschloss, ihn mitzunehmen.

Mein Handy klingelte.

»Ich höre, dass eine Polizeieinheit von Spring Lake auf dem Weg zu einer Biker-Kaschemme da draußen ist«, sagte O'Donnell. »Bist du das?«

»Ich fürchte, ja.«

»Scheiße!«

Als Tomás und ich gerade den Rückzug antreten wollten, bewegte sich das ausgeleierte Sofa im Büro. Wir zielten darauf. Vorsichtig rückte ich das Sofa von der Wand; ein Mädchen – sechzehn oder siebzehn – nackt, zusammengekauert und panisch vor

Angst. Auf dem rechten Oberarm war ein frisch eingebranntes Hakenkreuz. Ihre erweiterten Pupillen verrieten mir, dass sie high war bis in die Haarspitzen.

Sie starrte wie ein verwundetes Tier zu mir hoch und wartete auf den Fangschuss oder auf Gnade. Sie versuchte, etwas zu sagen. Ich kniete mich hin und beruhigte sie, dass alles in Ordnung sei.

»Hol ihr was zum Anziehen«, sagte ich zu Tomás.

Sie versuchte wieder, etwas zu sagen.

Ich beugte mich näher zu ihr.

Diesmal verstand ich sie: »Niggah.«

Ich nahm die Motorradjacke des Riesen, die Tomás mir hinhielt, hängte sie ihr um die Schultern und stand auf.

»Wir müssen hier weg, *jefe*«, sagte Tomás.

Es wäre um einiges leichter gewesen, uns aus dem Staub zu machen, wenn die Reifen meines gemieteten Caddy nicht zerstochen worden wären. Offensichtlich hatte auch jemand versucht, mit einer Brechstange den Kofferraum aufzuhebeln.

»Verdammt«, sagte Tomás. »Was machen wir jetzt?«

Tomás hatte sich schon immer einen klassischen alten Ford-Pick-up in Saphirblau mit Weißwandreifen gewünscht.

Und ehrlich gesagt, ich finde, dass ich ziemlich gut aussehe im Sattel einer Harley Softail Fat Boy ...

24

»Weißt du, wie viele nutzlose UHF-Antennen und Satellitenschüsseln der ersten Generation noch auf allen möglichen
Wohnhäusern und Bürogebäuden in Detroit stehen?«

Ich saß auf meinem Sofa und starrte den kleinen schwarzen
Tresor aus dem Taffy's on the Lake auf meinem Couchtisch an.

Ich hab schon allerhand in meinem Leben gemacht.

Aber noch nie einen Tresor geknackt.

Lucy saß auf der Granitarbeitsplatte meiner Kücheninsel und
aß aus einer Tüte Tortilla-Chips. Ein offenes Glas von meiner
Salsa stand neben ihr.

»Setz dich auf einen Stuhl«, sagte ich, ohne die Augen von dem
Tresor abzuwenden. »Sitz nicht auf meiner Arbeitsplatte. Da be-
reite ich Essen zu.«

»Also, ich weiß nicht genau, wie viele UHF-Antennen und Satellitenschüsseln auf Gebäuden in Detroit stehen«, redete sie
unbekümmert weiter. »Aber ich schätze mal, eine Unmenge. Die
stehen bloß rum, und Tauben und Habichte und Falken bauen
ihre Nester drauf.«

Ich seufzte und ließ mich auf dem Sofa nach hinten fallen.
»Willst du auf irgendwas hinaus, Lucy? Oder assoziierst du nur
frei?«

»Oh, und ob ich auf was hinauswill, großer Kerl«, sagte sie
und sprang von der Kücheninsel herunter. Sie setzte sich neben

mich. »Okay, also, ich bin noch nicht dahintergekommen, wer außer mir dein Handy gespooft hat. Ich meine, normalerweise mach ich so was im Schlaf. Ich wär ja wohl keine digitale Diva, wenn ich das nicht könnte, richtig? Aber das hier? Echt genial!« Sie stockte. Dann sagte sie: »Soll ich das Ding da für dich aufmachen? Ich mein, es wird nicht von selbst aufgehen.«

»Kannst du den knacken?«, fragte ich.

»Mann!«, sagte sie lachend. »Ein fünfjähriges Kind könnte den knacken! Rutsch mal.«

Ich schob mich ein Stück das Sofa hinunter, und Lucy nahm meinen Platz ein.

»Das ist ein alter Zahlenkombinationstresor der Sicherheitsstufe B«, sagte sie, während sie den Metallkasten auf meinem Couchtisch beäugte. »Dickeres Metall macht es ein bisschen schwieriger, die Zuhaltungen zu hören.«

»Du hattest wirklich eine verfehlte Jugend, was?«, sagte ich.

Lucy sank vom Sofa auf die Knie und legte sachte ein Ohr an die Tresortür.

Kaum hatte sie das getan, klopfte Jimmy an die Tür. Wie immer kam er einfach hereinspaziert, ohne auf eine Aufforderung zu warten. Als er mich auf dem Sofa und Lucy mit einem Ohr an der Metalltür eines Bürotresors sah, sagte er: »Äh – schlechter Zeitpunkt?«

»Hi, Jimmy!«, sagte Lucy, ohne das Ohr von der Tresortür zu nehmen.

Jimmy hatte eine dunkelviolette Sporttasche mit der Aufschrift Club Brutus in der Hand und trug einen weißen Gi – den Kampfanzug für Ju-Jutsu – mit einem gelben Gürtel.

»Ich glaub's nicht«, sagte ich. »Du hast schon den gelben Gürtel?«

Jimmy richtete sich etwas größer auf. Er strich seinen Gi mit einer Hand glatt. »Ja, Sir. Mr Brutus meint, ich lerne schnell.«

»Und Brutus wirft nicht gerade mit Komplimenten um sich«, sagte ich.

Lucy nahm das Ohr vom Tresor und drehte sich zu Jimmy um.

»Wow«, sagte sie. »Du siehst echt sexy aus.«

Wäre Jimmys Hautton eine Spur heller gewesen, wäre deutlich aufgefallen, wie er rot anlief.

»Ich, ähm - ich wollte bloß fragen, ob alles in Ordnung ist«, sagte Jimmy. »Mr Ogilvy hat gesagt, Sie hätten neulich Nacht ein paar Schwierigkeiten gehabt? Irgendwas mit dem Schuppen?«

»Nur ein paar Ratten, Jimmy«, sagte ich. »Wir haben sie verscheucht.«

»Okay. Cool«, sagte Jimmy. Seine Augen huschten von mir zu Lucy und wieder zurück.

»Sonst noch was?«

»Ähm, ja -«, sagte er. »Miss Three Rivers?«

»Jimmy«, sagte sie mit Enttäuschung in der Stimme. »Wenn wir je Freunde und Lover werden wollen, dann musst du mich einfach Lucy nennen. Oder Zuckerschnecke.«

»Ja, okay, ähm - hören Sie«, stammelte Jimmy, »Miss Carmela und Miss Sylvia, die mögen Sie wirklich. Ich möchte bloß sichergehen, dass Sie sie richtig behandeln, okay? Weil, wenn ich manchmal an ihrem Haus vorbeigehe, höre ich bloß Ihre Musik -«

»EDM und Techno. Magst du EDM und Techno?«

»Ich meine nur, ich weiß, die zwei können nicht mehr so gut hören«, sagte Jimmy, »aber Sie sollten vielleicht doch die Musik ein bisschen leiser drehen. Und sie sind dran gewöhnt, dass ich ein- oder zweimal die Woche für sie koche. Wenn Sie das auch machen könnten, würden sie sich bestimmt freuen. Vielleicht könnten Sie ihnen auch einmal im Monat oder so die Zehennägel schneiden -«

»Die - Zehennägel?«

»Und auch lackieren«, sagte Jimmy. »Im Sommer mögen sie den Sally-Hansen-Nagellack in der Farbe Sonic Boom. Nummer 226. Den gibt's bei Walgreens oder CVS.«

»Sonst noch was?«

»Die Ladys werden sich gut um Sie kümmern, auch wenn Ihnen nichts an den beiden liegt«, sagte Jimmy. »Ich hoffe einfach, dass Sie lernen, sie zu mögen.« Dann sah er mich an und sagte: »Wenn ich irgendwas für Sie tun kann, Mr Snow, sagen Sie Bescheid, okay?«

»Danke, Jimmy«, sagte ich. »Jetzt geh, und schmeiß Brutus auf die Matte.«

Jimmy nickte mir zu. Dann nickte er Lucy zu und sagte: »Miss Three Rivers.«

»Zuckerschnecke«, sagte Lucy.

Nachdem Jimmy meine Haustür hinter sich zugezogen hatte, blickte Lucy mich an und sagte: »Tut der nur so, oder ist der echt?«

»Der ist wirklich so, Lucy«, sagte ich. »Sei nett zu ihm, sonst kriegen wir zwei Probleme. Und hör endlich auf damit, ständig einen auf knallhart zu machen. Das nervt.«

Lucy drückte wieder das Ohr an die quadratische schwarze Tresortür. Langsam legte sie die Hand an das Zahlenrad und begann, es zu drehen, einen Klick nach dem anderen. Vier Zahlen später nahm sie sachte den Griff, drückte ihn nach unten und zog die Tür vorsichtig einen Zentimeter weit auf.

»Manchmal bringen die an diesen Dingern Sprengladungen an«, sagte sie und öffnete die Tür vollständig. »Ta-daa!«

Ich zog mir Gummihandschuhe über und nahm einen Großkaliberrevolver von Smith & Wesson heraus. Er steckte in einer Plastiktüte zusammen mit drei leeren Patronenhülsen. Außerdem enthielt der Tresor etwa fünftausend Dollar in kleinen Scheinen, dicke Aktenordner mit Neonazi-Broschüren, Propagandamaterial, Listen und Telefonnummern sowie vier datierte

DVDs mit den Initialen »BO«, die aus einem Zeitraum von etwa zwei Jahren stammten. Dann waren da noch eine dicke Akte, die einige sehr belastende Informationen über einige sehr interessante Leute enthielt, darunter Rechtsanwalt Barney Olsen, sowie drei Wegwerfhandys, eines in einer Plastiktüte mit getrocknetem Blut dran, und ein Digitalrekorder.

Und schließlich Fotos.

Junge Mädchen, mal mehr, mal weniger bekleidet und offensichtlich vollgepumpt mit Drogen. Junge Mädchen, geknebelt und über der Bar in dem Geheimraum von Barney Olsens Haus angekettet. Auf der Rückseite jedes Fotos standen Nummern. Drei der Nummern passten zu den Namen in den Akten. Die vierte Zahlenreihe erwies sich als ein verschlüsseltes Geheimnis.

»Was ist das für ein Scheiß?«, sagte Lucy, die den Hals reckte, um einen Blick auf die Fotos werfen zu können. »Was ist auf den Fotos?«

»Nichts, wovon du etwas wissen solltest. Niemals«, sagte ich und stopfte die Fotos rasch zurück in einen Ordner. »Du hast neulich was gesagt über einen Pterodaktylus mit Jetpack?«

»Ja«, sagte Lucy und spähte tiefer in den Tresor. »Ach du Scheiße! Wie viel Geld ist das?«

»Nichts anfassen!«, sagte ich und schlug ihre Hand weg von einem Bündel Scheine. »Jetpack, Lucy. Konzentrier dich!«

»Okay, also, heutzutage ist die gesamte Kommunikationstechnik eine digitale Hochfrequenztechnik, ja?«

»Wenn du das sagst.«

»Okay, stell dir vor, dein privates Handynetz läuft mit alten analogen Geräten auf einer niedrigen Frequenz. So niedrig, dass die Leute das für bloßes Hintergrundrauschen halten. Kein Schwein interessiert sich noch dafür, das Ende des Spektrums zu überwachen. Wer auch immer dein Handy gespooft hat, er benutzt reaktivierte UHF-Antennen und zwanzig Jahre alte Satellitenschüsseln. Und der Schrott ist überall!«

»Kannst du die Quelle orten?«

»Ich bin Lucy Three Rivers«, sagte sie. »Die echte Digital-Diva! Die Queen of Code! Aber vorher musst du was für mich tun, Mister Cool.«

Ich spürte, wie sich meine Augenbrauen zusammenzogen. »Und das wäre?«

25

Dass Shoppingmalls aussterben, kann mir keiner erzählen. Ich befand mich in der Twelve Oaks Mall in Farmington Hills dreißig Meilen nordwestlich von Mexicantown. Ich war an einem Samstagnachmittag dort, mit einer klugscheißerischen neunzehnjährigen Hackerin, zwei ältlichen Kifferinnen – Carmela und Sylvia – und ungefähr fünftausend Zombies mit Einkaufstüten, die Textnachrichten schrieben oder irgendein Kaffeegebräu von Starbucks schlürften.

Ich hatte mir überlegt, dass Carmela und Sylvia für Lucy eine erheblich größere Hilfe bei der Auswahl von Frauenkleidung wären, als ich es je sein könnte, und dass der Ausflug die drei außerdem näher zusammenbringen würde. Bisher lief alles prima zwischen den Ladys. Carmela und Sylvia hatten Jimmy wie einen Sohn lieb gewonnen, und genauso hatten sie auch Lucy wie eine Tochter ins Herz geschlossen.

Lucy hingegen schien sich zunächst mit so viel Aufmerksamkeit und Zuneigung etwas schwerzutun. Typisch für jemanden, der sich schon zu lange allein durchs Leben geschlagen hatte.

Ich war einmal mit Tatina im Paleet gewesen, einer großen und verwirrenden Mall in Oslo. Nur zwei Aspekte hatten verhindert, dass ich wahnsinnig wurde: 1) Ich sah Tatina gern dabei zu, wie sie Klamotten anprobierte, und 2) ich wusste, ich würde mit einem Teller Pinnekjøtt – gepökelte und geräucherte Lammrippchen – dafür belohnt werden, dass ich ihre Handtasche hielt, ihre Einkaufstüten trug und lobend erwähnte, wie hübsch ihr Hintern in diesem Kleid und in jener Jeans aussah.

Ich hatte sogar lobend erwähnt, wie hübsch ihr Hintern aussah, wenn sie Schuhe anprobierte.

Bei diesem Einkaufsbummel im Twelve Oaks würde für mich nichts rausspringen. Ich musste nur die Rechnungen bezahlen.

Während die Mädels bei Macy's durch die Damenabteilung wirbelten, saß ich auf der einsamen Bank, die extra für gelangweilte Ehemänner und desorientierte Partner da war, und führte ein angenehmes Telefongespräch mit FBI Special Agent Megan O'Donnell.

»Wenn du noch mal so einen Scheiß abziehst, August, ich schwöre, dann schieb ich dir eine Stange Dynamit mit extrem kurzer Lunte in den Hintern und zünde sie an.«

»Na, das klingt aber gar nicht angenehm.«

O'Donnell holte lange und tief Luft. »Diese Eskapade im Taffy's, da konnte ich euch raushauen. Gerade noch. Was wir da gefunden haben, das Mädchen eingeschlossen, reicht aus, um die Schweine wegen Unzucht mit Minderjährigen, Drogenhandel, Geldwäsche und allerlei Verstößen gegen die Waffengesetze einzubuchten. Nach dem Typ, den ihr erschossen habt, wurde gefahndet, weil er ein Mädchen in Indiana umgebracht hat. Ich glaube also nicht, dass irgendjemand gesteigerten Wert drauf legt, euch deshalb dranzukriegen. Ihr könnt einfach von Glück sagen, dass die lokalen Cops, nachdem sie das Blutbad gesehen und gekotzt hatten, die Sache mit Kusshand mir und der bundesstaatlichen Polizei überlassen haben. Ich hab das Gefühl, dass diese BMC-Arschlöcher direkt einen Deal machen wollen, daher müsst ihr nicht mal mit irgendwelchen Folgen für eure Wild-West-Schießerei rechnen. Ich hab dein Chaos beseitigt, August, auch deinen kaputten Mietwagen. Ach, und sorg bitte dafür, dass dein Anwalt – wie heißt er noch?«

»David G. Baker.«

»Sorg dafür, dass dieser nervige gottverdammte Kotzbrocken David Baker mich *nie* wieder im Büro anruft!«

Ich nahm mir vor, G eine Kiste guten Pinot Noir zu schicken, als Dank dafür, dass er so ein effektiver Kotzbrocken ist.

Dann ließ sich O'Donnell weiter darüber aus, was für eine absolute Nervensäge ich doch war. Die ganze Zeit über starrte mich ein Junge mit klebrigem Gesicht an, der geräuschvoll einen leuchtend orangen Lutscher zerkaute.

Ich lächelte ihm zu.

Er zeigte mir den Mittelfinger.

Seine Mom packte ihn am Kragen, entschuldigte sich übermäßig und zog ihn dann mit sich davon.

O'Donnell holte schließlich flatternd Atem.

»Jedenfalls«, sagte ich, »ich hab einen Tresor aus der Biker-Bar bei mir zu Hause, und da ist Zeug drin, das du dir unbedingt ansehen solltest.«

»Aber ja, August, ich würd mir furchtbar gern noch mehr Beweismittel ansehen, die ich nicht verwenden kann, weil du sie von einem Tatort gestohlen hast«, sagte O'Donnell. »Und übrigens, ich hab die Spurensicherung in das Haus von dem Anwalt geschickt – wie heißt der noch? Der Typ auf den Bussen.«

»Barney Olsen.«

»So viel kann ich dir verraten«, sagte O'Donnell. »Drei Einschusslöcher, keine Kugeln. Durch Bleichmittel zersetzte Blutspritzer. Und kein Nachbar will irgendwas gesehen oder gehört haben. Wer immer da sauber gemacht hat, war schnell und professionell. Biker sind nicht unbedingt dafür bekannt, dass sie ihre Sauereien hinterher beseitigen.«

»Setz für heute Abend ein Treffen deines Weißer-Wal-Vereins an«, sagte ich. »LaBelle's. Elf Uhr.«

Wir legten auf.

»Ist das hier in Ordnung?«, sagte Lucy und hielt mir ein knallgelbes Top mit Spitze und Rüschen knapp zehn Zentimeter vors Gesicht. »Carmela und Sylvia gefällt es. Ich meine – es ist doch okay, oder?«

Sie zeigte mir das Preisschild.

»Geht in Ordnung«, sagte ich.

»Ist gebongt, Ladys!«, rief Lucy lauthals über die Schulter Carmela und Sylvia zu. Sie grinsten und machten das Daumen-Hoch-Zeichen. Sie ging ein Stück zurück zu den beiden Frauen, blieb dann stehen und drehte sich zu mir um.

»Ich, ähm – ich weiß nicht, wie lange ich noch hier bin«, sagte sie. »Ich – bleibe nirgendwo sehr lange. Meinst du, Carmela und Sylvia bewahren die Sachen für mich auf, wenn ich eine Weile weg bin?«

»Manchmal ist man da zu Hause, wo man zufällig landet, Kleines. Das passiert einfach.«

Lucy sah mich einen Moment lang an und sagte dann: »Also, heißt das jetzt, ja, die bewahren den Kram für mich auf? Oder was?«

»Ja«, sagte ich. »Sie bewahren den Kram für dich auf.«

»Cool!«

Ich kaufte für Carmela und Sylvia noch silberne Armbänder mit kleinen Anhängern, bevor wir die Mall verließen. Erstaunlich, wie sehr mir die alten Mädchen doch unter die ganz schön dicke Haut gegangen und ans Herz gewachsen waren.

»Oh, das wäre doch nicht nötig gewesen, Mr Snow«, sagte Carmela grinsend, während sie den silbernen Kruzifixanhänger betrachtete. »Sie sind jung. Sie sollten jeden Cent zweimal umdrehen. Deshalb können Sylvia und ich jetzt, wo wir in Rente sind, auch überall essen gehen, wo wir wollen, und Netflix gucken. Weil wir jeden Cent umgedreht haben, als wir in Ihrem Alter waren.«

Wir bestellten uns Burger in der Basement Burger Bar im Zentrum von Farmington und gingen anschließend noch Eis essen im Silver Dairy auf der Grand River Avenue, wo ich einen Anruf von Tatina erhielt.

»O mein Gott!«, rief sie. »Du trendest bei Twitter!«

»Bitte was?«

»Du trendest! Bei Twitter!«, sagte sie. »Und YouTube! O mein Gott! Über 200 000 Klicks auf YouTube! Wie du mit Tomás und noch einem Mann in dem mexikanischen Restaurant festgenommen wirst! Eine Art Einwanderungsprotest!«

Im Hintergrund rief einer von Tatinas Freunden etwas.

»350 000 Klicks!«, sagte Tatina. »Was ist da bei euch los? Schieben die alle Mexikaner ab? Falls ja, komm her, August! Ich meine, wie müssen ja nicht gleich zusammenziehen oder so.«

Wir sprachen noch ein Weilchen länger.

Sentimentales Zeug.

Zeug, das an meinem Image als Ex-Marine und hartem Kerl kratzen würde, wenn es je rauskäme.

Nachdem wir aufgelegt hatten, rief ich bei YouTube das Video auf, das mir ganz schön peinlich war. Ich, Tomás und Trent T. R. Ogilvy wurden in den Fond eines schwarzen ICE-SUV verfrachtet, während zwanzig oder dreißig Leute, die das Fahrzeug umzingelt hatten, »Ich bin ein *Dreamer!*« und »Abschiebungsstopp *sofort!*« skandierten.

Der Mann, der das Video aufgenommen hatte und kommentierte, war der Ausdrucksweise und der Klangfarbe seiner Stimme nach vermutlich ein junger Schwarzer. Der Clip endete mit einer Großaufnahme von mir und dem Kommentar: »Ist das nicht echt kranker Scheiß? Ein Bruder kann in dieser Stadt nicht mal einen Taco essen gehen, ohne Ärger zu kriegen!«

Später am Abend stand ich hinter Lucy und schaute über ihre Schulter auf einen von ihren zwei Laptopbildschirmen. Sie trug ihr neues gelbes Spitzen-Rüschen-Teil und eine neue Jeans von irgendeinem angesagten französischen Designer. Zahlenreihen und haufenweise Symbole flatterten über beide Bildschirme.

Lucy blickte auf die Code-Kaskade und murmelte zwischendurch »Ja« oder »Das hab ich mir gedacht« oder »Schwachsinn«.

»Bist du dir sicher mit der Herkunft des Signals?«, sagte ich.

»Warst du bei Skittles auch so?«, sagte sie, ohne die Augen von ihren Bildschirmen zu nehmen. »Ich meine, hast du den auch bei der Arbeit genervt? *Ja*, ich bin mir sicher, woher das Signal kommt! Jetzt geh wen anders nerven.«

»Danke«, sagte ich, bevor ich ihr Zimmer bei Carmela und Sylvia verließ.

Zwanzig Minuten später war ich im LaBelle's Soul Hole Donut & Pastry Shop.

»Hast du uns was Wichtiges mitzuteilen, Kleiner?«, sagte Lady B, als ich ihr einen Kuss auf die Wange gab.

»Und ob«, sagte ich. »Alle da?«

»Alle bis auf Elena und Father Grabowski.« Lady B ging mit mir durch den Laden nach hinten zur Küche. »Er hat irgendwas Katholisches zu erledigen. Ihr seid ja ganz vernarrt in eure kleinen Vorschriften, Regeln, Rituale und Geheimnisse, nicht wahr?«

»Und Weihrauch«, sagte ich. »Nicht den Weihrauch vergessen.«

»Elena hielt es für besser, in der Nähe von dem riesigen Grobian zu bleiben, mit dem sie verheiratet ist.«

»Der ›riesige Grobian‹ ist zufällig mein Pate.«

»Wie gesagt«, sagte Lady B mit einem Lächeln. »Riesiger Grobian.«

Der größte Teil der Küche, einschließlich des Fußbodens und des runden Tisches, an dem O'Donnell und Undercover-DEA/ICE-Captain Foley saßen, war mit Plastikfolie abgedeckt.

»Will die Wände streichen«, sagte Lady B.

»Ich hoffe, es ist wichtig«, sagte O'Donnell zu mir.

Foley sah auf seine Uhr. Dann blickte er auf und lächelte Lady B an. »Haben Sie welche von diesen Eclairs mit Erdbeerfüllung, Lady B? Da hätte ich richtig Appetit drauf.«

»Kaffee dazu, Schätzchen?«, fragte Lady B grinsend.

»Eine Tasse nähme ich gern«, erwiderte Foley und blickte erneut auf seine Uhr.

»Müssen Sie noch wohin?«, fragte ich.

»Ja«, sagte er. »Nach Hause. Ins Bett. Es wird Sie freuen zu hören, dass Mexicantown heute Nacht in Frieden gelassen wird. Das Team ist in West Bloomfield, um ein paar untergetauchte Muslime und Chaldäer zu schnappen.«

»›Als sie die Kommunisten holten, habe ich geschwiegen – ich war ja kein Kommunist.‹«

»Was zum Teufel soll das denn heißen?«, sagte er.

Ich nahm an dem kleinen runden Tisch Platz und reichte O'Donnell eine von den Akten aus dem Tresor. Drei hochexplosive Seiten.

O'Donnell schlug sie auf. Nach einem Moment wich alle Farbe aus ihrem Gesicht. Sie flüsterte: »Großer Gott«, bevor sie erst Foley anblickte, dann mich.

»Jetzt verstehst du wohl, warum es besser ist, wenn ich den Tresor habe und nicht ihr«, sagte ich. Ich wandte mich an Foley. »Behalten Sie Henshaw im Auge?«

Ehe Foley antworten konnte, kam Lady B mit einem Teller Eclairs und einer Kanne Kaffee zurück. Sie stellte das Gebäck mitten auf den Tisch und goss Foley eine Tasse Kaffee ein. Er nahm sich ein Eclair mit Erdbeerfüllung und biss genüsslich hinein.

»Sie sind die Beste, Lady B«, sagte er mit vollem Mund.

»Oh, das weiß ich, Schätzchen«, sagte sie.

Dann zog sie eine 9-mm-Halbautomatikpistole mit Schalldämpfer aus ihrer Schürze und schoss Foley in den Hinterkopf. Sein Gesicht knallte auf den Teller mit den Eclairs. Sie feuerte rasch eine zweite schallgedämpfte Kugel hinterher. Eine hätte vollkommen gereicht.

»Scheiße!«, schrie O'Donnell. Sie sprang auf, zog ihre Waffe und richtete sie auf Lady B.

Ich tat es ihr gleich, unsicher, ob ich Foleys Blut oder Erdbeerfüllung schmeckte.

»Gottverdammt«, schrie ich, meine Glock weiter auf Lady B gerichtet. »Was soll der Scheiß?«

Lady B legte ihre Pistole rasch auf den Tisch und hob die Hände.

»Ihr habt etwa sechzig Sekunden«, sagte sie.

»Sie haben soeben einen DEA-Agenten erschossen!«, rief O'Donnell.

»Fünfundfünfzig Sekunden«, sagte Lady B.

»Was redest du denn da?«, sagte ich.

»Foley hat den Menschenhandel vom ICE aus organisiert. Nicht Henshaw«, sagte Lady B.

»Das weiß ich!«, sagte ich. »Das steht in der Akte, die ich gerade O'Donnell gegeben hab! Verdammt, Lady B!«

Lady B sah O'Donnell an. »Bestechung. Razzien. Frisierte Internierungslisten. Was ihr nicht wisst, ist, was euch in den nächsten dreißig Sekunden eures Lebens erwartet. Foley war euch eine Nasenlänge voraus: Drei von seinen Biker-Kumpeln stürmen jeden Moment hier rein und bringen uns alle um. So wie ich das sehe, könnt ihr mir noch schnell meine Rechte vorlesen, bevor wir alle tot sind – oder wir nehmen die Sache in die Hand.«

»Wo?«, sagte ich.

Die Hände weiter über den Kopf gehoben, signalisierte Lady B, dass zwei Männer die Hintertür aufbrechen würden, ein Dritter würde durch die Eingangstür kommen.

»Wir sind hier noch nicht fertig«, sagte O'Donnell zu Lady B.

»Ach, Kleines, das hab ich auch nicht erwartet«, sagte Lady B.

Ich blickte sie streng an und sagte: »Wenn das hier vorbei ist, haben wir zwei ein ernstes Wörtchen darüber zu reden, warum du mein Handy gespooft hast.«

Lady B, wieder in Besitz ihrer 9-mm, lief durch die Küchentür nach vorne in den Laden.

»Geh mit ihr!«, sagte O'Donnell.

»Kleines«, sagte Lady B. »Ich pass schon seit fünfunddreißig Jahren auf mich selbst auf.« Dann zu mir: »Du bleibst schön hier bei ihr, junger Snow. Sie wird Feuerunterstützung brauchen, wenn die reinkommen.«

O'Donnell und ich postierten uns links und rechts von der stahlverstärkten Hintertür und sahen zu, wie sich Thermit zischend durch das Schloss brannte.

... Drei ... Zwei ...

26

Eins ...
Die Hintertür flog krachend auf. Zwei Männer in BMC-Bikermontur stürmten mit schallgedämpften halb automatischen Pistolen herein.

»FBI!«, rief O'Donnell.

Keiner von beiden achtete groß darauf, welche Buchstabenkombi O'Donnell von sich gab.

Sie wirbelten herum und legten auf uns an. O'Donnell und ich verpassten jedem Mann zwei Kugeln. Sie fielen um. Einer tot. Der andere so gut wie.

Lady B kam in die Küche gehumpelt. Sie hatte eine Kugel ins linke Bein bekommen.

»Der ist abgehauen«, sagte sie. »Ich hab ihn an der Schulter und am Oberschenkel erwischt.«

»Welche Richtung?«, sagte ich.

»Bahnhof, durch den Park. Vielleicht kannst du das Arschloch ja zum Reden bringen«, sagte sie. »Hinterher!«

Ich lief hinaus in die schwüle Hitze und mitternächtliche Dunkelheit, die wie eine Decke über dem Areal zwischen dem Donutladen und der düsteren Ruine des Michigan Central Train Depot lag. Das Gelände vor dem Bahnhof war weniger ein Park als eine offene Wunde. Ich sah sich bewegende Schatten, und jeder davon hätte ein obdachloser Mann auf der Suche nach einem Schlaf-

platz oder eine obdachlose Frau auf der Suche nach einer unge-
störten Stelle zum Pinkeln sein können.

Ich rannte durch Detroits Version eines Hieronymus-Bosch-Ge-
mäldes, vorbei an Gesichtern, die von einem Leben in der Hölle
erzählten.

Ich bemerkte einen Schatten, der rasch vom Park weg in Richtung Bahnhof humpelte.

Ein Auto kam aus der Unterführung auf der Vernor Street zur
Westseite des Bahnhofs gerast.

Autoscheinwerfer blendeten zweimal auf.

Am Rand des Parks, gut fünfzig Schritte von dem Wagen entfernt, nahm ich Schussposition ein und feuerte dreimal auf den
wartenden Fahrer des humpelnden Mannes. Ich rannte weiter,
verringerte den Abstand. Der Mann im Auto gab mehrere Schüsse
auf mich ab. Wir lieferten uns ein Feuergefecht. Ein Obdachloser wurde in die Brust getroffen. Eine von meinen Kugeln zer-
schmetterte das hintere Fenster auf der Beifahrerseite. Das Auto
raste mit quietschenden Reifen davon, überließ den humpelnden Mann sich selbst.

Der lief, so schnell er konnte, in den Bahnhof.

Ich folgte ihm in den imposanten, hundert Jahre alten Bau.

Das Echo von keuchendem Atem.

»Du verlierst jede Menge Blut«, rief ich, die Augen auf den Lauf
meiner Pistole und seine Blutspur gerichtet. »Je mehr du das hier
in die Länge ziehst, desto mehr Blut verlierst du. Rede mit mir,
und ich hol dir Hilfe. Sonst stirbst du auf die harte Tour. Du hast
die Wahl.«

»Eine verdammt miese Wahl«, entgegnete der Mann. Seine
Stimme hallte von den hohen gewölbten Wänden des Bahnhofs
wider.

»Die einzige, die du hast.« Ich bewegte mich durch das Fla-
ckern von Schatten und Licht. »Dein Fahrer hat das Weite gesucht. Sei schlau und rede mit mir.«

»Und worüber willst du reden, Arschloch? Die Tigers? Die Verfassung?«

»Nein, lass uns über was reden, worüber du wirklich was weißt«, sagte ich. »Zum Beispiel, wer den Menschenhandel kontrolliert. Oder wer Barney Olsen umgebracht hat.«

»Olsen ist tot?«

Durch einen Hindernisparcours aus Stahl- und Betonschutt, Glasscherben und Verteilerkästen, aus denen die Kabel gerissen worden waren, stieg ich langsam eine breite Treppe hinauf. Irgendwann vor meiner Geburt war der Bahnhof mit seinen neoklassizistischen hohen Gewölbedecken, Fresken und glänzenden Kristallleuchtern mal ein Juwel in Detroits Krone gewesen. Jetzt, nachdem Kupfer- und Antiquitätendiebe ihn jahrzehntelang ausgeplündert hatten, war nur noch das Wispern von Geistern übrig, die auf den Aufruf für ihren Zug lauschten.

»Ja«, sagte ich. »Olsen wurde beseitigt. Sein Haus ausgeräumt. Ich schätze, damit steckt der BMC jetzt in Schwierigkeiten. Also erzähl mir was.«

Ein Schatten tauchte oben an der Treppe auf.

Ein Schatten, der ein anderthalb Meter langes Rohr in den Händen hielt.

»Hast du dir schon mal vorgestellt, wie du wohl ins Gras beißt?«

»Ja«, sagte ich. »Hätte nie gedacht, dass es in einem gottverdammten Bahnhof passieren würde.«

Ich steckte meine Glock weg und sagte: »Machen wir es oldschool?«

»Von mir aus gern, Freundchen«, sagte der Mann lachend. »Ich hab nichts zu verlieren.«

»Doch«, sagte ich und nahm mir ein nicht ganz so langes Rohr, das auf der Treppe lag. »Hast du.«

Ich war in keiner idealen Position; nach oben zu kämpfen ist sehr viel schwieriger, als nach unten zu kämpfen, vor allem im Bō-Stab-Stil. Ich war im Begriff, alles zu tun, wovor Sun Tzu in

184

seinem militärischen Leitfaden *Die Kunst des Krieges* warnte. Einem Sterbenden sollte man immer eine Chance geben.

Natürlich habe ich nie von mir behauptet, der Cleverste zu sein ...

Der Mann hob sein Rohr und schlug mit erstaunlich mörderischer Wucht zu. Ich blockierte den Schlag, drückte mit aller Kraft und machte zwei Stufen nach oben gut. Er blutete aus der linken Hüfte, und ich schlug mit meinem Rohr auf seine Wunde. Er jaulte auf und humpelte fünf oder sechs Stufen zurück, was es mir ermöglichte, endlich die erste Ebene zu erreichen.

Mein Vorteil währte nicht lange.

Er schlug erneut zu. Sein Rohr prallte von meinem ab, erwischte mich aber vorher noch an der rechten Schulter. Ich spürte das Brennen von warmem Blut.

Ich drängte ihn weitere fünf Schritte zurück. Das Geräusch der aufeinanderprallenden Metallrohre hallte im trüben Licht und den tiefen Schatten des Bahnhofs wider.

Sein Rohr traf meinen rechten Arm, dann die linke Seite meines Brustkorbs. Ich stolperte rückwärts. Er rückte vor und ließ sein Rohr mit zerstörerischer Kraft auf meinen Kopf zuschnellen. In der letzten Sekunde wehrte ich den Schlag ab.

Er atmete angestrengt. Blut strömte aus seinen Wunden.

Ich wollte ihn nicht töten.

Ich wollte Antworten.

Ich schwang mein Rohr erneut gegen seine verletzte Hüfte, und versetzte ihm dann einen Stoß gegen die angeschossene Schulter.

Er schrie auf, taumelte rückwärts und fiel hin.

Sofort drückte ich das Ende meines Stahlrohrs fest in seine Schulterwunde.

Er brüllte vor Schmerz und ließ sein Rohr los, das wegrollte.

»Ich bohre dieses Rohr komplett durch dich durch und dreh es, wenn du mir keine Namen gibst«, sagte ich.

»Die bringen mich um!«

»Du bist schon tot, Arschloch«, sagte ich.

Ich presste das Rohr weiter in die Schulter des Mannes, kniete mich hin, machte über seinem Gesicht das Kreuzzeichen und sagte: »Segne mich, Vater, denn ich habe gesündigt. Meine letzte heilige Beichte war vor bla, bla, bla. Jetzt sag was ... und zwar etwas, das ich und Gott hören wollen, bevor der Teufel deinen Arsch holt.«

Für einen Mann, der schneller Blut verlor als die Lions ein Footballspiel, war er ganz schön redselig. Kurz bevor er das Bewusstsein verlor, erhielt ich einen Anruf von O'Donnell; im Hintergrund konnte ich gellende Sirenen hören.

»Hast du einen Hinterausgang?«, sagte O'Donnell.

»Ich kann einen finden«, sagte ich. »Warum?«

»Weil ich nicht will, dass ich dich meinem Boss erklären muss«, sagte sie.

»Sag den Sanitätern, du hast einen Typen in den Bahnhof laufen sehen«, sagte ich. »Vermutlich erste Ebene.«

Sie legte auf.

Ehe ich ging, ertastete ich die Halsschlagader des bewusstlosen Mannes: Sein Puls war schwach, aber er hatte noch einen.

Dann fand ich einen Hinterausgang und lief aus dem Bahnhof in die tiefe mitternächtliche Dunkelheit.

»Achte auf die Kaffee- und Gewürznoten mit einem Anflug von dunkler Schokolade und Ingwer am Gaumen«, sagte ich und goss vorsichtig zwei Fingerbreit eines sehr seltenen und teuren, dreißig Jahre alten Glenglassaugh Single Malt Whisky in ein Tumbler-Glas von Waterford Crystal – eines von insgesamt vier solcher Gläser, die meine Mutter meinem Vater zum vierzigsten Geburtstag geschenkt hatte.

O'Donnell saß an meiner Kücheninsel, über den Tumbler gebeugt. Sobald ich mit dem Eingießen fertig war, hob sie das Glas an die Lippen, warf den Kopf in den Nacken und kippte die ganzen zwei Fingerbreit runter.

»Wow«, sagte ich. »Wir sind hier wohl beim Aufnahmeritual der Studentenverbindung Snow.«

»Ich bin suspendiert worden.«

Ich schenkte ihr Whisky nach.

»Ich habe Direktor Phillips über die Operation informiert. Daraufhin hat er mit seinem Boss telefoniert. Nachdem sein Boss ihn zur Schnecke gemacht hatte, hat er mich zur Schnecke gemacht. Meinte, ich hätte eine inoffizielle Operation gefährdet. Meinte, ich hätte mich ›ungewohnt unverantwortlich‹ verhalten.« Das musste ihr an die Nieren gehen. O'Donnell liebte ihren Job. Liebte die Strafverfolgung. Und Phillips war jemand, den sie respektierte, sogar bewunderte.

»Was ist mit Lady B?«, sagte ich.

O'Donnell stieß ein bitteres Lachen aus. »Was soll mit der sein? Ich hab sie mit Handschellen an einen Stützbalken gefesselt, bevor ich mich auf die Suche nach dir gemacht hab. Als die Cops, die Rettungssanitäter und meine Leute eintreffen, ist sie mit vier anderen in der Küche dabei, Donuts und Plätzchen zu backen. Alles war blitzblank.«

»Wenn sie nicht gewesen wäre, würden wir jetzt wahrscheinlich nicht zusammen Scotch trinken«, sagte ich.

»Sie hat einem Mann in den Kopf geschossen, August«, sagte O'Donnell. »Sie hat ihn exekutiert. Wir sind hier nicht in Dodge City, und wir sind nicht die verdammte Dalton-Bande.«

»Im Vergleich zu Detroit kann Dodge City einpacken«, sagte ich. »Und in der Gegend von Mack Avenue und Helen Street hätten die Daltons nach zwölf Uhr mittags keine zwei Minuten überlebt.«

Vierzig Minuten später war O'Donnell sturzbetrunken.

Da ich nicht zulassen wollte, dass sie sich noch ans Steuer setzte, half ich ihr die Treppe rauf, nachdem ich ihr meine ehrenwerten Absichten versichert hatte. Ein Schlüssel klickte in der Haustür. O'Donnell griff nach ihrer Pistole, die ich ihr nach dem dritten Whisky abgenommen hatte. Zum Glück war ich bewaffnet, zog meine Glock und richtete sie auf die sich öffnende Tür.

Lucy.

»Ich stör doch hoffentlich nicht, falls du gerade eine Nummer schieben wolltest, oder?«

Nachdem ich O'Donnell ins Bett gebracht hatte, ging ich nach unten. Lucy saß an der Kücheninsel und hatte einen ihrer Laptops aufgeklappt.

»Was willst du so spät noch hier?«

»Ist sie deine Freundin?«

»Nein.«

»Dem Sonnengott sei Dank«, sagte Lucy. »Zu viele schwarze, rote und braune Brüder im Bann von weißen Hexen.«

Ich hielt mein Handy hoch und zeigte Lucy ein Foto von Tatina.

»Das ist meine Freundin«, sagte ich. »Und ich gehe nicht fremd. Also, warum bist du hier?«

»Wow«, sagte Lucy, die sich das Foto von Tatina ansah. »Nett. Lebt sie hier?«

»Oslo. Also –«

»Moment mal«, sagte Lucy. »Oslo, Norwegen? Und in Detroit konntest du keine schwarze Frau finden?«

»Lucy, wenn du nicht endlich –«

Sie drehte den Bildschirm ihres Laptops in meine Richtung.

Ich spürte, wie mein Mund trocken wurde und mein Blut zu kochen begann, während ich auf den Bildschirm blickte.

»Ist es das, wofür ich es halte?«

»Jep«, sagte Lucy. »Jetzt weißt du, warum ich noch wach bin, und das ganz ohne Milch und Kekse. Übrigens - hast du noch Milch und Kekse?«

27

Es war ein brütend heißer Donnerstagnachmittag, und ich hatte die letzten fünfunddreißig Minuten auf dem I-75 North mein Bestes gegeben, die eine oder andere Karambolage zu verhindern: mit Straßenarbeitern, die in ihren orangefarbenen Westen alle aussahen wie ZZ Top, mit älteren Fahrern, die fünf Meilen langsamer unterwegs waren als erlaubt, und mit SUV-Fahrern, die anscheinend mittels unterentwickelter Telekinese-Fähigkeiten die Spur wechselten.

Auf den Detroiter Schnellstraßen würde im Sommer selbst der Papst zum Straßenrowdy.

»Wow«, sagte der junge Typ auf dem Parkplatz. Er trug eine teure, knallenge Jeans, ein Tommy-Bahama-Hemd im Hawaii-Stil und dunkelblaue Tony-Lama-Cowboystiefel, und er hatte eine lederne Umhängetasche über der Schulter. »Super Bike.«

»Danke«, sagte ich, nicht in Stimmung für Small Talk. Ich klappte den Ständer meiner neu erworbenen Harley nach unten, machte den Motor aus und stieg ab.

»Ich hab eine Kawasaki Ninja«, sagte der Typ, während er mir zur Tür des Aufnahmestudios SoundNation folgte. »Das ist, als hätte man sich eine Rakete an die Eier geschnallt.«

»Das merk ich mir für den Fall, dass ich mal Lust kriege, mir ein Kinderspielzeug an die Eier zu schnallen.«

Er lachte, trat neben mich und streckte mir die Hand hin.

»Brad Lanzetti. Online-Marketing-Manager. Shout-Out Communications.«

Ich blieb stehen und wandte mich ihm zu. »Hör mal, Brad. Wie wär's, wenn du dir mal die nächsten fünfzehn, zwanzig Minuten irgendwo anders die Beine vertrittst?«

»Hey, Kumpel«, sagte er. »Ich weiß nicht, was dein Problem ist, aber –«

Ich zog meine Glock und lud sie durch.

»Ach so, klar, cool«, sagte Brad und verließ fluchtartig das Tonstudio.

Drinnen ging ich auf Dahlia Delaney alias White Girl zu und sagte: »Ist Duke da?«

»Mr Snow! Wie schön, Sie zu sehen!«

»Duke«, wiederholte ich. »Ist er da?«

»Ähm – ja –, aber Sie kennen ja unsere Regeln, Mr Snow.«

»Ich denke, diesmal behalte ich meine Waffe«, sagte ich und zeigte ihr kurz meine Glock.

Ich marschierte an ihr vorbei und nahm Kurs auf den hässlichen Flur im Jackson-Pollock-Stil.

»Stehen bleiben, sofort«, sagte sie. Sie hatte ihren Smith & Wesson 868 Plus auf mich gerichtet.

Ich ging zu ihr zurück und entwand ihr den Revolver schnell aus der kleinen Hand.

Ich machte auf dem Absatz kehrt und bewegte mich wieder den Flur hinunter.

»Sie sind zu nett, um abzudrücken«, sagte ich. »Ich nicht.«

Hinter mir nahm White Girl den Hörer ihres Schreibtischtelefons ab. Mit zitternder Stimme sagte sie: »August Snow ist hier. Haltet ihn auf.«

Ich schaffte es problemlos an drei Studios vorbei.

Die Compton-Zwillinge warteten wie nach Fleisch hungernde Verteidiger eines Profi-Football-Teams am vierten und größten Studio auf mich. Die Antwort von *Black America* auf Elvis Presley –

190

Blelvis – stand in dem Studio mit einem Kopfhörer auf den Ohren vor einem Mikrofon und ließ die Hüften kreisen.

Ich legte langsam meine Glock und White Girls Revolver auf den Teppichboden und sagte: »Wenn ihr mich vorbeilasst, wird niemand verletzt.«

Eine Körpergröße von weit über einem Meter achtzig und mehr Muskeln als menschlich notwendig, das kann auch nachteilig sein: Masse und Gewicht solcher Muskeln machen eine Person tendenziell langsamer, lassen sie plumper wirken, wenn sie versucht, sich schnell zu bewegen. Theoretisch ist es bei der Konfrontation mit solchen menschlichen Kolossen vorteilhaft, kleiner und leichter zu sein. Natürlich konnte ich mir bei diesen Killermaschinen keinen einzigen Fehler erlauben; ein Schlag von einem von ihnen ins Gesicht wäre so, als würde ich vom Geschoss einer M198-Haubitze getroffen.

Die Zwillinge attackierten mich wie zwei blutrünstige Linebacker.

Einer der Zwillinge kam voll aufgerichtet auf mich zu, der andere geduckt, beide mit ausgestreckten Armen.

Ich trat einem gegen den Kopf, und er krachte gegen eine Wand. Das verschaffte mir einen Sekundenbruchteil Zeit, um dem anderen Zwilling auszuweichen. Als er an mir vorbeiraste, konnte ich ihm noch zwei kurze Faustschläge auf den Solarplexus verpassen. Ich wusste, damit wäre die Sache noch nicht gegessen.

Leider hatte ich nicht damit gerechnet, dass sie so flink auf den Beinen waren.

Beide Männer, Schultern hochgezogen und grunzend wie wütende Büffel, taxierten mich eine Sekunde lang, ehe sie wieder angriffen. Diesmal hatte ich nicht so viel Glück: Einer der Zwillinge packte mich um die Taille und hob mich vom Boden. Es gelang mir, beide Arme frei zu halten. Als ich gerade spürte, wie meine Rippen knackten, trat der andere Zwilling hinter seinen Bruder und knallte mir seine Faust zweimal ins Gesicht. Warmes

Blut schoss mir aus der Nase und sammelte sich in meinem Mund. Ein weiterer Schlag ins Gesicht oder weitere drei Sekunden in den Schraubstockarmen des ersten Zwillings, und von mir wäre nur noch Brei übrig.

Ich konnte spüren, dass meine Rippen jeden Augenblick in der Umklammerung des Zwillings, der mich festhielt, brechen würden. Ich schlug ihm mit flachen Händen hart und schnell auf die Ohren.

Er schrie auf, ließ mich los und wankte rückwärts, die Hände auf die blutenden Ohren gepresst.

Knie in seine Rippen.

Tritt gegen den empfindlichen Punkt knapp über seinem linken Knie.

Er kippte um wie ein Drei-Zentner-Sack nasser Sand.

Aber da griff sein Bruder auch schon nach einer der Knarren, die ich auf den Boden gelegt hatte.

Er zielte auf mich.

Ich sprang durch die Tür des vierten Tonstudios.

Eine Kugel bohrte sich in den Türpfosten.

»Aufhören! *Sofort*, verdammt noch mal!«

Duke.

Er stand an der offenen Tür seines Büros, die Fäuste in die Hüften gestemmt, und starrte den Compton-Zwilling, der die Waffe in der Hand hielt, vorwurfsvoll an. Der Zwilling ließ den Kopf hängen wie ein beschämtes Kind, und händigte Duke dann kleinlaut die Waffe aus. Mit überraschender Zuneigung sagte Duke: »Kümmere dich um deinen Bruder.« Dann sah er mich böse an. »Mach gefälligst das nächste Mal einen Termin.«

Ich klopfte mich ab, wischte mir das meiste Blut aus dem Gesicht, zeigte dann auf Blelvis und sagte: »Dein Groove gefällt mir, Mann.«

»Danke«, sagte er halb lächelnd, halb grinsend. »Vielen, vielen Dank.«

Heute trug Duke lindgrüne karierte Golfshorts mit dazu
passenden Socken, weiße Golfschuhe aus Wildleder, ein dunkelblaues Poloshirt und einen Kangol-Anglerhut in derselben
Farbe.

»Ich hätte dich von Fin abknallen lassen sollen«, sagte Duke,
als wir sein Büro betraten.

»Du Scheißkerl«, sagte ich. »Du hast ihnen deine alte Pipeline
verkauft und das mir gegenüber mit keinem Wort erwähnt.«

»Wovon redest du?«

»Die Routen, über die du Waffen, Drogen und Frauen verscho-
ben hast«, sagte ich. »Du hast deine geheimen Schmuggelrouten
verkauft, als du im Gefängnis warst. Deshalb kannst du dir den
Laden hier leisten. Ich hab die Bankunterlagen gesehen. Die ver-
steckten Unterlagen. Bank of Montreal. Bank of Canada. Central
Bank of Bahamas. Vor fünf Jahren konntest du dir nicht mal eine
Packung Zigaretten im Knastladen leisten. Plötzlich kaufst du
Immobilien in Royal Oak und Aufnahmegeräte.«

»Du hast dir schon immer was darauf eingebildet, clever zu
sein«, sagte Duke und goss sich einen Whisky ein. »Warum sollte
ich dir die Arbeit erleichtern? Du bist Detective – also ermittle,
Mann. Und hör auf, meinen Scheißteppich vollzubluten!«

»Ich hätte dich erschießen sollen, als ich vor sechs Jahren die
Gelegenheit dazu hatte.«

Duke lachte, schenkte mir auch einen Whisky ein und sagte:
»Und dein Daddy hätte mich fünfzehn, zwanzig Jahre vorher
erschießen sollen. Ehre und Redlichkeit sind der Untergang für
euch Snow-Männer. Hier.« Duke hatte in eine Schreibtischschublade gegriffen und eine Schachtel Kleenex herausgenom-
men. Er schob die Schachtel über den Tisch. Während ich mir
Blut vom Gesicht wischte, nahm er einen Anruf entgegen.

»Ist nicht schlimm, White Girl«, sagte Duke. »Du hast das
prima gemacht. Richtig prima, Kleines. Alles okay. Du hast alles
richtig gemacht, mehr als das. Wirklich.« Er legte auf und sagte

zu mir: »Siehst du, was du angerichtet hast, Mann? White Girl ist ganz aufgewühlt.«

»Sie hat auf mich gezielt«, sagte ich, warf mein blutgetränktes Kleenex auf seinen Schreibtisch und nahm meinen Whisky. Ich kippte den Drink herunter und schleuderte das Glas auf das Sofa hinter mir. »So, hören wir auf mit dem Gequatsche, okay? Sag mir, an wen du die Pipeline verkauft hast, oder ich sorg dafür, dass dir die ganze Sache um die Segelohren fliegt.«

»Kein Grund, gleich so gemein zu werden«, sagte Duke. Er trank einen genussvollen Schluck von seinem Whisky und bewunderte dessen Bernsteinfarbe. »Die Wahrheit ist, ich habe keinen Schimmer, wer meine Routen gekauft hat. War mir auch völlig egal. Der Deal ist über Vermittler gelaufen. Leute mit haufenweise schmutzigem Geld, das sie nirgendwo waschen konnten.«

»Du wäschst jetzt Geld?«

»Der Laden hier ist sauber«, sagte Duke. »Hundertprozentig. Das Einzige, was ich wasche, sind meine flippigen Unterhosen. Wie ich dir schon gesagt habe, Junge: Der Weg, auf dem ich war, hat mir nicht mehr gutgetan – und meine Routen zu verkaufen war der Preis für diesen neuen, gesünderen Weg.«

»Gib mir einen Namen, Duke.«

»Sonst was?«

Ich lächelte und ging langsam zu dem Schreibtischsessel, in dem Duke saß. Ich packte sein Poloshirt und schlug ihm dreimal mit der Faust ins Gesicht.

»Ich hab keine Angst vor dir«, sagte ich zu Duke, als sein blutender Kopf schlaff nach hinten fiel. »Hatte ich nie. Du willst deine teuflische Tour abziehen? Lern erst mal die Dämonen kennen, mit denen ich schon gerungen hab.«

28

Zwei Menschen warteten in der Lobby von SoundNation auf mich: Tomás und Lucy.

Tomás hielt lässig einen Smith & Wesson, Modell 629 mit langem Lauf seitlich am Körper. Lucy, eine Zwergin neben ihm, hatte die Arme vor der Brust verschränkt und hielt ihr fünfzehn Zentimeter langes Marttiini-Jagdmesser in einer Hand.

»Du bist ohne Verstärkung zu Duke?«, sagte Tomás.

»Was macht sie hier?« Ich deutete auf Lucy.

»Die Kleine ist schwer abzuschütteln«, sagte Tomás.

»Ich komm schon klar«, sagte Lucy trotzig.

»Hat nicht mal jemand gesagt«, begann ich, »man soll nie mit einem Messer zu einer Schießerei kommen?«

Lucy lächelte arglos.

Plötzlich blitzte gehärteter Stahl auf, sie warf das Messer. Hinter mir stand White Girl weinend an ihrem Schreibtisch und hielt ihren 686 Plus in einer zitternden Hand auf uns gerichtet. Lucys Messer bohrte sich tief in das Kopfpolster von White Girls Sessel. Prompt ließ White Girl den Revolver fallen und sank schluchzend zu Boden.

»Wie war das?«, sagte Lucy und ging an mir vorbei, um ihr Messer zu holen.

Sobald Lucy ihr Messer eingesteckt hatte, trat ich zu White Girl und ging neben ihr in die Hocke.

»Du bist nicht gut darin, die Toughe zu spielen«, sagte ich.
»Und wenn du Duke zuliebe weiter so tust, als wärst du eine,
gehst du irgendwann dabei drauf. Entweder du lernst, mit einer
Knarre umzugehen – oder du suchst dir einen neuen Job.«

Bevor wir SoundNation verließen, erzählte ich Tomás kurz,
was sich zwischen Duke und mir abgespielt hatte. Seine Kiefer-
muskeln spannten sich an, Adern traten hervor und pulsierten
an seinem Hals, während er zuhörte. Ich sagte, dass ich am
Abend noch etwas erledigen müsse, und erklärte ihm, warum
ich das allein tun musste, aber ab dann würde ich ihn über alle
meine Schritte auf dem Laufenden halten.

»Und da ich nicht scharf darauf bin, dass mich noch ein totes
Kind für den Rest meines Lebens verfolgt«, sagte ich zu Lucy,
»bleibst du schön brav bei deinen Computern, sonst befördere
ich dich mit einem kräftigen Tritt zurück nach Vegas. Dann
kannst du Skittles erklären, warum du wieder Spielautomaten
austrickst und Schlüsselkarten spoofst, statt wirklich wichtige
Sachen zu machen.«

Lucy schwieg einen Moment. Dann sagte sie: »Apropos aus-
tricksen. Dein Gesicht sieht aus, als wärst du ganz schön ausge-
trickst worden? Was war da los?«

Als Wiedergutmachung lud ich Tomás und Lucy zu einem
großen Teller Chorizo-, Shrimp-, Steak- und Hähnchen-Tacos im
Taqueria El Rey ein.

Am späten Donnerstagabend tauchte Lucy tief ins Sargasso-
meer des Darknet ab, und ich fuhr zu einem Barber Shop an der
West Grand River Avenue Ecke 7 Mile Road, eine Gegend, wo
schwarze Eisentore vor Spirituosenläden, Backfischrestaurants
und Friseursalons nur schwach tröstliche Sicherheit bieten.

Smitty's Cuts & Curls ist seit über dreißig Jahren im Geschäft.
Mein Vater ließ sich manchmal bei Smitty's die Haare schnei-
den. Und zwar aus denselben Gründen, wie ich mir als junger
Streifenpolizist und später als Detective manchmal bei Smitty's

die Haare schneiden ließ: zuverlässige, handfeste Informationen. Auf drei Frisierstühlen und im Sommer zwei Gartenstühlen draußen vor dem Laden wurden Infos von Lucius »Smitty« Smith und seinen Informanten getauscht, gekauft, verschachert, gesammelt und frisch ausgepresst.

Wenn Smitty's Cuts & Curls ausschließlich von Haarschnitten für Männer und Haarverlängerungen für Frauen abhängig gewesen wäre, hätte der Laden vor zwanzig Jahren dichtmachen müssen. Doch auf einer Straße im Nordwesten Detroits, auf der stets Gewaltexplosionen und finanzielle Implosionen drohten, florierte Smitty's, beschützt von Cops und Gangstern gleichermaßen. Smitty versuchte meistens, das Richtige zu tun, auch wenn er auf einen Stapel Gideon-Bibeln schwören würde, dass es ihm schnuppe war, wer schoss und wer erschossen wurde.

Einer von Smittys besten Informanten war ein junger Bursche namens Sylvian Russo alias »Sly«, alias »Bags«, alias »Sweets«.

Ich kannte ihn als »Sweets«, und den Namen rief ich dann auch, als ich mich dem schlaksigen Schwarzen näherte, der gerade mit vier anderen Typen Craps spielte.

»Ach du Scheiße –«, sagte Sweets und sprintete prompt die 7 Mile in Richtung Southfield Freeway davon.

Ich holte ihn rasch ein und zog ihn am Kragen seines gefälschten Prada-Hemdes in eine Seitenstraße hinter Aunt Loo Loo's Fried Fish Emporium, drei Läden vom Smitty's entfernt.

»Menschenskind«, sagte ich und ließ seinen Kragen los.

»Ernsthaft, Bro«, sagte Sweets. »Du lässt mich in der Scheißhitze rennen? Ich mein, seh ich aus, als käm ich aus Scheiß-Kenia?«

»Früher musste ich mich bei dir mal richtig anstrengen«, sagte ich, während ich versuchte, in der schwülheißen Luft wieder zu Atem zu kommen.

»Ja, stimmt.« Sweets lachte. »Aber du siehst aus, als würdest du langsam alt, Bro. Hab gedacht, da nehm ich mal lieber Rücksicht.«

Wir begrüßten uns mit Händedruck und einer einarmigen »Bro-Umarmung«.

Sweets sagte: »Scheiße, Mann. Hab gehört, dass du wieder in der Stadt bist. Dass du vor ’ner Weile ein paar Bankprobleme hattest. FBI und so.«

»Du hast es noch immer drauf, Sweets«, sagte ich. »Und deshalb bin ich hier.«

Ich holte eine dicke Rolle Hundertdollarscheine aus der Tasche, zog einen davon ab und gab ihn Sweets.

»Kostet mittlerweile zwei«, sagte Sweets. »Inflation und so.«

Ich gab ihm noch einen Schein. Der Preis für die Eröffnung eines Gesprächs.

Smitty würde als Sweets’ Arbeitgeber einen beträchtlichen Anteil davon einstreichen.

»Irgendjemand hat Duke Ducanes Pipeline für Waffen- und Frauenhandel gekauft, als er fünf Jahre in Jacktown abgesessen hat. Ich muss wissen, wer. Und ich muss wissen, was der ICE mit dem Kauf zu tun hat.«

Sweets legte den Kopf schief und sah mich aus zusammengekniffenen Augen an. Er sagte: »Was geht dich der Scheiß an, Snow? Du bist kein Cop mehr. Hab gehört, du wärst jetzt so ’ne Art Stadtteil-Sugardaddy. Wie Spider-Man, bloß ohne Superkräfte und ohne das geile Outfit.«

»Geld ist eine Superkraft, da kannst du jeden Abgeordneten im Kongress fragen«, sagte ich.

»Mal im Ernst«, sagte Sweets. »Wenn ich so viel Kohle hätte wie du, würd ich mich doch hier nicht mit so ’nem lächerlichen Alltagsscheiß rumschlagen. Und ich würd garantiert nicht mit irgendwelchen Underdogs in dunklen Seitenstraßen quatschen. Weißt du, was ich machen würde? Ich wäre in Belize oder Kolumbien und hätte ’n hübsches Ding auf dem Schoß, die auf meinem Schwanz reitet, während ich 'ne Piña colada schlürfe und mir den Sonnenaufgang angucke.«

»Nicht ganz mein Geschmack.«

»Ja«, seufzte Sweets. »Ich weiß. Du warst schon immer Captain America.« Dann hielt er mir die offene Hand hin und sagte: »Fünf.«

Ich blätterte ihm sieben Hunderter hin und sagte: »Zwei für dich.«

»Sehr großzügig, Bro«, sagte Sweets und ließ die Scheine verschwinden. Er holte zischend Luft, blickte sich kurz vorsichtig um. Dann sagte er mit leiserer Stimme: »Ein Typ namens Tootie, der für Buddy Lane arbeitet – erinnerst du dich an Buddy?«

Und ob ich mich erinnerte. Chesterton »Buddy« Lane hatte ein kleines schäbiges Striplokal im Nordwesten von Detroit – das Nappy Patch. Der Club war mal ein Geldbunker für Duke Ducane, wo er Bargeld für kurze Zeit lagern konnte, ehe er es wusch, indem er es durch Geldautomaten schleuste, die er besaß. Nachdem ich Duke hinter Schloss und Riegel gebracht hatte, nahm Buddy Lane an, er wäre der rechtmäßige Nachfolger auf Dukes frei gewordenem Thron. Leider konnte Buddy nicht mal die Fußbank des Throns beanspruchen. Letztendlich verlor er Millionen, und ihm blieben nur sein schäbiger Stripclub und ein mickriger Anteil an den Einnahmen durch Prostitution, die über den Club lief.

»So ein aschgrauer Niggah aus Ypsilanti«, sagte Sweets. »Jedenfalls, dieser Tootie geht Duke im Knast besuchen, macht ihm das Angebot, klar? Aber Tootie hat keinen blassen Schimmer, worüber er da mit Duke redet. Wiederholt bloß codierte Wörter und Sätze, die ihm eingetrichtert wurden. Und Duke kannte den Code.«

»Und Tootie bringt Dukes verschlüsselte Antworten zurück zu Buddy?«, sagte ich. »An wen hat Buddy Dukes Code weitergegeben?«

»Keine Ahnung«, sagte Sweets. »Man munkelt, an so einen kleinen, exklusiven S&M-Laden in Birmingham. Könnte eine Durchgangsstation für verschleppte Mädchen sein. Darüber hab ich keine Infos.«

»Glaubst du, Duke weiß, wo genau diese Durchgangsstation ist und wer den Laden betreibt?«

»Es heißt, vielleicht 'ne alte Freundin von ihm«, sagte Sweets. »Aber Duke redet nicht drüber. Wer auch immer Duke bezahlt hat, will auf keinen Fall, dass er irgendwas über den Deal ausplaudert, und das weiß er. Wenn er plaudert, kommt derjenige, der dieses neue Geschäft führt, wie ein Hammer in der Hand Gottes auf ihn nieder. Das hat bestimmt mit den zwei Mexikanerinnen zu tun, was? Die eine, die von der Brücke gesprungen ist, die andere, Zug Island?«

Ich spürte einen Kloß im Hals anschwellen.

»Mehr hab ich nicht, Bro«, sagte Sweets. »Manchmal tauschen wir mit Lady B Infos aus, aber wir reden nicht mit Mexikanern auf der South Side. Ich mein, wir hatten mal welche, aber das ist fünfundzwanzig Jahre her. Da war Maria Sandoval in ihrem Klamottenladen an der Ecke Vernor und Stair Street unser Horchposten. Erinnerst du dich an Maria?«

Und ob: Meine Mutter kaufte bei Maria ein und schleppte mich jedes Mal mit. Nie würde ich die Demütigung vergessen, die ich als siebenjähriger Junge empfand, wenn mir umgeben von Frauenklamotten irgendwelche Kundinnen in die Wangen kniffen.

Bis zu diesem Augenblick hatte ich keine Ahnung gehabt, dass Marias Laden ein nachrichtendienstlicher Knotenpunkt für Mexicantown war.

Ich nahm noch einen Hunderter und schob ihn in Sweets' Hemdtasche.

»Bitte sag mir, dass du bald aus diesem Geschäft aussteigst, Sweets«, sagte ich. Bei den Marines hatte ich Profispione gekannt, die in Seitengassen herumschlichen, mit Mördern billigen Whisky tranken und dubiose Geschäfte mit jedem halbwegs informierten Halunken machten. Ihr Leben hatte nichts Glamouröses an sich und endete meist vorzeitig, und um ihre Leichen kümmerte sich niemand.

»Noch sechs Monate, dann bin ich raus«, sagte Sweets mit einem breiten Grinsen. »Hab mir ein kleines Haus auf zwei Hektar in Comox gekauft, Nordostküste von Vancouver Island. Kein Fernseher, kein Radio, kein gar nix. Bloß eine Angelrute, ein Boot und ein paar Marvin-Gaye-Platten. Wenn Jesus wiederkommt, um jedem mit einer heißen Sandale ordentlich in den Arsch zu treten, will ich wo sein, wovon Er noch nie gehört hat.«

Ich wünschte ihm viel Glück. »Soll ich dir – du weißt schon – einen Kinnhaken verpassen oder so? Ich hab vergessen, wie das läuft.«

»Nee, Bro, lass mal«, sagte Sweets lachend. »Das ist Bullshit aus Filmen mit weißen Cops. Ich geh mir einen Backfisch holen. Willst du auch einen? Der gebackene Barsch bei Aunt Loo Loo ist unschlagbar.«

29

Am folgenden Montag erreichte die Mittagstemperatur zweiunddreißig Grad. Es war die zweite Woche ohne Regen, und Detroit verzeichnete seinen dritten hitzebedingten Todesfall: ein alter Mann, der allein und ohne Ventilator oder Klimaanlage gelebt hatte. Die Stadt hatte ihm eine Woche zuvor wegen nicht bezahlter Rechnungen das Wasser abgedreht.

Ich bezweifelte stark, dass Beten oder das Anzünden einer Andachtskerze dem Mann jetzt noch viel nützen würden.

Dennoch stattete ich St. Al einen Besuch ab.

Father Grabowski saß auf einem abgewetzten kotzgelben Sofa in seinem Büro in der Kirche und schrieb wie wild auf einem Notizblock, als ich an die offene Tür klopfte und eintrat.

»Schon dabei, Ihre Wunschliste für den Weihnachtsmann zu schreiben, *padre*?«, sagte ich.

Wie üblich stand Father Grabowski auf und umarmte mich.

»Nee, das ist eine Wunschliste für unsere Senioren«, sagte er. »Du weißt schon. So überflüssiges Zeug wie Essen, Kleidung, Obdach, Spenden, um horrende Wasserrechnungen und einen Riesenberg Grundsteuerschulden zu bezahlen.«

»Haben Sie mit Lady B über das Treffen gesprochen, das Sie verpasst haben?«, fragte ich. »Um ehrlich zu sein, ich denke, Sie sollten sich so weit wie menschenmöglich von Lady B fernhalten. Zumindest eine Zeit lang.«

»Hast du gehört, was ich gerade gesagt habe? Über meine Liste? Die Senioren?«

Ich zückte mein Portemonnaie, fischte meine einzige Kreditkarte heraus und reichte sie ihm. »Die will ich aber morgen unbedingt wieder haben. Ich muss mir einen anderen Mietwagen besorgen.«

»Ist das dein Ernst?«, sagte Grabowski, der auf die Karte starrte, als hätte ich ihm gerade den Schlüssel zu einer Schatzkammer gegeben. »Ich meine, wir reden hier womöglich von ein paar Tausendern, August.«

»Ihr Limit ist zehntausend, Father«, sagte ich. »Alles darüber machen wir dann in bar. Also, wegen Lady B –«

»Ja, es ist heißer als im Bauch der Hölle«, sagte er und hob einen kurzen dicken Zeigefinger an die Lippen. »Wie geht's Tomás und Elena? Erzähl mir doch noch ein bisschen von deiner Freundin. Tanya?«

»Tatina.«

Wir plauderten zum Schein über ein paar belanglose Dinge, während wir nach unten gingen. Der kühle, dunkle, dreißig Kirchenbänke fassende Ausweichkirchenraum war eine Echokammer aus Beton und Marmor, die einen in den Wahnsinn treiben konnte. Ein Gespräch war praktisch nur möglich, wenn man seinem Gegenüber direkt ins Ohr flüsterte.

»Ich fürchte, die haben hier alles verwanzt«, flüsterte Father Grabowski, dessen Atem nach Schinkenspeck und Zigaretten roch.

»Wer?«, fragte ich. »Der ICE? Hier?«

»Wahrscheinlich«, sagte Grabowski. »Auf dem Boulevard vor der Kirche steht schon seit vier Tagen ein Van. Ich hab ein paar Typen ein- und aussteigen sehen. Ich glaube, mein Hilfsnetzwerk ist aufgeflogen.«

»Ich kümmere mich um den Van«, flüsterte ich. »Vergessen Sie, was ich über Lady B gesagt hab. Lassen Sie sie herkommen, sie soll nach Abhörwanzen suchen. Und rufen Sie den Anwalt der Diözese an.«

»Heiliger Bimbam! So was kann Lady B? Wer zum Teufel ist sie, August?«

»Sie ist ein Rätsel in einem Mysterium, eingerollt in ein Croissant.«

»Was hast du vor, mein Junge?«

Wieder zurück in Father Grabowskis Büro nahm ich den Hörer von seinem Schreibtischtelefon.

»Notrufzentrale. Wie kann ich Ihnen helfen?«

»*Madre Maria!*«, sagte ich mit Fistelstimme in einem übertriebenen mexikanischen Akzent. »O mein Gott! Das nicht richtig! Das einfach nicht richtig!«

»Ma'am, beruhigen Sie sich und sagen Sie, wie ich Ihnen helfen kann.«

»Ich putzen in katholisch Kirche St. Aloysius«, sagte ich. »Ich gucken vorne auf Washington Boulevard, und ich, ich sehen Van. Und ich sehen Männer. Sie gehen in Van rein und raus. Und – o mein Gott – sie tun Sachen in Van zusammen! Direkt vor Gotteshaus!«

Father Grabowski drückte sich ein Sofakissen ans Gesicht, um sein Lachen zu dämpfen.

»Die Männer in diesem Van. Sie glauben, sie haben Sex miteinander, Ma'am?«

»Genau das ich sagen! *Sí!* Ja! Mir egal, was Leute machen für Sex. Aber dann sie – sie kommen raus und machen Pipi auf Straße! Ich glauben, eine von die Männer, er hat Pistole!«

»Ich schicke einen Streifenwagen hin, Ma'am«, sagte die Frau von der Notrufzentrale. »Bleiben Sie im Gebäude. Bleiben Sie in Sicherheit.«

»Gott Sie segne, Miss von Notruf! *Gracias!* Danke!«

Vierzig Sekunden später stoppten zwei DPD-Streifenwagen mit Blaulicht nicht weit von dem Van. Father Grabowski und ich standen auf dem grasbewachsenen Mittelstreifen des Washington Boulevard vor St. Al und sahen zu, wie drei Männer mit erhobenen Händen aus dem Van stiegen. Einer der Männer griff langsam in eine Hemdtasche und holte einen Ausweis hervor.

Der Streifenpolizist, der sich den Ausweis des Mannes ansah, sagte: »Leute, ihr dürft nicht für einen längeren Zeitraum so nah an einer Kirche, einem Krankenhaus oder einer Schule parken.«

»Wir halten den gesetzlichen Abstand«, sagte der Mann, der anscheinend der Leiter des Teams war. »Ich denke, Sie sollten sich zurückziehen.«

»Zurückziehen?«, sagte der Streifenpolizist lachend und gab dem Teamleiter den Ausweis zurück. Er wandte sich an seinen Kollegen: »Hey, Charley! Der ICE-Mann meint, wir sollen uns ›zurückziehen‹!«

»Echt lustig«, erwiderte sein Kollege, ohne amüsiert zu wirken.

»Ich bin Bundesagent, verdammt noch mal!«, fauchte der Teamleiter.

»Und ich bin ein gottesfürchtiger Sohn der Detroiter East Side, und es geht mir echt am Arsch vorbei, was dein Blechstern bedeutet«, sagte der Streifenpolizist. »Schafft euren Van hier weg, oder wir melden das euren und meinen Vorgesetzten, woraufhin *meine* Vorgesetzten sehen werden, was ich für eine gute Arbeit mache, und *eure* Vorgesetzten sehen werden, was für eine beschissene Arbeit *ihr* macht. Ein Gotteshaus ausspionieren? Wir sind hier nicht in Moskau, Arschgeige.«

Die beiden Männer starrten einander lange an wie zwei Wild-West-Revolverhelden, dann hob der andere Streifenpolizist sein an der Schulter montiertes Walkie-Talkie an den Mund. »Zentrale? Ja, hören Sie, wir brauchen einen Abschleppwagen zum –« Die drei ICE-Agenten stiegen in ihren Van, und der Motor sprang an. »Zentrale, hat sich erledigt.«

Ich sagte Father Grabowski, dass das nicht das Ende vom Lied

205

war. Das ICE-Überwachungsteam würde eine Weile brauchen, um sich eine neue Taktik zu überlegen. Aber sie würden wiederkommen. In der Zwischenzeit sollte Lady B die Kirche nach Wanzen absuchen.

Nach St. Al musste ich wieder einen klaren Kopf bekommen und versuchen, ein paar Teile des Puzzles zusammenzusetzen.

Zwanzig Minuten später vollführte ich mit Brutus Jefferies im Boxring auf der ersten Etage seines schicken Fitnessclubs einen langsamen Tanz.

»Der junge Bursche? Jimmy Radmon?«, sagte Brutus, nachdem er mir zwei blitzschnelle kurze Geraden auf die Nase verpasst hatte. »Pfiffiges Kerlchen. Saugt Karate auf wie ein Schwamm. Ist begeistert von der Philosophie. Der schafft den roten Gürtel schneller als jeder andere, den ich je unterrichtet habe.«

»Mich eingeschlossen?«

»Dich eingeschlossen.«

Ich verpasste Brutus einen rechten Haken, gefolgt von einem Uppercut, der rechts an seinem Kinn abglitt.

»Nicht schlecht«, sagte Brutus. »Aber du ziehst noch immer die Schulter runter.«

»Wie kann ich mir merken, das nicht zu tun?«

»Merk dir einfach das hier –«

Brutus traf mit einem linken Haken und einem rechten Haken meinen Unterkiefer, dann schlug er mir zweimal mit voller Wucht in die Bauchgegend. Alle Luft in mir entwich, ich fiel in mich zusammen wie ein schlaffer Ballon und sackte auf die Matte.

»Ja«, keuchte ich. »Ich glaube, das werd ich mir merken.«

»Gut«, sagte Brutus und streckte mir die Hand hin, um mich auf die Beine zu ziehen. »Ich hab 'ne Weile gebraucht, aber jetzt weiß ich wieder, woher ich den Jungen kenne.«

»Du kennst Jimmy?«

»Aus der Zeit, als ich noch Cop war«, sagte Brutus, als wir

unsere Handschuhe kurz aneinanderstießen, um noch eine Runde zu boxen. »Etwa ein Jahr bevor ich angeschossen wurde. Sechsjähriger Junge, hat die Mülltonnen hinterm Motor City Casino nach Essbarem durchsucht. Hab ihn aufgelesen und nach Hause gebracht – echtes Drecksloch in der Gegend um Gatriot und Rosemary. Seine Mom stank nach Marihuana. Keine Ahnung, welcher von den Typen im Haus sein Daddy war. Um es kurz zu machen, ich hab ihn da rausgeholt und dafür gesorgt, dass er in Pflege kam. Dann hat das System gemacht, was es am besten kann: ihn völlig verloren. Hab nie rausgefunden, wo er gelandet ist. Aber ich kann dir sagen, ich hab der Sozialarbeiterin, die für den Fall zuständig war, das Leben zur Hölle gemacht, bis mein Captain mich zurückgepfiffen hat.«

»Scheiße.«

»Wie oft muss ich dir noch sagen, dass du hier nicht fluchen sollst, August?«

Für meine Verfehlung schlug Brutus mir ins Gesicht, drängte mich in die Seile, knallte mir drei Schläge in den Bauch und gab mir mit einem rechten Haken aus nächster Nähe den Rest.

»Ich schwör dir, eines schönen Tages schick ich dich auf die Matte, alter Mann«, sagte ich, spuckte meinen Mundschutz aus und zog die Hände aus den Handschuhen.

»Als hätte ich den dummen Spruch nicht schon mal gehört«, sagte Brutus lachend. »Weißt du, dein Daddy hat mich tatsächlich mal auf die Matte geschickt. So schlimm bin ich nie wieder vermöbelt worden.«

»Was war sein Geheimnis?«

»Geduld, Beharrlichkeit und reine Willenskraft«, sagte Brutus. »In dir sehe ich das Gleiche, Jungspund. Mit einem kleinen Unterschied.«

»Der wäre?«

»Dein Daddy hat bestimmte Grenzen nie überschritten.« Brutus warf mir eine Flasche Wasser zu. »Deshalb wurde er auch nie befördert. Deshalb konnte er auch nie Duke Ducane schnappen. Du? Ich hab so das Gefühl, dass die Grenzen für dich an irgendeinem fernen, undeutlichen Horizont verlaufen. Und das beunruhigt mich ein bisschen.«

»Das beunruhigt mich auch ein bisschen, alter Mann«, sagte ich nach einem kräftigen Schluck Wasser. »Aber meistens schlafe ich wie ein Baby.«

30

Sie ist zurück!«, rief Tomás. »Meine Frau ist zurück!«
Am späten Nachmittag tranken Tomás und ich kaltes
Negra Modelo vor seinem Fernseher. Wir schauten zu, wie
die Tigers von den Yankees nach Strich und Faden fertiggemacht
wurden, obwohl wir einen neuen jungen Spieler aus Puerto Rico
eingekauft hatten, der mit seinem Wurfarm Luft in Plasma verwandeln konnte.

Die Lokalnachrichten in der Spielpause brachten einen Live-
Bericht aus dem Rathaus.

Elena stand an einem Mikrofon vor dem Detroiter Stadtrat,
der sich ausnahmsweise mal tagsüber versammelt hatte, und
hielt eine engagierte Rede, dass Detroit sich zu einer »Zufluchtsstadt« erklären sollte. Hinter ihr schwenkten an die vierzig überwiegend hispanische Frauen und Männer amerikanische Fähn-
chen und hielten Schilder hoch, auf denen stand »Schützt die
Dreamer!«, »Zufluchtsstadt jetzt!« und »Hände weg von Mexicantown!«

»Wir sind Geschäftsinhaberinnen und Tagelöhner, Mütter,
Väter und Studierende«, sagte Elena. »Und wir sind Ärztinnen,
Anwälte, Lehrerinnen, Ingenieure, Astronominnen und Astro-
nauten. Wir zahlen unsere Steuern und geloben diesem Land
unsere Treue. Jetzt wollen wir – fordern wir –, dass Amerika uns
seine Treue gelobt. Ich frage den Bürgermeister, den Stadtrat,

gelobt ihr uns eure Treue? Erklärt ihr – hier und jetzt! – Detroit zu einer Zufluchtsstadt?«

Leider konnte der Bürgermeister nicht an der Ratssitzung teilnehmen, wie die Reporterin uns später informierte; er war auf einer fünftägigen Reise nach Shanghai, um bei chinesischen Unternehmen Werbung für Detroit zu machen. Die nächste Station auf seiner Arschkriechertour? Bangalore, Indien.

»Wieso will der Typ noch mehr Einwanderer, wo er sich nicht mal zu den Einwanderern bekennt, die er schon hat?«, überlegte Tomás laut.

Die stellvertretende Bürgermeisterin, eine schwarze Akademikerin in den Fünfzigern namens Dr. Francine »Frankie May« Keyes, räumte ein, dass Elenas Appell wichtig sei. Sie versicherte den Versammelten, dass der Bürgermeister – ein »guter Christ« – Elena nach seiner Rückkehr gern eine Audienz erteilen würde.

Tomás schnaubte. »Ich schwöre, für den Tod des Christentums sind gute weiße Christen verantwortlich.«

Nach den Nachrichten hatten Tomás und ich keine Lust mehr, den Tigers beim Verlieren zuzuschauen. Wir nahmen uns frisches Bier und gingen in die brütende Dreißig-Grad-Hitze, wo er Elenas üppigen Gemüsegarten goss.

»Ich fahre heute Abend rüber zum Nappy Patch«, sagte ich.

»Verdammt, Octavio«, sagte Tomás, der gerade den Tomatillos besonders viel Wasser gab. »Ist das nicht Buddy Lanes Laden?«

»Jep.«

»Und warum willst du dahin? Ich meine, abgesehen von der Gelegenheit, den lebenden Toten beim Tanzen zuzugucken, und der Möglichkeit, dir per Luft übertragbare Geschlechtskrankheiten einzufangen?«

»Ich glaube, er kennt einen Hauptumschlagplatz für Frauenhandel«, sagte ich. »Er ist der Vermittler, der Duke die Nachricht gebracht hat, dass jemand seine Handelsrouten und geheimen

Unterschlüpfe kaufen wollte. Ich glaube, er weiß vielleicht, wo ein Hauptversteck ist.«

»Machst du das noch immer für Izzy?«

»Nein«, sagte ich. Die Luftfeuchtigkeit ließ mein Hemd an mir kleben wie Verbandsmull an Blut. »Izzy ist tot. Daran kann ich nichts mehr ändern. Aber in Mexicantown laufen noch jede Menge junger Frauen Gefahr, entführt zu werden, Illegale *und* Eingebürgerte. Und das hier ist mein Zuhause.«

Tomás lächelte mich an. »Ich höre zum ersten Mal, seit du wieder da bist, dass du Mexicantown dein Zuhause nennst. Wie fühlt sich das an, *cabrón?*«

»Seltsam«, sagte ich nach einem kräftigen Schluck Bier.

Ich sah noch zehn Minuten lang zu, wie Tomás Elenas Garten goss.

Dann sagte ich, ich würde ihn um neun abholen.

Natürlich war Buddy Lane nicht gerade erfreut, uns zu sehen.

Als Tomás und ich seinen grotesken Stripclub an der Lower East Side betraten, machte niemand den Eindruck, als würde er sich gut amüsieren: Die tanzenden Frauen wirkten erschöpft, und die Männer machten einen gelangweilten Eindruck. Ein älterer Schwarzer saß an der Bar vor seinem Bier und las einen Walter-Mosley-Krimi.

Ich sagte Tomás, er solle sich an einen Tisch setzen und die Augen offen halten.

»Ja, klar«, sagte Tomás und deutete mit dem Kopf auf den lesenden älteren Mann an der Bar. »Der kommt mir komisch vor. Den behalt ich im Blick.«

In seinem Hinterzimmerbüro war der Mittsechziger Buddy Lane piekfein gekleidet. Er trug eine schwarze Hose mit einem Satinstreifen am Seitensaum, ein weißes Smokingjackett mit einem schwarzen seidenen Einstecktuch, ein frisch gestärktes weißes Hemd und eine schwarze Satinfliege. Ich bin sicher, in

Buddys Augen war das Nappy Patch sein Rick's Café in *Casablanca*.

Zu meiner Rechten stand Buddys Bodyguard.

»Du kommst in meinen Laden marschiert, als wärst du ein knallharter Scheißprivatschnüffler?«, brüllte Buddy. Sein Atem roch nach zu vielen Zigaretten und als hätte jemand starke Pfefferminzbonbons in eine Arschritze gerammt. »Du bist ein Nichts, Snow! Du bist ja nicht mal mehr Bulle! Sieh zu, dass du deinen mageren Arsch schleunigst hier rausschwingst!«

»Und wenn ich beschließe zu bleiben?«, sagte ich. »Mir vielleicht einen von deinen berühmten Champagnercocktails und deine Hähnchenflügel schmecken lasse? Du verkaufst doch immer noch Rattenhinterbeine als Hähnchenflügel, oder?«

»Du Arschloch –« Buddy wollte nach seiner bevorzugten Knarre greifen, einem kurzläufigen Revolver Kaliber .38, den er unter dem linken Arm des weißen Smokingjacketts trug.

Als ehemaliger Marine und Ex-Cop war ich dazu ausgebildet, effektiv mehrere Aufgaben gleichzeitig zu lösen, selbst, wenn es nur um eine einzige Mission mit einem einzigen erwarteten Ergebnis ging. Denn ehrlich gesagt: Wann hat Plan A jemals funktioniert?

Selbst Gott hatte einen Plan B in der Tasche.

Altes Testament.

Neues Testament.

Ich schlug Buddy gegen die Gurgel, zog gleichzeitig meine Glock und hielt sie seinem Bodyguard dicht vor die Nase.

Buddy sackte vor seinem Schreibtisch zu Boden und hielt sich die Kehle.

Ich entledigte ihn seines Revolvers, sagte dann zu seinem Bodyguard: »Kenn ich dich nicht von irgendwoher? Ich kann mir normalerweise ganz gut Gesichter merken, aber meine Knarre versperrt mir die Sicht auf deins, deshalb hilf mir auf die Sprünge.«

»Vor anderthalb Jahren«, sagte der Bodyguard. »Lobby von einer Bank im Zentrum. Security. Du hast dir mit meinem Boss einen Mixed-Martial-Arts-Showdown geliefert. Dann wolltest du auch auf mich los. Da hab ich den Job geschmissen.«

»Genau!«, sagte ich. Ich schaute mich kurz um. »Und was Besseres als das hier hast du nicht gefunden?«

»Alle reden davon, Detroit wäre ein Comeback-Wunder«, sagte der Bodyguard. »Überall wird gebaut, aber wie viele Schwarze siehst du auf den Baustellen?« Er seufzte schwer. »Schätze, jetzt bin ich auch den Job hier los.«

Buddy schnappte nach Luft und rappelte sich mühsam auf.

Ich knallte ihm die Rückseite meiner linken Faust gegen den Kopf, und er fiel bewusstlos um.

»Wie heißt du?«, fragte ich.

»Kinsey Latrice.«

»Darf ich dich Special K nennen?«

»Wie die Frühstücksflocken?«

»Sorry«, sagte ich. »Hätte gedacht, dass das tougher klingt. Und nur K, wie wär das?«

»Du hast die Knarre in der Hand«, sagte er. »Nenn mich, wie du willst.«

»Du bist gut in Form, K«, sagte ich. »Wie viel drückst du auf der Bank?«

»Hundertfünfundzwanzig Kilo«, sagte er. »Auch schon mal hundertfünfunddreißig. Beim Kreuzheben knapp hundertachtzig.«

»Steroide?«

»Niemals«, sagte K. »Doping ist was für Schwachköpfe. Ich hab Typen rausgeschmissen, wenn ich sie dabei erwischt hab.«

Wie sich herausstellte, war K mal Fitnesstrainer für ein kleines schwarzes College-Football-Team in Georgia gewesen. Das College ging pleite, und er war seinen Job los. Kam zurück nach Detroit und zog zu seiner zweiundsiebzigjährigen Mutter.

»Wenn ich meine Knarre runternehme, haben wir dann ein Problem, K?«, fragte ich.

»Nee«, sagte er. »Der Laden steht mir eh bis hier. Frauen sollten sich nicht so zeigen, und Männer sollten sich in so Läden nicht wie Idioten aufführen.«

Ich steckte meine Glock weg. Dann borgte ich mir vom zugemüllten Schreibtisch des bewusstlosen Buddy Lane Stift und Papier. Ich schrieb was auf und reichte K den Zettel. Er schaute drauf, und seine Augen weiteten sich.

»Den kennst du?«, sagte er. »Brutus Jefferies? Echt jetzt?«

»Alter Freund der Familie«, sagte ich. »Er ist auf der Suche nach einem Fitnesstrainer.«

Ich sah runter zu Buddy Lane. Er stöhnte, kämpfte sich zurück ins Bewusstsein.

Auch K sah zu seinem ehemaligen Boss runter. »Ich muss doch nicht irgendwen erschießen oder so, um mich für den Job zu revanchieren, oder?«

»Nein«, sagte ich. »Aber, Moment –« Ich nahm ein paar Scheine aus meinem Portemonnaie und drückte sie in seine dicke Pranke. »Mach dich zurecht. Haarschnitt. Neuer Trainingsanzug und Laufschuhe – nichts Gettomäßiges. Und bring Donuts mit. Gemischte. Ohne Nüsse. Er wird sie nicht essen. Aber er liebt den Geruch von Donuts. Ich werd ihm sagen, dass du kommst, und wenn du's richtig anstellst, gehst du mit deiner Mom nach dem Vorstellungsgespräch irgendwo schön essen.«

»Warum tust du das, Mann? Du kennst mich doch gar nicht.«

»›Und wenn du den Hungrigen stärkst und den Gebeugten satt machst, dann geht im Dunkel dein Licht auf und deine Finsternis wird hell wie der Mittag.‹«

»Jesaja 58,10«, sagte K.

Er gab mir seine Nappy-Patch-Visitenkarte.

»Ich hab noch nie eine von diesen blöden Karten verteilt«, sagte K. »Buddy hat wohl gedacht, damit kommen wir professionell rüber. Die Nummer ganz unten ist die von meinem Handy. Wenn du irgendwas brauchst, das nichts mit Schlägereien zu tun hat, ruf mich an.«

»Bleib stark, K«, sagte ich.

»Anders kann ich gar nicht«, sagte er, bevor er dem Nappy Patch für immer den Rücken kehrte.

Nachdem ich ein paar Minuten lang Buddy Lanes vollgestopftes Büro durchsucht hatte, bückte ich mich, band ihm die Hände mit seinem Alligatorledergürtel auf dem Rücken zusammen und weckte ihn mit Klapsen auf die Wange.

»Aufwachen, Schlafmütze«, sagte ich. Ich hielt ihm meine Glock vor die Nase. »Ich brauche Informationen, Buddy. Und du wirst sie mir geben.«

Er spuckte mir ins Gesicht.

»Du bist ein mieser Speichellecker, genau wie dein toter Alter«, sagte er.

Ich wischte mir die Spucke aus dem Gesicht.

Dann schlug ich den Griff meiner Glock auf Buddys Nasenrücken. Es knirschte, und ein Schwall Blut strömte ihm über die Wangen. Buddy wurde wieder ohnmächtig.

Eine von den Stripperinnen kam ins Büro spaziert. Sie erstarrte, als sie Buddy und mich sah.

»Oh«, sagte sie, »das wünsch ich mir schon seit vier Monaten.«

»Wären Sie so nett, mir einen Tequila und ein Glas Wasser zu bringen, Ma'am?«, sagte ich.

»Wer zum Teufel sind Sie?«, fragte die Stripperin.

»Ich bin Mr Lanes Leasing-Sachbearbeiter«, sagte ich. »Alexander Dumas. Mr Lane ist drei Monate mit den Raten für seinen Cadillac Escalade im Rückstand.«

»Der hat doch gar keinen Escalade.«

»Jetzt nicht mehr.«

Die Stripperin holte einen Tequila und ein Glas Wasser. Bevor sie ging, sagte sie: »Wenn Dumpfbacke Buddy zu sich kommt,

215

sagen Sie ihm, Monesha hat auf die Bühne gekotzt, und ich wisch den Mist nicht auf.« Dann verließ sie das Büro und schloss die Tür hinter sich.

Ich machte Buddy wieder mit Klapsen auf die Wange wach. »Du erzählst mir jetzt, wo das Zentrum für die verschleppten Frauen ist und wer es leitet.«

»Sonst was, du verdammter Bastard?«

Ich nahm den Tequila und goss ihn über Buddys gebrochene und blutende Nase. Er verzog von dem beißenden Alkohol das Gesicht.

»Das ist alles?«, sagte er lachend. »Mehr hast du nicht drauf, Arschloch?«

»Komisch, dass du das fragst«, sagte ich.

Ich nahm einen Zigarettenanzünder, der die Form einer Handgranate hatte, von seinem Schreibtisch, stopfte ihm sein Einstecktuch in den Mund und steckte den Tequila an.

Nach einigen Sekunden löschte ich die Flammen an seiner Nase, den Wangen und seinem Hemdkragen mit dem Glas Wasser. Seinen gedämpften Schreien nach zu urteilen hatte er verstanden, dass ich es ernst meinte.

»Ich könnte die ganze Nacht so weitermachen«, sagte ich. »Aber ich schätze mal, du möchtest nicht, dass ich die ganze Nacht so weitermache. Ich will einen Namen, Buddy. Eine Adresse. Oder wir grillen als Nächstes ein Würstchen. Ach, übrigens, Monesha hat auf die Bühne gekotzt.«

Einige Minuten später verließ ich Buddys Büro und steuerte auf den Ausgang vom Stripclub zu.

Tomás folgte mir.

»Hast du gekriegt, was du wolltest?«

»Ja.«

»Und Buddy?«

»Dem geht's gut«, sagte ich. »Hat aber vor Wut gebrannt.«

31

Hier«, sagte Lucy. »Probier mal.«
Am nächsten Tag ging ich zu Carmela und Sylvia hinüber,
wo mir Lucy Three Rivers in der Küche einen Esslöffel von
ihrem Chili hinhielt.

»Nein«, sagte ich.

»Wieso nicht?«

»Weil ich es riechen kann.«

»Du kannst manchmal ein richtiger Arsch sein.«

»Ich weiß. Du wolltest mich sehen? Wo sind die Mädels?«

»Machen einen Ausflug mit der QLine«, sagte Lucy und warf
den Löffel samt dem Chili drauf in die Spüle. »Sie fanden das eine
nette Idee, und mittags wollen sie im Café vom Kunstmuseum
was essen. Sie haben mich gefragt, ob ich mitkommen will, aber
ich hab gesagt, lieber würde ich mir glühende Stricknadeln in
die Augen stechen. Okay, das hab ich nicht gesagt, aber den ganzen Tag mit der Straßenbahn durch die Stadt gondeln? Und zwischendurch ein überteuertes Sandwich futtern, umgeben von
Gemälden eines rachsüchtigen Gottes des weißen Mannes? Nein,
danke.«

»Immerhin«, sagte ich. »Du wolltest den Mädels was zum
Abendessen kochen. Das ist ein Fortschritt. Ich meine, die Küche riecht wie ein apokalyptischer Kuhfurz, aber du besserst
dich.«

»Ein bisschen mehr Lob wäre nett«, sagte sie. »Ich kann gut drauf verzichten, dass mir gleich zwei von euch Männerbabys den Kopf abbeißen.«

»Zwei?«

»Jimmy«, sagte Lucy. »Ich glaub, seine Freundin hat ihn abserviert. Wieso seid ihr Typen bloß so schrullige emotionale Wracks?«

Lucy klappte ihren Laptop auf dem kleinen Küchentisch auf. »Jedenfalls, ich hab die Adresse gefunden, die dir dein Freund Buddy genannt hat. Toblin Circle 8384, Birmingham, Michigan.«

Auf dem Bildschirm erschien eine Straßenansicht von dem Haus: weitläufig, zwei Geschosse, Tudorstil, eines von insgesamt fünf Gebäuden in einer Sackgasse. Dank Google Earth konnten wir die Straße und den Großteil des Hauses sehen. Eine ortsansässige exklusive Immobilienfirma lieferte uns drei Jahre alte 360-Grad-Außenansichten und ein Video vom Inneren des wuchtigen Gebäudes, außerdem ein Drohnenvideo vom Haus und der gesamten Wohngegend.

»Vor fünf Jahren verkauft an Lincoln und Marybeth Hamilton aus Springfield, Ohio, dann zwei Jahre später an William Maebourne aus Colorado Springs. Er verpachtet es an die Genoa Enno GmbH, als Mietobjekt für Top-Leute der Firma aus Frankfurt, Paris und Amsterdam.«

»Wer ist Maebourne?«

»Soweit ich feststellen kann, ist er Steuerberater«, sagte Lucy. »Macht hauptsächlich Steuern und Finanzplanung für Air-Force-Familien. Besitzt ein paar Mietobjekte. Das hier ist das größte. Er ist ziemlich aktiv mit seinen anderen Objekten, aber mit dem hier weniger.«

»Vielleicht weiß er gar nicht, dass es ihm gehört«, sagte ich. »Was ist Genoa für ein Unternehmen?«

»Ein erfundenes«, sagte Lucy. »Laut der Website liefern sie hochtechnologische autonome Navigationssysteme für Autos,

Lkws, Frachtschiffe. Die Finanzen der Firma sehen echt aus,
fühlen sich aber getürkt an. Sogar die kleinen Schönheitsfehler
in ihren Quartalsberichten wirken fingiert. Nur so zum Spaß
hab ich mal die Gesichter der Typen in ihrem Frankfurter Management gescannt und die Fotos durch meine eigene Gesichts-
erkennungssoftware laufen lassen, die echt der Wahnsinn ist.
Und rate mal?« Lucy drückte zwei Tasten, und der lächelnde, silberhaarige CEO von der Genoa Enno GmbH, Hans Ruger Gremel,
poppte auf. Sie verkleinerte die Nahaufnahme von Gremel. Sein
Foto teilte sich eine Seite mit sieben anderen Porträts von lä-
chelnden, silberhaarigen weißen Männern. Einige waren gekleidet wie Flugzeugpiloten. Wieder andere waren gekleidet wie
Köche, Fischer und Ärzte. »Mr Gremel ist ein No-Name-Model
von einer Archivfotofirma in Paramus, New Jersey. Die hat vor
sechs Jahren Pleite gemacht. Dann hatte ich eine Idee.«

»Wird sie mir gefallen?«

»Wahrscheinlich nicht«, sagte Lucy grinsend. »Okay, ich hab
einen Satelliten der US-Klimabehörde gehackt –«

»Spinnst du, Lucy!«

»– weil die Dinger echt alles haben – hochauflösende Kameras,
Infrarot, Ultraviolettspektrum, Schichtenscan in Echtzeit. Die
scannen jeden verdammten Tag über eine Million Quadratmei-
len Erdoberfläche, Mann! Jedenfalls, ich hab den gehackt, der
die Great Lakes abdeckt – BR-128NTG oder kurz ›Benji‹ –, und hab
ihn einen fokussierten, infraroten, thermischen und geschich-
teten Scan von der ganzen Sackgasse und speziell von Toblin
Circle 8384 machen lassen ...«

Sie zeigte auf ein Foto vom Toblin Circle und von den fünf Häusern in der Sackgasse. Vier der Häuser hatten Lichtflecken, flim-
mernde Streifen und Punkte in Weiß, Rot und Gelb. Thermische
Infrarotabbildung. Das fünfte Haus – Nummer 8384 – war ein fast
völlig dunkles Rechteck.

»Ach du Scheiße«, hörte ich mich sagen.

»Ich schätze, das ist nahezu Militärstandard an Funkwellenabschirmung und Infrarotschutz.« Lucy sah mich an. »Das ist ein Faradaykäfig.«

»Die US-Klimabehörde kann das nicht zu dir zurückverfolgen?«, fragte ich.

Lucy lachte. »Du meinst, zu uns. Und natürlich nicht! Die Intelligenzbestien in der US-Klimabehörde denken wahrscheinlich, das war eine Zehntelsekunde Weltraumrauschen oder eine Störung durch die zig Satelliten, die das All zumüllen.«

Obwohl es mich ein bisschen nervös machte, dass Lucy einen mehrere Millionen Dollar teuren Wettersatelliten der US-Regierung gehackt hatte, war ich auch stolz auf sie.

Zur Belohnung fuhr ich mit ihr zum Honeycomb Market. Wir kauften Zutaten, um ein anständiges Chili zu kochen: frische Jalapeños, rote und schwarze Bohnen, Pintobohnen, Chorizo-Rinderhack, ungepökelten Schinkenspeck, mexikanisch gewürztes Flankensteak, Tomaten, Honeycombs hauseigene Chilipulver-Gewürzmischung, braunen Zucker und sechs Flaschen Negra Modelo.

»Du tust Bier ins Chili?«, sagte Lucy, als sie sah, dass ich zwei Flaschen in den köchelnden Topf schüttete.

»Hast du eine bessere Idee?«

Nach gut vierzig Minuten Chili-Zubereitung mit Lucy erhielt ich einen schwer atmenden Anruf von einer unbekannten Nummer.

»Du tappst völlig im Dunkeln, Partner«, sagte der Anrufer mit leiser verschwörerischer Stimme. »Und du brauchst Hilfe. Meine Hilfe. Ich hab Infos für dich.«

»Wieso so großzügig, mein Freund?«

»Weil ich ein netter Kerl bin, du Arschloch«, sagte er. »Also, willst du haben, was ich habe, oder nicht?«

»Und lass mich raten«, sagte ich. »Du kannst mir diese Informationen nicht am Telefon geben?«

»Mach nur weiter so, Klugscheißer«, sagte der Anrufer. »Dann werden noch mehr Frauen in Barbie-Klamotten ans Flussufer gespült. Willst du, dass der Scheiß aufhört, oder nicht?«

»Klar.«

»Dann brauche ich zehn Riesen«, sagte der Anrufer. »Hast du so viel Kohle?«

Ich bejahte. Er nannte mir eine Adresse und eine Uhrzeit für ein Treffen.

Dann legte er auf.

Lucy hielt mir einen dampfenden Löffel Chili hin.

»Gut«, sagte ich, nachdem ich gekostet hatte. »Tu noch ein bisschen mehr geräuchertes Paprikapulver rein.«

Ich rief Tomás an.

»Willst du mich verarschen?«, sagte Tomás. »Ford Field? Du weißt, wie die Sicherheitsmaßnahmen im Ford Field sind? Auch wenn die Lions nicht spielen?«

»Weiß ich.«

»Und du willst trotzdem hin?«

»Allerdings. Wer immer hinter dem Anruf steckt, die meinen es ernst, und ich glaube nicht, dass sie Harleys fahren, billiges Bier trinken oder sich die Ohrenhaare flechten. Die haben mir wahrscheinlich eine Möglichkeit verschafft, an der Stadion-Security vorbeizukommen. Die wollen mich umlegen – als Botschaft an alle anderen, die ihnen das Geschäft vermasseln wollen.«

»Und was ist mit mir?«, sagte Tomás.

»Ich bezweifle, dass auf dich ein Kopfgeld ausgesetzt ist, Tomás.«

»Quatsch«, sagte Tomás. »Ich bin ja schließlich kein veganer Taco!«

Das Footballstadion Ford Field protzt mit fast 200 000 Quadratmetern rotem Backstein, Glas und Stahl an der Brush Street 2000. Wenn die Detroit Lions nicht gerade mit gegnerischen NFL-Footballteams auf dem Feld Helme zusammenknallen und Knochen prellen, kriegt man dort durchaus auch mal Beyoncé, Bullenreiter oder Monstertrucks zu sehen. Ich liebe das Ford Field aus genau dem gegenteiligen Grund, warum ich auch das Lambeau Field in Green Bay liebe. Im Ford Field sitzt du warm und gemütlich mit einem kalten Bier unter großen Oberlichtern, geschützt vor den Widrigkeiten eines Michigan-Winters. Im Lambeau Field in Green Bay frierst du dir unter freiem Himmel den Arsch ab, während die Packers bei einem Schneesturm wie Football-Götter alles raushauen, was sie können. Genauso wie früher, wenn ich als Kind in dreißig Zentimeter hohem Schnee Football spielte.

Aber unabhängig von dem Stadion und von Teamloyalität leben wir in einer Zeit von ausländischen Terroristen mit Schnellfeuerbomben und einheimischen Terroristen mit AR-15-Sturmgewehren mit Schnellfeuerkolben.

Die Sicherheitsvorkehrungen in und um Ford Field waren ein Spiegel der Zeit.

In einem Mülleimer bei Tor A lag ein Sicherheitsausweis an einer Kordel, der einem Sephus Goins gehörte. Mir schauderte bei dem Gedanken daran, was Mr Goins zugestoßen sein mochte. Ich hielt den Ausweis vor das Lesegerät. Das Lämpchen wurde grün, und die Tür öffnete sich mit einem Klick. Tomás huschte hinter mir hinein. Ich sagte ihm, falls irgendwer mich ins Fadenkreuz nahm, dann entweder schräg gegenüber von Abschnitt H aus oder von der nach Westen zeigenden Endzone, den Abschnitten M oder 01. Ich tippte auf irgendeine Stelle in Abschnitt H, da bei der Entfernung von Endzone zu Endzone schon recht teure Sniper-Fähigkeiten erforderlich wären.

In Abschnitt H würde sich ein Billig-Killer postieren: kürzere Entfernung, ungehinderter und schneller Schuss, kürzerer Fluchtweg.

Bevor Tomás sich zu Abschnitt H aufmachte, flüsterte er:

»Wieso hast du keine Saisonkarten für Plätze an der Fünfzig-Yard-Linie?«

»Wenn die Lions zwei Meisterschaften hintereinander in der Tasche haben«, sagte ich, »denk ich mal drüber nach.«

»Wow«, sagte Tomás mit einem Grinsen. »Du bist echt ein harter Hund.«

Dann verschwand er im Labyrinth von Ford Field.

Tomás war klar, dass ich nichts würde für ihn tun können, falls er geschnappt wurde. Ebenso wollte ich nicht, falls man mich schnappte, dass er irgendwie in die Sache mit reingezogen würde.

Auch mit dem Sicherheitsausweis musste ich mich auf dem Weg zu Abschnitt 137L so unauffällig bewegen wie schon lange nicht mehr. Das Ford Field hat nur sehr wenige dunkle Ecken.

Obwohl keiner im Security-Team des Stadions eine tödliche Waffe trug, waren die Männer zum Töten ausgebildet und gut aufgestellt. Nach 9/11 war das auch dringend nötig.

Nach fünf Minuten schaffte ich es zu Abschnitt 137L und schaute mich um.

Vier Männer standen an der gegenüberliegenden Endzone um ein großes Stück nackten Boden herum, wo der Kunstrasen aufgerissen worden war. Zwei von ihnen traten abwechselnd auf die Fläche und hüpften auf und ab. Sie bemerkten mich nicht. Falls doch, so bezweifelte ich stark, dass sie sich großartig für mich interessiert hätten. Sie hatten Wichtigeres zu tun. Sie mussten den Rasen in der Endzone eines 500 Millionen Dollar teuren Footballstadions reparieren.

Ich fand, wenn auf mich geschossen werden würde, sollte ich es mir wenigstens bequem machen. Ich nahm Platz und stellte mir vor, wie ich, ausstaffiert mit einem schicken Lions-Trikot in »Honolulu-Blau«, nach der direkten Ballübernahme per Hand an der Fünfundzwanzig-Yard-Linie durch eine Lücke sprintete, einem Gegenspieler durch Täuschung auswich und Kurs auf die Endzone des Gegners nahm ...

»Hey –«

Meine Football-Fantasie wurde jäh unterbrochen vom Ruf eines Sicherheitsmannes in Höhe der Fünfzig-Yard-Linie, fünfzehn Reihen weiter im Schatten der oberen Ebene. Er näherte sich einem Mann, bei dem es sich offenbar um einen Wartungsmonteur handelte.

»Wo ist Mica?«, fragte der Sicherheitsmann. »Ich dachte, er –«

»Ja«, fiel der Wartungsmonteur ihm lachend ins Wort. »Hat heute frei. Hab ich ein Glück, was?«

»Ja«, erwiderte der Sicherheitsmann ebenfalls lachend. »Hey, hör mal. Hat Mica inzwischen den Scanner auf der Promenade repariert?«

»Ja«, sagte der Wartungsmonteur. »Ja, hat er.«

»Da musste gar kein Scanner repariert werden«, sagte der Sicherheitsmann und sprach dann in sein Headset. »Zentrale, hier ist –«

Weiter kam er nicht, ehe der Wartungsmonteur ihn mit zwei Schüssen niederstreckte.

Mit gezogener Glock sprang ich die Treppe hinunter, immer zwei, drei Stufen auf einmal.

Noch ein Schuss.

Diesmal von Tomás.

Er hatte den Schützen an der Hüfte getroffen. Dem Mann blieb nichts anderes übrig, als aufs Spielfeld zu springen. Tomás feuerte zwei weitere Schüsse ab.

Verfehlte.

Noch mehr Kunstrasen würde ersetzt werden müssen.

Tomás sah mich auf dem Spielfeld.

»Los!«, rief er und kniete sich neben den verwundeten Sicherheitsmann. »Schnapp dir den Mistkerl!«

Der Schütze war mindestens dreißig Meter entfernt. Trotz der Kugel in der Hüfte vergrößerte er den Abstand. Die vier Männer, die an der nackten Stelle im Rasen gestanden hatten, waren entweder in Deckung gegangen oder hatten das Weite gesucht.

Ich wusste, dass ich den Schützen nicht einholen konnte.

Aber eine 9-mm-Kugel mit einer Geschwindigkeit von über 800 Meilen die Stunde konnte es.

Ich ging in Schussposition, schätzte das Timing ein, kalkulierte die Abzugsverzögerung, den Abgangswinkel ...

... feuerte dann drei Mal.

Er fiel um.

»Wahnsinn!«, brüllte Tomás von der Tribüne. »Ladys und Gentlemen, er ist an der Zehn-Yard-Linie zu Boden gegangen! Was für ein Schuss von dem Burschen von der Wayne State University!«

Als ich bei dem Schützen ankam, versuchte er, in die Freiheit davonzukriechen. Eine meiner Kugeln hatte ihn im Kreuz erwischt.

»Du – Dreckskerl«, knurrte er. »Ich – spür meine Beine nicht!«

»Und ich spür kein Mitleid«, sagte ich. »Wer hat dich geschickt?«

Er verlor genau in dem Moment das Bewusstsein, als eine Schar Ford-Field-Sicherheitsleute aufs Spielfeld gerannt kam und mich und Tomás anbrüllte, wir sollten unsere Waffen fallen lassen.

32

Ist das jetzt nicht der Moment, an dem du mich sonst immer anbrüllst, ich mit irgendwas Witzigem kontere und du mich dann noch weiter anbrüllst?«, sagte ich. Ich schüttelte drohend eine Faust in der Luft und äffte Detective Captain Leo Cowling absichtlich schlecht nach. »Snow, du schwachsinniger Banause! Du erbärmlicher Nichtsnutz!«

Cowling saß bloß hinter seinem Schreibtisch, starrte mich ungerührt an und trommelte planvoll mit seinen Fingerspitzen. Ich saß in einem seiner Besuchersessel, ohne Hand- oder Fußfesseln. Tatsächlich ließ ich mir sogar eine schöne Tasse Chai-Tee aus einem der neuen ultramodernen Heißgetränkeautomaten des 14. Reviers schmecken.

Schließlich lächelte er und sagte: »Weißt du, ich hab dich endlich durchschaut, Snow.«

»Ach ja?«, sagte ich und trank einen Schluck.

»Ja«, sagte Cowling. »Du bist deshalb so ein gigantisches Arschloch, weil du eigentlich manisch-depressiv bist. Du brauchst ständig einen Adrenalinrausch, damit du gleichzeitig das Gefühl hast, lebendig zu sein und die Zuneigung von anderen zu verdienen. Ohne diesen turbogeladenen, psychochemischen Rausch wüsstest du nichts mit dir anzufangen. Du würdest begreifen, wie wenig du dir selbst oder sonst wem wert bist.«

»Wow«, sagte ich. »Das ist wirklich ziemlich gut.«

»Ich bin nicht so blöd, wie du aussiehst, Arschloch«, sagte Cowling. Dann, nach einem kurzen Moment der Stille, sagte er: »Ford Field? Echt jetzt?«

»Wo ist mein Partner?«

»Der entspannt sich unten in einer Zelle«, sagte Cowling. »Wir überlegen schon, ob wir zwei Arrestzellen nach dir und Pancho benennen sollen. Die Vollidioten-Suiten.«

»Nur aus Neugier«, sagte ich, »wieso bin ich noch nicht geteert und gefedert worden?«

»Zu viel Aufwand«, sagte Cowling. Ich beschloss, ihn lieber nicht auf die Idee von weniger aufwändigen Foltermethoden zu bringen. »Außerdem würde dir so ein Spektakel wahrscheinlich noch gefallen, oder? Soviel ich weiß, hat unser gegenwärtiger Bürgermeister einen Anruf erhalten, woraufhin er ein paar Bezirksvertreter angerufen hat, die den völlig verdatterten Commissioner informiert haben, der eine Notfalltelefonkonferenz mit dem Management von Ford Field abgehalten hat, das schließlich mit meinem Chef gesprochen hat, der mir sagt, ich soll dir eine Tasse Kaffee spendieren, während die Presseabteilungen aller Beteiligten sich hektisch gegenseitig beschnuppern. Ich soll bei dir den Babysitter spielen, bis irgendwer eine Entscheidung trifft.«

»Scheiße fließt tatsächlich nach unten, dahin, wo gerade dein Mund ist, was?«

»Leck mich.«

»Ich habe ein paar Freunde beim FBI«, sagte ich. »Vielleicht –«

»Es heißt, dein einziger FBI-Kontakt – die kleine Blondine – ist in die Wüste geschickt worden«, sagte Cowling. »Ich hab einen Riecher dafür, wenn's Leuten darum geht, ihren Arsch zu retten, Tex-Mex. Irgendwer irgendwo in einer fetten Gehaltsgruppe hat *alle* nervös gemacht wegen dieses jüngsten Snow-Shitstorms.«

Cowlings Sekretärin steckte den Kopf in sein Büro und sagte: »Sir? Commissioner Renard möchte Sie sprechen, auf Leitung eins.«

»Und die Snow-Show beginnt«, seufzte Cowling. Er nahm den Hörer von seinem Telefon, drückte »1« und sagte: »Ja, Sir, guten Tag.«

Cowling lauschte einen Moment, gab zwischendurch höchstens mal »Ja, Sir« oder »Verstehe, Sir« von sich und beendete das einseitige Telefonat mit: »Danke für Ihren Anruf, Commissioner.«

Cowling legte langsam und behutsam den Hörer wieder auf die Gabel.

Dann griff er in eine Schreibtischschublade, nahm eine Packung TUMS gegen Sodbrennen heraus und steckte sich zwei Tabletten in den Mund.

Nachdem er gekaut und geschluckt hatte, sah Cowling mich an und sagte: »Du kannst gehen.«

»Und mein Freund?«

»Quittiert bereits den Erhalt seiner Habseligkeiten.«

»Wow.«

»Ja«, sagte Cowling, ohne einen Hehl daraus zu machen, wie angewidert er war. »Wow.«

»Na dann«, sagte ich und stand auf. »Danke für den Chai. Du kennst nicht zufällig die Marke –«

»Raus aus meinem Büro.«

Ich war schon fast durch die Tür, blieb dann stehen, drehte mich um und sagte: »Hey, hör mal; krieg ich die Parkgebühren hier erstattet oder –«

»Verpiss –«, rief Cowling. Plötzlich sprang er aus seinem Sessel, zog seine Pistole aus dem Schulterholster und knallte sie auf den Schreibtisch. »– dich!«

Das ließ ich mir nicht zweimal sagen.

Tomás stand am Empfang und schob seinen dicken Ledergürtel – handgemacht, mit Abbildungen von den Stationen des Kreuzwegs – durch die Gürtelschlaufen seiner Hose.

»Donnerwetter«, sagte der diensthabende Sergeant und hielt Tomás' HK Mark 23 Kaliber .45 hoch. »Schönes Teil.«

»Ja, nicht?« Tomás nahm sein Portemonnaie aus dem übergroßen Kunststoffbeutel und steckte es in seine Gesäßtasche.

»Die erste Pistole, die extra für das US Special Operations Command gebaut wurde«, sagte der Sergeant, während er die Waffe liebevoll in den Händen drehte.

»Im Einsatz erprobt und bewährt«, sagte Tomás und nahm sein Handy aus dem Beutel.

»Wie viel haben Sie für das schöne Stück hingeblättert?«, fragte der Sergeant.

Tomás verriet ihm, was er für die Waffe bezahlt hatte.

»Das gibt's doch gar nicht!«, sagte der Sergeant. »Im Ernst? Wer ist Ihr Händler?«

Tomás sagte ihm, wer sein Händler war, und dass der Sergeant sich auf Tomás berufen sollte, falls er beschloss, bei seinem Händler zu kaufen, dann würde er garantiert Rabatt bekommen. Schließlich nahm er seine Pistole und schob sie in das Holster, das er unter seinem Hemd im Kreuz trug.

Auch ich nahm meine Sachen wieder an mich.

Der Sergeant hatte zu keiner meiner Habseligkeiten irgendwas zu sagen.

Kaum hatten wir das 14. Revier verlassen, klingelte mein Handy.

»Was soll das, August?«, fragte O'Donnell.

»Was soll was?«

»Hast du mir eine Textnachricht geschickt, dass ich ins Painted Lady kommen soll?«

»Ich hab keine Textnachricht geschickt. Ich schicke keine Textnachrichten. Ich rufe an. Oder ich spiele Candy Crush.«

»Jedenfalls, ich bin jetzt da«, sagte sie. »Was zum Teufel –«

»Bist du bewaffnet?«

»Ja.«

»Zwanzig Minuten«, sagte ich. »Und bleib wachsam.«

Sobald Tomás mich in seinem kürzlich erworbenen Classic Ford-Pick-up zurück nach Mexicantown gebracht hatte, erzählte ich ihm, dass ich noch woanders hinmüsse.

Er fragte, was los sei, und ich sagte ihm geradeheraus, dass ich es nicht wisse.

»Pass auf dich auf, *compadre*«, sagte Tomás.

»Werd ich«, sagte ich. »Sei allzeit bereit, *mi amigo*.«

Es gibt nichts Schöneres, als mit einer Harley an einem heißen Tag an den zig Verkehrssicherheitskegeln und aus weißen Jungs bestehenden Straßentrupps vorbeizufahren, die sich in millionenschweren Einsätzen vergeblich abmühen, die verheerenden Straßenschäden zu reparieren, die der Winter angerichtet hat, bevor der nächste Winter wieder genauso zuschlägt.

Indem ich immer wieder die Spur wechselte, wenn der Verkehr vor mir durch Baustellen ins Stocken geriet oder zum Stillstand kam, schaffte ich die Strecke von Mexicantown nach Hamtramck, auch Poletown genannt, in unter zwanzig Minuten.

Die Painted Lady Lounge auf der Jacob Street, einer Seitenstraße der Joseph Campau Avenue, gibt es in Hamtramck bereits seit – na ja, so genau weiß das keiner. Das alte viktorianische Haus in abblätterndem Pink und Türkis schafft es jedes Jahr unverfroren in die »Top Ten der besten Kaschemmen« von Detroit. Das Lokal ist eine erfrischende Antithese zu Craftbier, Tapas, Edamamesalat und Sushi. Im Laufe der Zeit hat das Painted Lady Hunderttausende Whiskys, Wodkas, Schnäpse und Bourbons ausgeschenkt und die Kronkorken von Millionen Flaschen Pabst Blue Ribbon, Schlitz und Stroh's zischen lassen. Es hat bereitwillig und bedenkenlos Detroits Zusammenprall der Kulturen gedient: polnische und italienische Einwanderer und Schwarze auf der Suche nach Zerstreuung, einem kalten Bier und einer funktionierenden Jukebox. Heutzutage sieht man auch schon mal einen Sikh-Postboten, der an der Bar ein Sandwich isst, oder junge Muslime, die heimlich ein Bier trinken und sich mit chaldäischen Freunden eine Portion Fritten teilen. Und immer jede Menge College-Kids.

»Was zum Teufel ist hier los?«, sagte ich, als ich an der Nische stand, wo die jüngst vom Dienst suspendierte FBI-Agentin Megan O'Donnell saß.

Ihr gegenüber saß der ICE-Agent, den ich als Henshaw kennengelernt hatte.

»August«, begann O'Donnell, »das ist –«

»Ich weiß, wer das ist, verdammt noch mal«, sagte ich, bevor ich ihn am Hemdkragen packte und von der Sitzbank zog.

»Moment, Partner!«, sagte Henshaw. »Ich komme mit friedlichen Absichten!«

Ich holte mit einer hitzesuchenden Faust aus und wollte sie gerade auf ihr Ziel zufliegen lassen, als sich etwas Kaltes und Stumpfes in meine Wange drückte: das Hickoryholz eines Louisville-Slugger-Baseballschlägers.

»So ein Scheiß fängt hier nicht vor halb acht oder acht an«, sagte die kleine rothaarige Barkeeperin, die mir den Schläger in die Wange drückte. »Du bist rund drei Stunden zu früh dran, Sportsfreund.«

»Sorry, Duchess«, sagte O'Donnell zu der Barkeeperin.

»Kein Problem«, sagte die Barkeeperin namens Duchess. Langsam nahm sie den Baseballschläger von meiner Wange. »Wie wär's mit was Kaltem zum Abkühlen, großer Mann?«

Ich ließ Henshaw los und sagte: »Habt ihr hier Martinis?«

»Wir haben Gin im Glas und Wodka im Glas«, sagte sie grinsend. »Du kannst eigentlich nur entscheiden, ob mit Eis oder ohne Eis. Hab keine große Lust, nach einem Glas Oliven zu suchen – würde wahrscheinlich sowieso keins finden.«

»Wodka«, sagte ich. »Mit Eis.«

Ich setzte mich neben O'Donnell.

»Ich dachte, du wärst in Quantico Frank besuchen«, sagte ich zu O'Donnell, ohne Henshaw aus den Augen zu lassen.

»War ich auch«, sagte sie. »Drei Tage. Sind kaum aus dem Bett gekommen.« O'Donnell sah, dass ich sie anstarrte. »Was ist?«, sagte sie. »Typen dürfen so was sagen, aber ich nicht?«

»Also, wer hat uns herbestellt?«, fragte ich.

»Das war ich«, sagte Henshaw. »Über meinen Operationsleiter.«

33

Sein richtiger Name war Ryan Lassiter.

Er arbeitete für die US-Drogenbehörde DEA und war seit zwei Jahren unter dem Namen »Harlon Henshaw« als Maulwurf beim ICE eingeschleust. Wie ich von O'Donnell wusste, war es Lassiter, der seine Vorgesetzten bei der DEA auf die Möglichkeit aufmerksam gemacht hatte, dass kriminelle ICE-Einheiten, die ursprünglich von Kalifornien, New Mexico und Arizona aus operierten, Frauen kidnappten und als Sexsklavinnen verkauften.

Niemand glaubte Lassiter, bis ein Schlepper außerhalb von El Paso geschnappt wurde, der acht unter Drogen gesetzte und fast erstickte junge Frauen in einem überhitzten Lieferwagen versteckt hatte. Der Mann behauptete, *immunidad* – Immunität – zu haben. Er sagte, Männer bei der DEA und beim ICE hätten ihm versichert, er könnte einer Verhaftung und Anklage entgehen, wenn er ihnen half, »heimliche Abschiebungen« von Illegalen durchzuführen.

»Wo ist der Typ jetzt?«, fragte ich.

»Beerdigt«, sagte Lassiter. »Im Gefängnis Lewis in Buckeye, Arizona, mit dreißig Messerstichen getötet. Und in Lewis wird niemand einfach so mit dreißig Messerstichen getötet. Zumindest nicht ohne ein gehöriges Maß an präziser Planung und taktischer Ausführung, zu dem der durchschnittliche Knacki

in einem Hochsicherheitsknast wie Lewis niemals imstande
wäre.«

»Ein Auftragsmord?«

»Jedenfalls war es kein Streit um ein Stück Kuchen«, sagte Lassiter. »Er wurde in einem von drei toten Winkeln der Überwachungskameras erledigt. Ein Lebenslänglicher hat die Sache
auf seine Kappe genommen. Aryan-Nation-Arschloch mit Verbindung zum Bruderschaft Motorcycle Club. Drei Monate später
kauft die Alte von dem Lebenslänglichen – eine kettenrauchende
Schlampe – eine Eigentumswohnung und einen aufgemotzten
Ford F-150. Bar. Ich weiß, Sie werden mir nicht glauben, Mann,
aber es tut mir wirklich leid, was ich Ihnen und all den anderen
zugemutet hab. Das ist mir verdammt schwergefallen. Aber ich
tue, was ich tun muss, weil diese Scheiße ein für alle Mal aufhören muss.«

»Wussten Sie, dass Foley korrupt war?«

»Klar, er war ein korruptes Schwein«, sagte Lassiter. »Er ist der
Grund, warum ich eingeschleust wurde. Den Schatten beschat-
ten. Aber er war nur ein dreckiges Teil in diesem dreckigen Puz-
zle, und ich hatte keine Lust, zwei Jahre bloß dafür zu opfern,
diesen Wichser zu schnappen. Er ist untergetaucht. Nichts. Hat
sich in Luft aufgelöst.«

O'Donnell und ich wechselten einen raschen Blick.

»Lassiter ist okay, August«, sagte O'Donnell. Sie hielt ihr Handy
hoch und zeigte mir Lassiters DEA-Ausweis und sein Agenten-
profil. »Ich hab ihn von einem Agenten, der mir noch was schuldig war, heimlich durchleuchten lassen. Er ermittelt schon
lange verdeckt, und er hat der DEA und dem FBI gute, brauchbare
Informationen geliefert.«

»Wir haben ein paar Routen dokumentiert«, sagte Lassiter.
»Wir wissen, dass einige der Frauen an Schlepper zurückverkauft
oder gezwungen werden, als Luxusprostituierte für einen locke-
ren Zusammenschluss von Sexclubs in teuren Urlaubsresorts in

Riviera Maya, Puerto Vallarta und Los Cabos zu arbeiten. Geschätzte vierteljährliche Erträge von drei bis fünf Millionen. Wie Sie sich denken können, sind die mexikanischen Behörden nicht unbedingt scharf darauf, uns zu helfen.«

»Schneidet man ein Tentakel ab, wachsen sieben nach«, sagte ich. »Und auch wenn man weiß, wo diese Frauen landen, findet man noch lange nicht den Kopf der Bestie, um ihn abzuschlagen.«

Ich lehnte mich zurück und trank einen Schluck von meinem Wodka.

Zusammen hatten wir drei alles und nichts.

»Ich würde es Ihnen nicht verdenken, wenn Sie jetzt aussteigen«, sagte Lassiter. »Sie sind Privatmensch, und für Sie steht nichts auf dem Spiel.«

»Für mich steht nichts auf dem Spiel?«, sagte ich. »Ganz schön zynisch, so was zu sagen, meinen Sie nicht?«

»Ich wollte nicht –«

»Nein, das wollten Sie bestimmt nicht«, sagte ich. »Aber die Wahrheit ist, für manche Leute steht von Geburt an eine ganze Menge auf dem Spiel.« Ich holte Luft, stand auf und sagte: »Ich lebe in Mexicantown, Lassiter. ICE-Agenten sind die Hälfte der Zeit damit beschäftigt, gutes mexikanisches Essen in sich reinzustopfen, und anstatt die Rechnung zu bezahlen, nehmen sie den Koch fest und schieben ihn ab, weil er vor acht Jahren mal einem Cousin einen Joint verkauft hat. Und für den gleichen Joint, der dazu geführt hat, dass der Latino aus dem Land geschmissen wurde, stehen weiße Typen an ihren Verkaufsstellen für Gras Schlange, wenn sie das Zeug nicht gleich selbst im eigenen Gewächshaus anbauen. Also kommen Sie mir nicht mit ›Es steht nichts auf dem Spiel‹.«

»August«, sagte O'Donnell. »Beruhig dich. Setz dich wieder. Wir wollen doch –«

»Was, O'Donnell?«, sagte ich. »Händchen halten und einen

auf Friede, Freude, Eierkuchen machen? Wie kommt es eigentlich, dass Weiße, wenn sie plötzlich in der Scheiße landen, mit Schwarzen oder Latinos zusammenarbeiten wollen, die jeden Tag mittendrin aufwachen? Nein, O'Donnell. Diesmal nicht. Ihr tut, was ihr tun müsst. Und ich auch.«

»August –«

Ich warf ein paar Geldscheine auf den Tisch und ging.

Als ich nach Hause kam, war es früher Dienstagabend. Die Temperatur war mit dreißig Grad noch immer so hoch wie um die Mittagszeit, aber jetzt hatte die Luft die Konsistenz von lauwarmer Suppe.

Auf meiner Verandatreppe saß Jimmy Radmon. Er trug Carhartt-Arbeitsshorts, ein pflaumenfarbenes Club-Brutus-T-Shirt und sah aus, als hätte er bis zur Erschöpfung gearbeitet, so verschwitzt war er. Er trank eine leuchtend grüne Flasche Mountain Dew.

»Alles in Ordnung?«, fragte ich, als ich die Harley in meine Einfahrt schob.

»Ja«, sagte Jimmy und erhob sich. »Sorry. Ich sollte vielleicht nicht –«

»Geh ins Haus«, sagte ich. »Ich hab das Gefühl, wir haben beide ziemlich beschissene Tage hinter uns.«

Ich stellte die Harley in den Schuppen neben den Olds 442 (die Jungs hatten ihn abgeschliffen und mit dem Spachteln begonnen) und ging dann durch die Hintertür ins Haus.

Jimmy saß an meiner Kücheninsel und trank sein Mountain Dew. Er starrte geistesabwesend vor sich hin, mit den Gedanken meilenweit weg.

Er schüttelte leicht den Kopf und sagte dann: »Tut mir leid, Mr Snow, ich wollte nicht –«

»Was wolltest du nicht? Dieses überzuckerte Mountain Dew in mein Haus bringen?« Ich nahm eine Handvoll Eis aus dem Gefrierfach und warf es in ein großes Glas. »Tja, tu das nie wieder. Und das gilt auch für Käseflips.« Ich goss mir ein großes Glas Wasser ein, nahm einen genüsslichen Schluck, stellte dann eine Schale mit meiner selbst gemachten Salsa und Tortilla-Chips für uns hin. »Was ist los, Junge? Wie ich höre, musst du allein auf den Abschlussball gehen.«

»Äh – was?«

»Deine Freundin«, sagte ich. »Wie war noch mal ihr Spitzname? Mothra? Die hat mit dir Schluss gemacht.«

»*Ich* hab mit *ihr* Schluss gemacht«, sagte Jimmy. Und dann: »Kennen Sie das, dass Sie jemanden mögen, aber nicht gut finden, was der so alles macht? Und sich das irgendwie – zusammenläppert?«

»Und ob ich das kenne«, sagte ich. »Von meinem Steuerberater und meinem Anwalt.«

Jimmy lächelte. Dann sagte er todernst: »Mr Snow, Sie wissen doch, dass ich mit Dope nichts zu tun haben will, oder?«

»Das weiß ich.«

»Ich mein, außer bei Carmela und Sylvia«, sagte Jimmy. »Aber schon bei den Brownies werd ich ein bisschen – na ja – nervös. Ich hab gesehen, was der Mist mit Leuten macht. Macht sie kirre. Meine Freundin hat immer gern gekifft, bevor wir einen Film geguckt haben. Das – hat sie verändert. Nicht irgendwie schlecht. Bloß nicht echt. Verstehen Sie, was ich meine, Mr Snow?«

»Ich verstehe, was du meinst.«

»Ich verurteile keinen«, sagte Jimmy. »Jeder hat das Recht, das zu tun, was er tun will. Aber ich für mich? Ich hab schon zu oft gesehen, was das Zeug bei Leuten anrichtet. Und – das erinnert mich einfach an Sachen, an die ich nicht mehr denken will. Mit denen ich nix zu tun haben will.«

»Stört es dich, wenn ich trinke?«

Jimmy lachte. »Ach, Quatsch, Mr Snow. Sie sind nach ein paar

Bier klarer im Kopf als die meisten Leute, die keinen Tropfen anrühren. Und Sie haben so viel durchgemacht, da können Sie sich das ruhig gönnen. Bloß –«

»Du kannst dich nicht dazu zwingen, über etwas hinwegzusehen, das gegen deine Prinzipien geht, Jimmy. Und du kannst deine Erfahrungen nicht verändern, damit sie zum Leben eines anderen Menschen passen. Du hast deine Freundin bestimmt sehr gemocht. Und sie dich auch. Aber das heißt nicht, dass ihr füreinander bestimmt wart. Du bist einer der nettesten, cleversten, talentiertesten Menschen, die ich je kennengelernt habe. Ich bin stolz auf dich, und ich bin übrigens echt froh, dass ich dich bei unserer ersten Begegnung nicht umgelegt habe.«

Jimmy lachte. »Ich auch.«

»Du wirst eine Frau finden, Junge«, sagte ich. »Sie ist da draußen, stolpert irgendwie durchs Leben, genau wie die meisten von uns. Und wenn ihr euch irgendwann in die Arme fallt, dann wird, na ja, statt der formlosen Leere Licht sein.«

»Wie Miss Tatina?«

»Wie Miss Tatina«, sagte ich.

Es war das erste Mal seit Jahren, dass ich daran denken musste, wie mein Vater und ich auf der Hintertreppe des Hauses saßen, unter einem Frühsommernachthimmel, seine Hand auf meiner Schulter, und »ein Männergespräch« führten, nachdem Clare Rutilani mir das Mittelschülerherz gebrochen hatte. Es war ein gutes Gefühl, wenigstens einen Bruchteil des hart erworbenen Wissens an einen jungen Mann weitergeben zu können, der in den ersten zehn Jahren seines Lebens vermutlich mehr Mist durchgemacht hatte als ich in meinen ersten zwanzig.

34

Von außen könnte man meinen, in dem Haus am Toblin Circle 8384 in Birmingham, Michigan, würde ein typisches, gut situiertes amerikanisches Paar im Ruhestand wohnen. Nette, silberhaarige Eheleute mit Schränken voller Strickjacken und schicken Golfhosen.

Lucy hatte mir eine gute Satellitenansicht von dem Haus geliefert. Hier auf Erden ist es natürlich mein Fluch, all die seltsamen Kleinigkeiten in einer ansonsten idyllischen Umgebung zu bemerken, wie die diskret platzierten hochmodernen Überwachungskameras.

Überwachungskameras in dem wohlhabenden nordwestlichen Vorort von Birmingham waren nichts Ungewöhnliches; Anwohner wachten mit Argusaugen über ihre angehäuften Reichtümer und ihr Leben im Überfluss. Aber sechs Kameras nach vorne raus mussten ein paranoider Rekord sein. Ich konnte nur erahnen, wie viele Kameras die Seiten des Hauses und die Garage für vier Autos auf der Rückseite überwachten.

Mit der fröhlich selbstgerechten Einstellung eines Siebenten-Tags-Adventisten bleckte ich meine Beißerchen an der Videosprechanlage der Doppeltür und drückte beherzt den Klingelknopf, der scheinbar die Glocken der Universitätskirche von Oxford, St. Mary the Virgin, in Gang setzte.

Nach einem Moment öffnete sich die Tür einen Spalt und ließ

239

ein Drittel des Gesichts einer hübschen Frau samt einem smaragdgrünen Auge sehen.

»Ja?«

»Hi! Mein Name ist August Snow.«

»Wollen Sie etwas verkaufen, Mr August Snow?«, fragte die Frau und musterte mich von Kopf bis Fuß. Ich bezweifelte stark, dass sie meinen Adoniskörper bewunderte. »Es tut mir leid, aber wir kaufen nichts an der Tür.«

»Nein«, sagte ich. »Ich verkaufe nichts. Aber Sie bestimmt, würde ich wetten.« Die Frau kniff ihr grünes Auge zusammen. »Und wie es sich anhört, haben Sie gerade den Hahn eines kurzläufigen Revolvers vom Kaliber .32 gespannt. Vielleicht Kaliber .38? Sagen Sie Miss Reinbach – Major Reinbach –, wir müssen reden.«

Widerwillig öffnete die Frau die Tür.

Ihr anderes Auge war auch smaragdgrün, was das Paar übernatürlich schön machte.

Sie war gefährlich erotisch aufgedonnert; ein kurzer schwarzer Lederrock, ein hautenges schwarzes Spitzenkorsett, schwarze Nahtstrümpfe und schwarze Stilettos. Um ihren langen, glatten weißen Hals trug sie einen schwarzen, spitzenverzierten Choker mit einem silbernen Totenkopf in der Mitte.

»Sie haben schöne Augen«, sagte sie und löste den Hammer an ihrem Smith & Wesson, Kaliber .38. »Wie – Schokoladenmilch.«

»Danke«, sagte ich. »Und darf ich sagen, dass Ihre Augen –«

Sie schlug mir klatschend ins Gesicht.

Während ich mich wieder berappelte, sagte sie: »Die 9-mm, die Sie tragen? Lassen Sie die, wo sie ist, sonst wird noch jemand verletzt. Ist das klar?«

»So klar wie ein Gebirgssee.«

»Also, was führt Sie her, Mr Snow?«

»Was mich herführt, ist eine lange Geschichte. Sagen wir ein-

240

fach, jemand versucht, mich umzubringen – vermutlich hat das mit diesem Haus zu tun –, und ich will wissen, warum.«

»Und woher kennen Sie Miss Reinbach?«

»Das geht nur mich und Miss Reinbach etwas an.«

»Sind Sie sicher, dass Sie die Sache so angehen wollen?«

»So und nicht anders«, sagte ich. »Sie können sie jetzt holen, oder ich nehme Ihnen die Knarre ab und geh sie suchen. Wie hätten Sie es gern, Green Eyes?«

Green Eyes starrte mich einen langen Moment an, dann sagte sie: »Ich frage nach, ob sie Zeit hat.«

»Übrigens«, sagte ich und rieb mir die Wange, die sie geohrfeigt hatte. »Dafür bezahle ich nicht.«

Sie lächelte mich an. »Noch nicht.«

Die Diele war freundlich gestaltet mit Keramikfliesen, teuren abstrakten Gemälden an cremefarbenen Wänden und etlichen Vasen, die vor farbenfrohen Blumen überquollen. Zu meiner Linken befand sich eine hell erleuchtete Bibliothek mit ledernen Clubsesseln, antiken Beistelltischen, hohen Bücherschränken und einem großen Kamin aus unbehauenem Stein. Zu meiner Rechten war ein offener Essraum, der, wie ich mir vorstellte, in eine ebenso große Küche überging.

Nichts, was auf irgendwelche Fesselspiele hinwies.

Das Einzige, was hier eine Fessel sein könnte, war vermutlich die Hypothek.

Die breite Treppe am Ende der Diele hatte ein hübsches Holzgeländer, und die Stufen waren mit einem Läufer im Orientstil bedeckt. Über der Treppe hing eine diskrete Bronzetafel mit den eingravierten Worten: *Lasciate ogni speranza, voi ch'entrate.* Lasst alle Hoffnung fahren, ihr, die ihr eintretet.

»Mr Snow!«

Eine sportliche rotblonde Mittfünfzigerin in einem figurbetonten Haute-Couture-Kleid und teuren Schuhen kam forsch auf mich zu, die manikürte Hand ausgestreckt.

»›And I thought the major was a lady suffragette.‹«

»Sie zitieren McCartney?« Lächelnd musterte sie mich aus zusammengekniffenen Augen. »Sind Sie nicht etwas zu jung, um sich für Sir Paul zu begeistern?«

»Meine Mom war McCartney-Fan. Wings. Nicht Beatles. Fand die Liebesgeschichte zwischen Paul und Linda toll.«

»Kommen Sie!«, sagte sie strahlend. »Unterhalten wir uns!«

Ich folgte Major Reinbach nach oben über einen langen Flur vorbei an acht schwarzen Türen zu einer schwarzen Doppeltür am Ostende des Hauses.

Eine attraktive junge Schwarze trat aus einer der acht Türen, an der wir vorbeigekommen waren.

»Miss Reinbach?«, sagte die junge Frau.

Die Angesprochene drehte sich um und grinste die junge Frau freundlich an.

»MarKesha, Darling!«, sagte Major Reinbach. »Du bist früh da.«

»Mein Chemielaborkurs ist ausgefallen«, sagte die junge Frau. Sie hielt ein weißes Lederkorsett und eine dazu passende Maske hoch. »Entschuldigen Sie die Störung, aber ist das hier das Set, das Sie für mich bestellt haben?«

»Ja«, sagte Major Reinbach. »Wieso? Stimmt damit etwas nicht?«

»Die neunschwänzige Katze ist schwarz. Die sollte auch weiß sein.«

Major Reinbach seufzte schwer. »Das ist schon das dritte Mal. Keine Sorge. Ich kümmere mich drum, Liebes.«

»Danke.«

MarKesha verschwand wieder in ihrem Zimmer.

Neben der Doppeltür, die in das Büro von Major Reinbach führte, befand sich ein Keypad. Sie tippte fünf Ziffern ein, die Tür entriegelte sich, und ich folgte ihr in den Raum.

Major Reinbachs Büro war keineswegs ein S&M-Kerker, sondern eher ein friedliches Refugium. Die eingebauten Bücherregale waren mit alten und neuen Bänden gefüllt, und der große Schreibtisch war allem Anschein nach aus antikem Kirschholz. Vor dem Schreibtisch waren zwei abgenutzte lederne Ohrensessel arrangiert, und eine Chaiselongue aus weißem Leder stand unter einem hohen Fenster. Vielleicht das einzige Fenster mit normalen Vorhängen, das die Sonne an diesem frühen Dienstagnachmittag hereinließ. Auf dem Parkettboden lagen lose verteilt Perserteppiche.

Major Reinbach deutete auf einen der Ohrensessel, und ich nahm Platz.

»Einen Drink, Mr Snow?«, fragte sie.

»Wenn der aufs Haus geht.«

Sie lachte. »So gierig bin ich nun auch wieder nicht. Nur weil wir in Kunst, Wissenschaft und Psychologie von S&M ausgebildet sind, muss es uns ja nicht an guten Manieren und Höflichkeit fehlen. Whisky?«

Sie goss uns zwei Whisky ein und reichte mir ein Glas.

»Also«, sagte sie und nahm hinter ihrem Schreibtisch Platz. »Nur alte Bekannte und ein paar ganz besondere Kunden nennen mich noch ›Major‹. Ich glaube, ich würde mich an Sie als Kunden erinnern; Sie haben eine gewisse – Ausstrahlung. Also ein Bekannter? Vielleicht von einer Wohltätigkeitsveranstaltung?«

»Duke Ducane.«

Die Farbe wich aus ihrem gebräunten sommersprossigen Gesicht. Sie starrte mich einen ungläubigen Moment lang mit weit aufgerissenen Augen an.

»Sie – arbeiten – für Duke?«

»Nein«, sagte ich. »Aber ich bin der Ex-Cop, der ihn für fünf Jahre in den Knast gebracht hat. Ich weiß so einiges über Duke. Zum Beispiel hat er einer Frau namens Florence Elizabeth Reinman so sehr vertraut, dass er von ihr Prostitutionsgeschäfte leiten ließ. Sechs Monate bevor ich ihn festgenommen habe, ist sie mit zwei Millionen von seiner Kohle verschwunden. Wahrscheinlich das einzige Mal in seinem Leben, dass er ein Herz gezeigt hat, das gebrochen werden konnte. Ein weiterer Grund, warum ich das Gefühl nicht loswerde, dass ich ihn vielleicht nur schnappen konnte, weil er aufgegeben hatte. Bei Ihnen war es mehr als Vertrauen in eine Geschäftsbeziehung. Es war Liebe.«

»Was wollen Sie?«

»Das hier ist ein Hauptumschlagplatz für gekidnappte Frauen, die an teure Sexclubs verkauft werden. Ich will wissen, für wen Sie arbeiten und wo die nächste Station in der Pipeline für diese Frauen ist.«

Stille machte sich im Raum breit. Sie trank einen zittrigen Schluck von ihrem Whisky und drückte dann so unauffällig wie möglich einen Knopf unter der Schreibtischplatte. Dann sagte sie: »Ich habe wirklich keine Ahnung, wovon Sie –«

»Ich hab keine Zeit für so was«, sagte ich. »Ich schätze, Sie haben Angst vor Ihren neuen Arbeitgebern *und* Ihrem alten Arbeitgeber – Duke Ducane. Duke hat keine Ahnung, dass Sie hier sind. Keine Ahnung, dass Sie in seinem Revier Geschäfte machen. Und er hat keine Ahnung, dass Sie dieses Geschäft mit seinem Geld gegründet haben. Brauchen Sie einen Moment, um zu überlegen, vor wem Sie am meisten Angst haben?«

»Sie Arschloch.«

»Das bin ich«, sagte ich, kippte den Rest meines Whiskys runter und schob ihr das leere Glas über den Schreibtisch zu. »Vorschlag: Ich spaziere hier mit einem Namen raus, und Sie können vielleicht Ihren kleinen orgastischen Horrorladen behalten. Andernfalls spürt Duke Sie auf und versenkt einzelne Stücke von Ihnen in jedem der Great Lakes. ›Der Himmel kennt keinen Zorn, wenn Liebe sich in Hass verwandelt, und nicht der Zorn der Hölle gleicht dem eines verschmähten Zuhälters.‹«

Die Doppeltür hinter mir ging auf, und Green Eyes kam hereingestürmt, die Mündung ihres Revolvers auf mich gerichtet.

»Erst knallst du mir eine«, sagte ich zu Green Eyes. »Und jetzt knallst du mich ab? Sind wir verheiratet, und keiner hat's mir gesagt?« Zu Major Reinbach sagte ich: »Tja, es war einen Versuch wert, oder? Wie ich sehe, bin ich nicht länger willkommen, also – nichts für ungut?«

Ich bot Major Reinbach meine Hand an. Sie stand auf und gab Green Eyes zu verstehen, ihre Waffe zu senken. Dann streckte sie widerwillig ihre Hand aus, um meine zu schütteln. Blitzschnell packte ich ihr Handgelenk und zog sie halb über den Schreibtisch. Ich hatte meine Glock gezückt und hielt sie ihr an die Stirn.

»Ich knall deine Chefin ab, dann bist du arbeitslos«, sagte ich zu Green Eyes.

Mir gefiel nicht, wie sie lächelte.

»Na los. Knall sie ab«, sagte Green Eyes schließlich. »Wird langsam Zeit für meine Beförderung.«

Ich hatte das flaue Gefühl, dass ich meine Pistole auf die Falsche richtete.

»Anna?«, sagte Major Reinbach.

»Ach, Herrgott noch mal!«, entfuhr es Anna. »Glaubst du wirklich, ich arbeite gern für dich? Du und deine – deine lächerlich angestaubte Neunzigermode und dein überhebliches Getue! Du meine Güte! Acht Jahre lang hast du meine genialsten Ideen geklaut, wie sich das Geschäft verbessern lässt. Es war meine Idee, diese neue Organisation mit ins Boot zu holen! Meine Zeit! Meine Verhandlungen!«

»Du – du bist für mich wie eine Tochter –«

»Und du bist für mich wie eine dumme Kuh!«

»Du Miststück!«

»Verpass ihr eine Kugel, Snow«, sagte Anna. »Mein Geschenk für dich. Dann verpass ich dir eine Kugel. Oder versuch, mich abzuknallen, und ich knall dich ab. Dann erschieß ich sie mit deiner Knarre. Läuft aufs Gleiche hinaus. Klar, gibt eine kleine

Sauerei, aber die neue Organisation? Die hat innerhalb einer Stunde alles wieder sauber.«

»Ich nehme an, diese neue Organisation hält nicht viel von Versagern und feindlichen Übernahmen?«

»Sagen wir mal, in dieser frühen Betriebsphase sind ihnen Veränderungen mit klareren Sichtachsen lieber.«

Die junge Schwarze namens MarKesha tauchte in ihrem neuen weißen Lederbustier an der Tür auf. Sie sah uns, unsere Waffen und schrie.

Eine Zehntelsekunde Ablenkung, mehr brauchte ich nicht.

Ich schwenkte meine Glock von Major Reinbachs Stirn auf Anna Green Eyes, feuerte zwei Mal.

Sie fiel. Ich ließ Major Reinbach los und trat Green Eyes' Revolver weg.

Major Reinbach griff rasch in eine Schreibtischschublade und hatte eine 9-mm halb heraus, als ich meine Glock wieder auf sie richtete.

»Anna ist anscheinend wertvoller«, sagte ich. »Sie dagegen? –«

Mit meiner Pistole bedeutete ich ihr, in der Mitte ihres Sofas Platz zu nehmen. Sie tat es, legte die Hände flach auf die Oberschenkel.

Ich kniete mich neben die verwundete Anna und sagte: »Falls ihr keinen Kunden habt, der Arzt ist und in fünfzehn Minuten hier sein kann, verblutest du. Sag mir, was ich wissen will, dann holt deine Chefin dir bestimmt Hilfe.«

»Die kann mich mal!«, fauchte Major Reinbach.

»Nein, du kannst mich mal, du alte Schlampe!«, konterte Anna.

»Okay, vielleicht hab ich mich getäuscht«, sagte ich zu Green Eyes. »So oder so kannst du einpacken. Ich helf dir, so gut ich kann. Aber du bist erledigt, also sag mir, was ich wissen will –«

»Wenn du es ihm sagst, sterben wir alle!«, rief Major Reinbach.

Entgegen der landläufigen Meinung sind die meisten Leute, die nie zuvor angeschossen wurden und auf einmal von einer Kugel durchbohrt werden, bereit, alles an Informationen preiszugeben, was erforderlich ist, um den Schmerz zu stoppen: Bankkarten-PINs, das Versteck von Großmutters Schmuck, Bataillon-Koordinaten. Mit einem Durchschuss in der rechten Seite, aus dem das Blut strömte, erzählte Anna Green Eyes mir alles, was ich hören wollte.

Ich verarztete sie notdürftig, damit sie nicht verblutete. Dann sagte ich zu Major Reinbach: »Zeigen Sie mir, wo Sie die Frauen verstecken.«

»Fahr zur Hölle, du Scheißkerl.«

Ich lächelte, nahm mein Handy und wählte eine Nummer.

»White Girl?«, sagte ich. »Hör mal, ich – ja, ich weiß, dass ich ein Arschloch bin –, aber hör mal, ist Duke da?«

»Okay!«, sagte Major Reinbach. »Gott! Tun Sie das nicht – bitte!«

Ich legte auf. »Wie wär's mit einer kleinen Führung?«

35

Ich habe zwei Master-Abschlüsse«, sagte Major Reinbach mit einem wieder erwachten Gefühl von Überlegenheit. Sie führte mich eine breite Treppe vom Erdgeschoss in den »Kerker« hinunter, wo der Großteil ihres Geschäfts betrieben wurde. »Einen Abschluss in Psychologie von der Northern Michigan und einen Abschluss in Pharmakologie von der Miami University. Überrascht Sie das, Mr Snow?«

»Nein«, sagte ich, meine Pistole weiter auf ihren Rücken gerichtet. »Viele üble Leute haben Studienabschlüsse.«

Die acht Separees im ersten Stock unweit ihres Büros waren für die Crème de la Crème der S&M-Kundschaft des Hauses. Besitzer der Black Card mit genügend Geld, um es für seltsamere, speziellere sexuelle Vorlieben zu verprassen.

Im Untergeschoss sah die Sache schon anders aus.

Unterhalb der ledernen Clubsessel, dem achtzehn Jahre alten Single-Malt-Whisky, den Waterford-Kristallgläsern, den Beistelltischen mit Ausgaben vom National Review und American Spectator lag der »Kerker«.

»Manche Leute reagieren körperlich nicht so wie andere«, sagte Major Reinbach in der Absicht, mich in der Kunst und Wissenschaft des Sadomasochismus zu unterrichten. »Sie haben tiefliegende psychologische und physische Lust- und Schmerzrezeptoren. Demzufolge haben sie höhere Schmerz- und Lustschwellen. Ihre sexuellen Bedürfnisse sind größtenteils normal, aber es kommt bei ihnen erst dann zu einer Endorphinausschüttung, wenn diese höheren Schmerz- und Lustschwellen erreicht werden. Dabei geht es um das sehr menschliche Bedürfnis, eine transzendentale physische Befreiung zu empfinden. Wir sind Profis, Mr Snow. Wir erbringen eine Dienstleistung, für die ein Bedarf besteht. Wir wissen, was jeder einzelne Kunde braucht, um ein akzeptables Maß an Euphorie zu erreichen.«

»Wow«, sagte ich, als wir im Kerker ankamen. »Das ist wirklich sehr interessant. Wissen Sie, was noch interessant ist? Die Physik von Bienen im Flug – aber trotzdem halte ich Ihnen keinen Vortrag darüber. Los, Bewegung.«

Seltsamerweise fand ich langsam Gefallen daran, dass so ein Ort im gesellschaftlich und politisch konservativen Michigan erfolgreich existieren konnte.

God Bless America.

Der Kerker, ganz in Schwarz gefliest und mit flackernden LED-Fackeln ausgestattet, war weitläufig und in Suiten unterteilt. Als wir an einer Suite vorbeikamen, öffnete sich eine Tür, eine große Frau mit weißen Stachelhaaren kam heraus und ließ die Tür halb offen.

»Lilith«, sagte Major Reinbach. »Alles gut?«

»Der Drachen fliegt jetzt«, sagte Lilith. »Ich mach gleich sein Fläschchen warm.«

Major Reinbach sah sich verpflichtet, mir kurz zu erklären, was mit dem »fliegenden Drachen« gemeint war: der menschliche Körper und Geist als Flugdrachen, der in einem durch Schmerzreize ausgelösten Endorphinrausch in andere Sphären gehoben wird.

Ich sagte, das sei mir scheißegal.

Bevor Lilith die Tür schloss, warf ich einen Blick in den Raum: an einem großen horizontal aufgehängten Ring aus Metallrohren gefesselt, mit einer Windel bekleidet und mit zahlreichen

Striemen auf der Brust, war der Mann, der in einem der lokalen Fernsehsender abends für mich die Sportreportagen moderierte.

Major Reinbach kam schließlich zu einer schwarzen Metalltür mit einem Keypad.

Sie tippte fünf Ziffern ein. Mit einem schweren Klacken entriegelte sich ein Schloss.

Sie öffnete die Tür, und wir traten ein.

Hier gab es keine Vasen voller Blumen. Keine gerahmten Kunstwerke oder lederne Clubsessel. Es war ein sehr großer Betonraum mit einem Waschbecken, einer freistehenden Toilette und zwanzig schmuddeligen Gitterbetten. An zwei der Betten hingen Handschellen. Es roch nach Schweiß, feuchtem Beton und nicht runtergespültem Urin. Auf dem Boden lagen Zweiliter-Limoflaschen und Fastfood-Verpackungen, und ein großer Abfalleimer quoll über vor leeren Wasserflaschen und Küchenpapier und schmutzigen Unterhosen. Ein Fleck auf dem Betonboden sah aus, als hätte jemand versucht, Blut abzuschrubben.

»Mein Gott«, sagte ich, als ich mich in dem Drecksloch umschaute.

»Ich wollte – es gab Pläne – den Raum hier – angenehmer zu gestalten«, sagte Major Reinbach.

»Ja. Schon klar.«

»Wir geben diesen Frauen ein Leben!«, blaffte sie plötzlich. »Was hätten die denn sonst? In ständiger Angst vor der Einwanderungsbehörde? Immer auf der Flucht! Jetzt verdienen sie immerhin mehr Geld an einem Tag als die meisten Leute in einem verdammten Monat! In einem verdammten Jahr!«

»Sie haben für sie Entscheidungen getroffen, zu denen niemand das Recht hat.«

Ich winkte sie mit meiner Glock in Richtung Toilette und ein Paar Handschellen von einem der Gitterbetten.

»Sie dämlicher Idiot!«, schrie sie, als ich sie an ein Toilettenrohr fesselte. »Sie haben ja keine Ahnung, was für eine Lawine Sie lostreten. Die werden Sie finden! Die schneiden Ihnen die Eier ab und stopfen sie Ihnen ins Maul! Kapiert?«

Ich verließ den Raum und drückte die gut isolierte Tür zu.

Dann hämmerte ich mit dem Knauf meiner Pistole auf das Keypad ein, bis es bloß noch eine nutzlose Sammlung von LED-Lämpchen, abgerissenen Drähten und zertrümmerten Leiterplatten war.

Einige Frauen in verschiedenen S&M-Monturen kamen aus ihren Suiten.

»Was ist denn hier los?«, fragte eine der Frauen, als ich an ihr vorbeiging.

»Die Toilette ist verstopft«, sagte ich und marschierte den dunklen Gang hinunter, vorbei an Geschrei, Geheule, Gestöhne und Peitschenhieben.

Wieder oben angekommen sah ich eine Blutspur, die durch die Diele zur Küche im hinteren Teil des Hauses führte. Ich blickte hinaus zu der Vierergarage. Ein Garagentor war geöffnet, die Garage selbst leer.

Ich wollte die Küche gerade wieder verlassen, als ich etwas Kleines und Glänzendes auf dem Küchenboden bemerkte.

Eine grüne Kontaktlinse.

Ich ging hinaus zu meiner kürzlich erworbenen Harley, rief Tomás an und erzählte ihm, was passiert war.

»Ach du Scheiße«, sagte Tomás. »Und du bist da ohne mich hin?«

»Ich hab mir gedacht, dein Herz verkraftet das nicht, *mi amigo*.«

Ich fasste zusammen, was ich rausgefunden hatte, und sagte, dass wir schnell handeln müssten.

»Ich bin dabei«, sagte Tomás ohne Zögern. »Aber wir brauchen auf jeden Fall Verstärkung. Ich wünschte, Frank wäre hier.«

»Ich auch.«

»Was ist mit der FBI-Lady?«

»Wie wär's, wenn wir alles Weitere vor deinem Waffenschrank besprechen?«

»Das hört sich gut an, *cabrón*.«

36

lso, nur damit ich das richtig verstehe«, sagte Tomás. »Es
gibt eine neue Organisation, die von kriminellen ICE-Einheiten und Neonazi-Biker-Gangs junge Frauen kidnappen
und aus der Stadt schleusen lässt, während sie neue Frauen her-
einschleusen?«

»Jep.«

»Und die Frauen, die sie rausschleusen, zahlen für die neuen
Frauen, die reinkommen?«

»Richtig.«

»Wieso?«

»Genau das hab ich auch noch nicht ganz durchschaut«, sagte
ich. »Eigentlich macht nur das eine oder das andere einen per-
versen Sinn. Aber entgegengesetzte und zeitgleiche Wege entlang einer einzigen Pipeline? Die kriminellen ICE-Einheiten sind
anscheinend nur dafür zuständig, Frauen rauszuschleusen. Vielleicht kassieren sie doppelt, indem sie ein paar der Frauen als
Drogenkuriere verkaufen. Aber wer schleust neue Frauen *ein* –
und warum?«

»Ich glaube, der Grund liegt auf der Hand«, sagte Tomás. »Prostitution. Aber das Ganze ist ein Riesenaufwand, nur um Stripclubs, Casinos und Hotels mit ein paar neuen Huren zu versorgen.«

»Einigen wir uns doch darauf, sie Sexarbeiterinnen zu nennen. Es macht Frauen nicht zu ›Huren‹, wenn sie gezwungen werden, Sex zu verkaufen – oder sich dafür entscheiden, Sex zu verkaufen. Es macht sie zu Opfern, Überlebenden oder Unternehmerinnen.«

»Du guckst zu viel öffentlich-rechtliches Fernsehen«, sagte Tomás. »Wie hat Barney Olsen da reingepasst?«

»Diese Organisation hat wahrscheinlich Zahlungen an die ICE-Einheiten und Biker über Olsen abgewickelt«, sagte ich. »Aber ich vermute, er hat Geld und Frauen für seine eigenen Bedürfnisse abgezweigt. Dann haben zwei tote Frauen die Cops auf den Plan gerufen, und dieser neuen Organisation blieb wahrscheinlich nichts anderes übrig, als Olsen verschwinden zu lassen. Wer auch immer diese Leute sind, sie haben etwas sehr – Antiseptisches.«

»Schätze, heute Nacht erfahren wir mehr über diese Schweine.«

»Schätze ich auch.«

Wir saßen auf alten Aluminiumgartenstühlen vor seinem offenen Waffenschrank. Elenas altes Feuer war zurückgekehrt, und sie führte ein Sit-in im Rathaus an, das sie für von Abschiebung bedrohte Minderjährige organisiert hatte. Die Leute im Rathaus hatten keine Ahnung, wie sie auf das Sit-in reagieren sollten.

Andererseits hatten sie ja nie eine Ahnung, wie sie auf irgendein Problem reagieren sollten.

»Ich hab dich das noch nie gefragt«, sagte ich, während ich Tomás' neu erworbene Winchester-SX4-Selbstladeflinte bewunderte. »Aber warum genau hast du so verdammt viele Waffen?«

»Hab ich dir mal erzählt, wie mein Papá mit vorgehaltener Knarre ausgeraubt wurde?«, fragte Tomás.

»Nein.«

»Oh, ja«, sagte Tomás. »Meine Mamá auch. Ich und meine Schwester waren beide Male dabei. Wir hatten bloß Bargeld. Kannten uns nicht mit Banken und so aus. Welcher Migrant tut das schon? Der Lohn für eine Woche Schufterei« – er schnippte mit den Fingern – »futsch. Beide Male. Der Ausdruck in ihren Gesichtern – als hätten sie sich gegenseitig enttäuscht. Uns enttäuscht. Die Räuber haben uns sogar gezwungen, unsere Schuhe auszuziehen – die ›Brieftasche der Illegalen‹. Es gibt nichts Schlimmeres, als in den Augen deiner Eltern zu sehen, dass sie das Gefühl haben, sie hätten dich enttäuscht. Wenn du in die Mündung einer Knarre starrst, wird dir klar, wie wahre Macht aussieht. Wie wertvoll das Leben ist. Und wie schnell und billig es sein kann.« Tomás schwieg einen langen Moment. Dann sagte er: »Hat deine Mamá dir mal Geschichten über die vier Sonnengötter erzählt?«

»Nein.«

»Gruselige alte Aztekengeschichten, wie das Universum viermal von vier Sonnen erschaffen und zerstört wurde. Viermal haben Menschen die Erde bewohnt. Und viermal wurden sie von der fünften Sonne vernichtet. Alles nur, weil die Götter aufeinander eifersüchtig wurden. Anfingen, sich gegenseitig auf die goldenen Stiefel zu pinkeln. Dann kreuzt die fünfte Sonne auf, vernichtet die alten Götter und alles, was sie geschaffen haben, und läutet ein neues Zeitalter ein. Wenn ich mich so umgucke, Octavio, ist dieses ›neue Zeitalter‹ gar nicht so cool. Die Götter gehen schon wieder aufeinander los, und wir sind mittendrin in ihrem Machtkampf. Du weißt ja, ich steh nicht so auf religiöse Geistergeschichten. Aber falls die neuen ›Götter‹ versuchen, mich nichtsahnend zu überrumpeln, dann feuere ich aus allen Rohren. Mit jeder Waffe, die ich habe. Jede Kugel. Jedes Magazin.«

Tomás und ich sprachen über die Mission heute Nacht und den Flächenbrand, den wir auslösen würden. Ich hatte aus Anna Green Eyes nicht viel herausholen können, aber das, was ich von ihr erfuhr, während sie den Boden des Arbeitszimmers ihrer Chefin vollblutete, war enorm wichtig: Ein Frachter – die Federal Shoreland – würde heute Nacht am Nielsen Emery Terminal im

Hafen von Detroit anlegen. Ein Eisenerzfrachter, der auftanken und Vorräte für die Crew an Bord nehmen würde.

Und acht Frauen.

Sieben oder acht gut bewaffnete Männer bewachten das Schiff und die menschliche Fracht.

Darauf musste ich laut Anna Green Eyes gefasst sein.

»Du kommst nicht mal durch das Scheißtor«, hatte sie gesagt. »Diese Jungs fressen Pfadfinder wie dich zum Frühstück!«

»Tja, dann sollten die ordentlich Hunger haben.«

Wenn Anna Green Eyes von sieben oder acht gut bewaffneten Männern redete, dann mussten Tomás und ich uns auf fünfzehn oder mehr vorbereiten.

»Glaubst du, das sind BMC-Biker?«, fragte Tomás.

»Jep. Aber das sind bestimmt nur die Söldner. Die Handlanger.«

»Trotzdem«, sagte Tomás. »Es gibt doch nichts Schöneres, als Nazis fertigzumachen.«

Nachdem wir die Primärwaffen samt Munition ausgewählt hatten, luden wir die Sekundärwaffen auf die abgedeckte Ladefläche seines Ford F 150. Dann fuhren wir zu mir nach Hause.

Ich rief Google Earth auf, und wir sahen uns das Nielsen Emery Terminal genau an, eine weitläufige Hafenanlage mit zwei Anlegestellen, zwei Liegeplätzen für Reparaturen, stationären Kränen und Laufkränen zum Beladen. Es gab gestapelte Frachtcontainer und fünf lange, niedrige Wellblechgebäude, wo verschiedene Waren und Gerätschaften gelagert waren. Ein gut fünf Meter hoher Zaun mit Klingendraht umschloss das eine Meile lange Terminal. Es gab zwei Eingänge mit Rolltoren, durch die Lastwagen passten, und ein Wachhaus, das rund um die Uhr besetzt war.

»Gut möglich, dass sie die Security verstärkt oder einiges umorganisiert haben«, sagte ich, die Augen auf den Bildschirm gerichtet. »Wer weiß, wie alt diese Fotos sind. Aber ich glaube, viel hat sich nicht verändert. Das passiert selten in Frachthäfen. Das einzige Problem, auf das wir stoßen könnten –«

»Du meinst, außer abgeknallt zu werden?«

»Ja«, sagte ich. »Außer abgeknallt zu werden. Der Teil des Hafens ist eine Freihandelszone. Und das bedeutet, dass manche Bereiche außerhalb der Zuständigkeit der US-Zollbehörde liegen.«

»Heißt, auch außerhalb der Zuständigkeit der US-Polizei«, sagte Tomás. Wir schwiegen einen Moment. Dann bemerkte er: »Die Sache ist wirklich verdammt riskant.« Er spähte mit zusammengekniffenen Augen auf die Luftaufnahme von den Docks und sagte: »Tja, vom Wasser aus kommen wir da nicht rein. Wir haben kein Boot, und schwimmen tu ich auf keinen Fall. Es kommt also wohl nur das südöstliche Sicherheitstor infrage. Wie viele Kameras schätzt du?«

»Zehn, vielleicht fünfzehn«, sagte ich, »besetzt mit zwei, drei normalen Typen, die bloß die monatliche Hypothekenzahlung zusammenkriegen wollen. Unsere Gegner knubbeln sich wahrscheinlich an Dock 1 um irgendwelche Frachtcontainer, die zum Verladen bereitstehen.«

»Und da sind die Frauen?«

»Da sind die Frauen.«

Wir wechselten einen kurzen Blick, der Bände unausgesprochen ließ: Bände, die Männer und Frauen seit tausend Jahren mit Blut schrieben. Schlachten und Feldzüge, Aufstände und Kriege, Namen von gefallenen Soldaten und reiterlose Pferde, alle bedeckt vom Sand gleichgültiger Epochen.

Es gibt Dinge, von denen du zurückkommst. Und Dinge, von denen du nie wiederkehrst.

»Wann?«, fragte Tomás schließlich.

»Sei um neun hier«, sagte ich.

»Willst du mit Elena und mir zu Abend essen?«

»Nein«, sagte ich. »Verbringt die Zeit zu zweit.«

»Was hast du vor?«

Ich hatte genau dasselbe vor wie Tomás: eintauchen in den Anblick und den Klang, den Geruch und das Gefühl eines Menschen, der sich hoffentlich an mich erinnern würde, sollte ich in dieser Nacht aus dem Leben scheiden. Eines Menschen, der mich in die DNA seiner Erinnerung aufnehmen und mich als einen weiteren Faden in den durchscheinenden Stoff seiner Seele einfügen würde.

Nein, nicht Tatina.

Sie kannte meine Seele bereits in dem, was gesagt wurde und ungesagt blieb, was gefühlt und was erhofft wurde.

Wieso sollte ich ihr einen Grund geben, sich sechstausend Meilen weit entfernt Sorgen zu machen?

Nein, Tatina würde wissen, wie viel sie mir bedeutet hatte. Sie würde einen Bankscheck in einem Strauß Rosen erhalten, ein Gedicht von Octavio Paz – »Palpar« – und eine Karte mit den schlichten Worten: »Verzeih mir.« Geld macht den Verlust eines geliebten Menschen oder die Trauer um ihn nicht einfacher. Aber es schwächt den Aufprall am Ende des Absturzes ein wenig ab.

Die Ladys vom Café Consuela ließen den Laden mir zuliebe länger als sonst geöffnet.

Ich bot ihnen zum Dank Geld an.

»Glaubst du, wir würden das nicht auch ohne deine Kohle für dich machen?«, sagte Martiza, ehe sie mir befal, in der einzigen Sitznische des kleinen Restaurants Platz zu nehmen.

»Beleidige mich nie wieder mit deinem Geld, Octavio.«

Auf der Sitzbank mir gegenüber saßen Jimmy Radmon und Lucy Three Rivers.

»Also, was ist der Anlass, Sherlock?«, fragte Lucy.

»Kein Anlass«, sagte ich. »Ich dachte bloß, wir drei könnten doch mal zusammen essen gehen. Und nein, das ist kein Versuch, euch zu verkuppeln. Was immer zwischen euch zweien passiert, ist allein eure Sache.«

Jimmy und Lucy sahen sich nervös an, richteten dann die Augen wieder auf mich.

»Kann ich eine Margarita haben?«, fragte Lucy. »Ich meine, ich weiß, ich bin erst neunzehn und ...«

»Ich bin kein Befürworter von Alkoholkonsum bei unter Einundzwanzigjährigen«, sagte ich. »Aber in diesem Fall, ja, klar. Normal oder Erdbeer?«

»Es gibt hier Erdbeer-Margaritas?«, sagte Lucy mit leuchtenden Augen.

Ich blickte zu Martiza hoch und sagte auf Spanisch: »Eine Erdbeer-Margarita. Mit wenig Tequila.«

Sie lächelte und nickte.

»Für mich bloß eine Cola, Ma'am«, sagte Jimmy.

Ansonsten bestellten wir nicht, sondern aßen einfach das, was die Ladys des Café Consuela für uns zubereiteten: Hähnchen-Pozole mit selbst angebauten Poblano-Paprikas und frischen Radieschen, Empanadas de queso, Quesadillas mit gegrillten Shrimps und scharf angebratenem Lachs, Tacos mit Hähnchen, gegrilltem Gemüse und selbst gemachter Chipotle-Soße, frische Guacamole und Chips.

Ich steuerte die Salsa bei.

»Du lernst allmählich«, sagte Martiza, nachdem sie einen halben Teelöffel probiert hatte. »Sí – du lernst allmählich.«

Das fasste ich als großes Lob auf.

Nach dem Essen nahm ich Jimmy beiseite und sagte: »Hast du den Briefumschlag noch, den ich dir letztes Jahr gegeben habe?«

»Ja, Sir«, sagte Jimmy.

»Gut.«

»Ich hab ihn nie aufgemacht«, sagte Jimmy. »Sie haben gesagt, ich soll ihn erst aufmachen, wenn Sie – ich weiß, was das ist, Mr Snow. Und Sie haben schon genug für mich getan. Ich will den Umschlag niemals aufmachen.«

»Ehrlich gesagt, ich hoffe, dass du ihn nie aufmachen musst,

Jimmy«, sagte ich. »Aber was ich damals gesagt habe, sage ich auch jetzt; du hast der Markham Street deinen Stempel aufgedrückt. Und wenn ich nicht mehr da bin, gehört sie dir. Ich traue niemandem mehr als dir und Carlos zu, dass ihr euch um sie kümmert.«

»Ich weiß ja nicht, was Sie vorhaben, Mr Snow«, sagte Jimmy, »aber wenn Sie Hilfe brauchen –«

»Du hilfst mir schon, seit wir uns kennengelernt haben«, sagte ich. »Deine einzige Aufgabe ist jetzt, die beste Version deiner selbst zu sein.«

Ich setzte Jimmy an seinem neuen Haus ab und brachte Lucy dann zurück zu Carmela und Sylvia.

Auf der Veranda gab ich ihr die gleiche Art von Briefumschlag, die ich Jimmy gegeben hatte. Sie starrte einige Sekunden lang darauf. »Was ist das?«

»Etwas für deine Zukunft«, sagte ich. »Mach ihn jetzt nicht auf, okay? Verwahr ihn einfach – na ja – an einem sicheren Ort –«

»Ist das so was wie dein letzter Wille?«, sagte sie. »Weil, das ist nämlich ganz schön gruselig, und ich hab keine Lust, mich um, na ja, deine Beerdigung oder Einäscherung zu kümmern. Wie soll ich so was denn hinkriegen, wenn ich nicht mal ein anständiges Chili kochen kann?«

»Nein«, sagte ich. »Das ist nicht mein letzter Wille, das ist was für dich. Aber mach ihn erst mal nicht auf. Versprich es mir.«

Sie starrte noch einen Moment länger auf den Umschlag.

Dann umarmte sie mich. Lange und fest.

Als sie mich losließ, konnte ich sehen, dass ihre Augen feucht waren.

»Du bist ein Idiot«, sagte sie und wischte sich rasch die Augen. Dann drehte sie sich um und verschwand in Carmelas und Sylvias Haus.

37

egen halb zehn an einem feuchtheißen Freitagabend war die Sonne vollständig hinter dem bleiernen Horizont verschwunden. Es waren noch immer lähmende, erstickende achtundzwanzig Grad mit einem saunaähnlichen Nieselregen, der drohte, sich in einen ausgemachten, schwülen Regenguss zu verwandeln. Perfektes Wetter, um an den trostlosen Rändern einer Hafenanlage am Detroit River herumzuschnüffeln.

Ich trug schwarze taktische Schutzkleidung und gut zehn Kilo an Waffen und Munition. Tomás, ebenso gekleidet wie ich, hatte noch mehr Waffen und Munition zu schleppen. Der Rest unserer Ausrüstung lag unter einer Plane auf der Ladefläche seines Pick-ups. Wir würden hoffentlich nichts davon brauchen.

Wir hatten auf der West Front Street in der Nähe eines alten zweigeschossigen Lagerhauses geparkt, das nicht mehr genutzt wurde. Im Schutz der niedrigen, geduckten Gebäude und schartigen Schatten schlichen wir in südlicher Richtung zum Nielsen Emery Terminal. In diesem Teil der Stadt rechneten wir höchstens damit, hier und da auf einen Obdachlosen oder eine fette Ratte zu treffen.

Auf halbem Weg zum Terminal beschloss Tomás, dass er doch gern seine neue Winchester SX4 mitnehmen wollte. Er hatte die Flinte auf der Ladefläche seines Pick-ups gelassen.

»Wäre schade, wenn sie die Sehenswürdigkeiten verpassen würde, wo sie doch neu in der Stadt ist.«

Ich hatte nichts gegen die Verzögerung, denn sie gab mir mehr Zeit, die Vorgänge am Terminal zu beobachten und vielleicht eine Antwort auf die Frage »Was zum Teufel mach ich hier eigentlich?« zu finden.

Als Tomás zurückkam, hatte er eine Überraschung für mich.

Lucy Three Rivers.

»Sie hat sich unter der Plane in meinem Pick-up versteckt«, sagte Tomás.

»Verdammt noch mal, Lucy!«, sagte ich. »Was zum Henker willst du hier?«

»Nachdem du mich zu Carmela und Sylvia gebracht hast, hab ich mich gefragt, was du vorhast«, sagte sie. »Also hab ich den Umschlag aufgemacht. Ich weiß, ich hab dir versprochen, das nicht zu tun, aber wenn du mir einen Umschlag gibst, mach ich ihn nun mal auf. Hast du echt so viel Geld zu verteilen? Ich meine, danke, aber ich will nicht, dass du stirbst, damit ich einen Haufen Kohle kriege. Außerdem hast du mich nie gefragt, ob ich dein Handy nicht mehr spoofe. Ich hab gehört, worüber du mit Tomás geredet hast. Die Hafenanlage. Die Frauen. Die Scheißkerle, die die Frauen gefangen halten. Ich will helfen.«

Sie trug ein schwarzes T-Shirt mit dem Aufdruck »Fade to ...« in weißen Buchstaben, eine schwarze Jeans und schwarze Converse All Star Sneakers. An der rechten Hüfte trug sie ihre 10-mm-Pistole, an der linken Hüfte hing ihr Marttiini-Lappland-Jagdmesser. Unter den Augen hatte sie dicke Querstriche aus schwarzer Farbe.

»Lucy, ich schwöre bei Gott –«

»Lass mich mitmachen«, bettelte sie. »Du hast mir mehr geholfen, als je einer mir geholfen hat. Außer Skittles. Und meine Mom.«

Ich atmete langsam und tief die schwülheiße Nachtluft ein,

um meinen Blutdruck möglichst wieder aus stratosphärischer Höhe herunterzuholen.

»Heute Nacht werden wahrscheinlich Menschen getötet, Lucy«, sagte ich. »Ich will nicht, dass einer dieser Menschen eine junge Frau ist, die ihren einundzwanzigsten Geburtstag noch nicht erlebt hat.«

»Ich hab mir den größten Teil meines Lebens bei Sault im Reservat den Arsch abgefroren«, sagte Lucy. »Ich hab alte Frauen an Unterkühlung und Babys an Unterernährung sterben sehen. Und ich hab gesehen, wie alte Leute neben den Leichen von jungen Männern weinten, die sich totgesoffen oder die Kugel gegeben hatten, weil sie dachten, sogar die verdammten Götter hätten ihre Namen vergessen. Also red nie wieder mit mir, als wäre ich ein Baby mit gepudertem Hintern. Du kannst die ganze Sache hier meinetwegen abblasen, aber dann werden acht Frauen Gott weiß wohin verschifft, um Gott weiß was zu machen. Oder ich bin mit von der Partie. Deine Entscheidung, Sherlock.«

Ich warf Tomás einen strafenden Blick zu.

»Guck mich nicht so an«, sagte Tomás. »Ich mag die Kleine irgendwie.«

Noch immer innerlich kochend hielt ich einen erhobenen Zeigefinger dicht vor Lucys Gesicht und sagte: »Du machst, *was* ich sage, *wenn* ich es sage. Bringst du mich oder Tomás oder eine von den Frauen in Gefahr, schieß ich dich persönlich über den Haufen. Du bist lediglich zur Absicherung dabei. Hast du mich verstanden?«

Sie sah mich einen Moment lang an, dann sagte sie: »Darf ich jetzt einen Indianer-Kriegsruf ausstoßen?«

»Gottverdammt, Lucy!«

»War ein Witz!«, sagte sie. »Ja, ich hab's verstanden. So, dann wollen wir mal Helden werden.«

Ich drehte mich um und marschierte davon.

Hinter mir hörte ich, wie Tomás leise lachend zu ihr sagte: »Du bist vielleicht ›ne Marke, Kleines.«

Tomás hatte schon immer eine gute Singstimme. Ein hübscher Bariton, der alten mexikanischen Volksweisen eine Seele einhaucht. Spätabends beim gemeinsamen Grillen im Garten, wenn mein Vater und Tomás mal wieder reichlich Bier und Tequila intus hatten, sang Tomás oft – gut gelaunt und melancholisch zugleich – mexikanische Lieder. Mein Vater begleitete ihn dann auf seiner Fender-Akustikgitarre. Meine Mutter und Elena waren selbstverständlich ungehalten, weil die Männer so viel getrunken hatten, ließen sich aber immer von der Musik besänftigen.

Tomás sang sogar auf der Quinceañera seiner Tochter und auch auf ihrer Hochzeit. Beide Male schwitzte er vor Aufregung Blut und Wasser, weil er noch nie nüchtern gesungen hatte.

Heute Nacht sang Tomás »You Belong To My Heart«.

Außerdem torkelte er, als wäre er sturzbesoffen, und zog ein angemodertes Holzbrett ratternd über den Sicherheitszaun des Hafengeländes.

Ich versteckte mich in dem Schatten vor der breiten Lastwageneinfahrt neben dem Wachhaus, bereit, Tomás Deckung zu geben. Lucy hockte drei Schritte hinter mir, geduckt und mucksmäuschenstill.

»Hey!« Ein junger, schlaksiger Wachmann mit pickligem Gesicht kam aus dem Wachhaus und ging auf Tomás zu. »Was machst du denn da, Mann?«

»Meine – meine Maria – sie ist weg«, jammerte Tomás und schlug mit dem Brett gegen den Zaun. »Sie ist einfach weg, verdammt. *Puta!*«

»Hey, hör mal«, sagte der Wachmann. »Verzieh dich. Und zwar sofort. Das hier ist Privat-«

»Ich kann ohne sie nicht leben! Ich will ohne meine Maria nicht leben!«

264

Tomás – ein besserer Schauspieler alter Schule, als ich jemals gedacht hätte – warf seinen Körper gegen den Drahtzaun, machte sich mit gespieltem Kummer schwer und rutschte heulend nach unten. Der Wachmann holte umständlich seinen Taser hervor und näherte sich bis auf einen halben Schritt dem Zaun und Tomás.

»Hör mal, Bro«, sagte der Wachmann, »ich will das Ding hier nicht benutzen, aber –«

Ehe der Wachmann seinen Satz beenden konnte, hatte Tomás den schwarzen Lauf seiner HK Mark 23, Kaliber .45 durch den Zaun gesteckt und drückte ihn dem Wachmann fast gegen das Kinn.

»Wie viel verdienst du die Stunde, *amigo*?« Tomás hatte die Rolle des rührseligen Betrunkenen schlagartig abgelegt. »Bestimmt nicht genug, um dafür eine Kugel zu kassieren. Hab ich recht?«

»Ja, Sir.«

Ich kam aus dem Schatten und stellte mich hinter Tomás' rechte Schulter.

»Wie heißt du?«, fragte ich den Wachmann.

»Lloyd«, sagte der Wachmann zitternd. »Lloyd Hormsby, Sir.«

»Guter, starker Name«, log ich. »Hör mal, Lloyd Hormsby, du hast heute Nacht die Chance, ein Held zu werden. Aber zuerst gehst du zu dem Tor und machst es für uns auf, ja, Lloyd?«

»Nein.«

Ich spürte einen kalten Pistolenlauf an der Schädelbasis, und eine barsche Stimme sagte hinter mir: »Dein Kumpel soll seine Knarre schön sachte auf den Boden legen, sonst hat er gleich dein halbes Gehirn am Rücken kleben.«

Langsam legte Tomás seine .45er auf den feuchten Boden.

»Und jetzt passiert Folgendes, ihr Arschlöcher –«, sagte die Stimme hinter mir.

Der Pistolenlauf verschwand von meinem Hinterkopf. Dann

sah ich aus dem Augenwinkel die Knarre über meiner rechten Schulter auftauchen, wo sie an einem Zeigefinger baumelte, der am Abzugsbügel eingehakt war. Ich griff mir die Pistole und wirbelte herum.

Hinter mir stand ein großer älterer Wachmann mit Bierbauch, der die geöffneten Hände hochhielt. Huckepack auf seinem Rücken saß Lucy Three Rivers. Die Spitze ihres fünfzehn Zentimeter langen Jagdmessers steckte im linken Nasenloch des Wachmanns, aus dem ein dünner roter Blutfaden langsam an der glänzenden Klinge herabrann.

Tomás hob flugs seine Pistole auf. »Mach das Tor auf, Lloyd Hormsby. Sofort.«

Hormsby stand da, als versuche er, sich aus einem schrecklichen Wachtraum zu reißen.

»Verdammt, du blödes Arschloch!«, knurrte der ältere bierbäuchige Wachmann seinen jungen Kollegen an. »Tu endlich, was er sagt!«

Tomás drehte sich zu dem bierbäuchigen Wachmann um und sagte: »Auf deinem Rücken hockt ein vierzig Kilo schweres Mädchen und hält dir ein Messer in die Nase. An deiner Stelle würde ich Lloyd Hormsby nicht als blödes Arschloch bezeichnen.«

»Lloyd«, sagte ich ruhig. »Es wird Zeit.«

Lloyd Hormsby blinzelte sich zurück in die Wirklichkeit, signalisierte mit einem Nicken, dass er verstanden hatte, und ging mit langsamen Schritten auf das knapp zehn Meter entfernte Tor zu.

38

Mit Kabelbinder gefesselt und geknebelt saßen der sympathische Mr Lloyd Hormsby und sein unangenehmer bierbäuchiger Kollege auf dem Fußboden des schmuddeligen Wachhauses. Ich ging vor Hormsby in die Knie und sagte: »Das fühlt sich jetzt vielleicht nicht so an, Lloyd, aber du tust etwas Gutes. Etwas Mutiges.«

Lloyd grunzte und nickte. Ich bin sicher, er fühlte sich keineswegs mutig, so verschnürt, wie er war, mit einem seiner dreckigen Baumwollstrümpfe im Mund.

Ich sah Lloyds Kollegen an und sagte: »Du? Du wirst als einsamer Alkoholiker sterben, während du dir eine Folge *Gilmore Girls* nach der anderen auf Netflix reinziehst.«

»Ik ich!«, grunzte Lloyds Kollege. Was in der Sprache eines frisch Gefesselten und Geknebelten so viel wie »Fick dich« bedeutete.

»Bist du so weit?«, fragte ich Tomás.

Tomás studierte noch immer die sechs Überwachungsmonitore. »Ich sehe sieben Typen. Drei neben einem Stapel Frachtkisten, zwei stehen bei dem Frachter und rauchen, einer ist in unsere Richtung unterwegs – neunzig Sekunden – und einer pinkelt gerade bei einem Ladekran in den Fluss. Ich bin sicher, es sind noch mehr, Octavio, aber diese Geräte hier galten schon vor zehn Jahren als Schrott.«

»Meinst du, wir haben gute Chancen, *compadre?*«, sagte ich mit einem Lächeln zu Tomás.

»Fifty-fifty«, sagte Tomás ebenfalls lächelnd.

Ich wandte mich Lucy zu. Sie kniete bei den zwei überwältigten Wachmännern und ließ lässig ihr Jagdmesser in der Hand kreisen. Ich sagte: »Du bleibst hier.«

»Machst du Witze?«, maulte sie. »Ich soll auf diese Drecksäcke aufpassen?«

»Du«, sagte ich mit etwas mehr Nachdruck, »bleibst hier.«

»Dreißig Sekunden.« Tomás ging am Bedienfeld der Überwachungskameras in die Hocke und lud seine neue Flinte durch.

»Na schön«, knurrte Lucy.

Der bierbäuchige Wachmann versuchte plötzlich zu rufen und rammte eine Schulter heftig gegen die Wand. Lucy zog rasch ihre 10-mm aus dem Hüftholster und schlug ihm mit dem Griff der Waffe ins Gesicht, woraufhin er bewusstlos zusammensackte.

Zu spät.

Der Mann, der sich dem Wachhaus näherte, hatte begriffen, was los war.

»Rover eins! Rover eins!«, sagte der Mann in sein Funkgerät. »Wir haben ungebetenen Besuch!«

Er trat die Tür des Wachhauses auf und sah Lucy und die zwei Wachmänner auf dem Boden hocken. Er richtete eine schwarze TEC-9-Maschinenpistole auf die drei. Tomás und ich standen gleichzeitig auf: Ich verpasste ihm zwei Kugeln – eine in die Brust, eine in den Kopf. Tomás schleuderte ihn mit einer Salve aus seiner neuen Flinte zurück nach draußen.

In dem tödlichen Zeitraum von einer Zehntelsekunde hatte die Party begonnen.

»Rover drei.« Eine panische Stimme drang knisternd aus dem Funkgerät des Toten. »Was zum Teufel ist los? Rover drei? Verdammt noch mal!«

Tomás und ich wechselten einen Blick, dann sahen wir beide Lucy an.

Wir mussten raus. Weg von Lucy. Weg von den beiden Wachmännern.

»Lucy!«, rief ich. »Unten bleiben!«

»Ja! Okay! Lauft!«

Wir stürmten los.

Tomás und ich rannten in Richtung des Frachters Federal Shoreland und hielten dabei mindestens zehn Meter Abstand zueinander.

Die Maschinen des Frachters fuhren langsam hoch.

Die gekidnappten Frauen mussten bereits an Bord gebracht worden sein.

Zwei Mündungsfeuer.

Kugeln zerfetzten den Asphalt zwischen Tomás und mir. Tomás ließ sich fallen und rollte hinter einen ausrangierten Frachtcontainer. Ich suchte Deckung hinter Müllcontainern bei den Lagerhäusern.

Kugeln prasselten gegen das Metall der Container.

Mit jeder Sekunde drehten die Motoren des Frachters schneller. Er würde jeden Moment ablegen. Ich schaute zu dem Kontrollturm am Dock hoch und beschloss, dass es an der Zeit war, dem Dockmeister einen Weckruf zu geben: Ich feuerte die restlichen Patronen im Magazin meiner Glock 17 auf den Kontrollturm ab. Vielleicht - nur vielleicht - trafen ja zwei von den siebzehn Kugeln das Fenster des Turms und lenkten den Dockmeister davon ab, das Schiff sicher auslaufen zu lassen.

Ich wechselte das Magazin und spähte kurz um die Ecke des Müllcontainers, hinter dem ich mich versteckt hatte.

Ein BMC-Biker zu Fuß, eine TEC-9 in den Händen, war nur noch knapp zehn Schritte von mir entfernt.

Er feuerte, die Kugeln schlugen in die Container ein, verfehlten mich um Haaresbreite.

Ich drückte gegen den Container.

Mit aller Kraft.

Er rollte auf den Mann zu, lenkte ihn ab. Ich sprang hinter dem rollenden Container hervor und feuerte im Fallen drei Mal kurz hintereinander.

Der Mann kippte zu Boden.

Keine Zeit, um mir den Arm dabei zu verrenken, mir selbst auf die Schulter zu klopfen. Weitere Schüsse schlugen in den Beton zu meiner Linken ein. Wieder auf den Beinen, schnappte ich mir die TEC-9 des Bikers, als ich an ihm vorbeilief.

Jeder Mann und jede Frau mit Kriegserfahrung kann von den kalten Angstschweißausbrüchen während eines nächtlichen Schusswechsels erzählen: das Feuerwerk von Leuchtspurgeschossen auf der Suche nach warmem Fleisch; das Geräusch von Kugeln, die nur wenige Zentimeter neben dir in die Erde einschlagen. Ist das da Schweiß oder das spritzende Blut eines Kameraden? Ist das mein Atem oder der des Feindes?

Die abartige Schwerelosigkeit und unerträgliche Schwerkraft von Sekunden, die sich langsam zu einem ewigen schwarzen Loch ausdehnen.

Von meiner Position aus auf elf Uhr und etwa vierzig Schritte entfernt hörte ich zwei Schüsse aus Tomás' Gewehr. Es wurde Zeit, dass wir wieder zusammenkamen.

Plötzlich ...

... Stille.

Das Zweitschlimmste an einem nächtlichen Feuergefecht ist jähe Stille.

Ist das der eine Moment, bevor eine Kugel mitten ins Herz trifft?

»Wer immer ihr seid«, hallte eine Stimme durch die fallende Dunkelheit und den grauen Dunst, »hört sofort auf mit dem Scheiß. Legt eure Waffen hin und kommt raus, dann lassen wir euch am Leben.«

»Schwört ihr, uns am Leben zu lassen?«, schrie ich zurück, während ich das Magazin der TEC-9 prüfte und abzuschätzen versuchte, aus welcher Richtung die Stimme des Mannes kam und wie weit weg er war. »Ich bin nämlich schon mal belogen worden. Winifred Brousse. Siebte Klasse. Sie hat gesagt, sie mag mich, aber sie mochte mich nicht so richtig. Meinen besten Freund Tony Alvara mochte sie noch lieber.«

»Okay, du Klugscheißer«, dröhnte die Stimme. »Wie du willst.«

Zwei Salven aus einem Schnellfeuergewehr.

Während ich versuchte, die Stimme zu orten, hatten die mich geortet.

Und sie waren ziemlich gut darin – die Schüsse verfehlten mich nur um anderthalb Meter.

»Es reicht«, knurrte ich vor mich hin. Ich hechtete hinter einem Stapel Betonröhren hervor, hob den Lauf um dreißig Grad und feuerte die TEC-9 leer.

Ein Schütze, der sich auf einem Kranarm knapp zehn Meter hoch und etwa zehn Meter entfernt postiert hatte, bekam die meisten Kugeln ab. Sein Körper stürzte in die Tiefe und schlug so hart auf dem Boden auf, dass mindestens 186 von seinen 206 Knochen zerschmetterten.

Ich rollte mich wieder in Deckung.

»Bist du noch am Leben?«, rief ich auf Spanisch.

»Wenn man das hier ›leben‹ nennen kann«, erwiderte Tomás auf Spanisch. »Du?«

»Hab jede Menge Spaß.«

»Okay!«, rief eine Stimme durch die Dunkelheit. »Schluss mit dem Scheiß, verdammt noch mal! Sag was, Schlampe!«

Mir blieb das Herz stehen.

Ein Moment grausamer Stille trat ein. Dann: »Tut mir leid, August!«

Lucy.

»Die – die haben die zwei Wachmänner erschossen«, sagte

Lucy. Ich konnte hören, dass sie mit den Tränen kämpfte. »Die – die haben Lloyd Hormsby einfach abgeknallt! Als wär er nichts!«

»Also ehrlich, Jungs«, lachte der Mann. »Wo habt ihr die denn aufgegabelt? Auf 'nem Kirmesstand für Gesichtsbemalung? Menschenskind! Wie verzweifelt müsst ihr sein?«

»Fick dich, Arschloch!«, brüllte Lucy.

Das Geräusch eines Schlages.

»Hört endlich auf, mir meine kostbare Zeit zu stehlen, und kommt raus!«, rief der Mann. »Sonst kriegt die Kleine hier eine Kugel zwischen die Titten!«

Kaum hatten Tomás und ich unsere Waffen hingelegt, waren wir auch schon von etwa einem Dutzend kampferprobten BMC-Bikern mit einem ganzen Sortiment von automatischen und halb automatischen Waffen umzingelt. Der Biker, der mit uns geredet hatte – ein großer, pockennarbiger Irrer, dessen schwarzer Schnurrbart eine Hasenscharte verbergen sollte –, hielt Lucy mit der linken Hand hinten am Hemdskragen fest und hatte in der rechten eine M&P-380-Selbstladepistole. Lucys Hände waren auf dem Rücken gefesselt.

»Okay, ich will wissen, wer euch geschickt hat«, sagte der Mann, ohne Lucy loszulassen. »Arbeitet ihr für die Osoverde-Brüder? Pavel Ochinko? Oder vielleicht für den Fettsack Xiang Lao?«

»Wir sind nur hier, um die Frauen zu holen«, sagte ich. »Wir arbeiten für niemanden. Wollten sie bloß aus eurem Gestank befreien.«

»Ach du Schande«, sagte der Mann. »Im Ernst? Ich meine, ist das so ein Retter-in-der-Not-Scheiß?«

»Euer Safe House in Birmingham ist aufgeflogen«, sagte ich. »Eure ICE-Komplizen werden vom FBI observiert, und die können es kaum erwarten, euch Loser in den Knast zu bringen. Die Frauen, die Drogenkuriere, die Schlepper – das alles bricht dem-

272

nächst in sich zusammen. Ihr solltet schleunigst verschwinden. Also, lasst die Frau gehen. Behaltet uns, aber lasst sie gehen.«

»Wie heißt es doch so schön, Kumpel«, sagte der Biker und zog Lucy am Hemdskragen auf die Zehenspitzen, »der Zug ist abgefahren. Und anscheinend habt ihr keine Ahnung – keinen verdammten Schimmer! –, mit wem ihr es zu tun habt. Und das ist traurig. Es ist so traurig, dass ich euch am liebsten verraten würde, mit wem ihr es verdammt noch mal zu tun habt – aber dann müsste ich euch umlegen. Was jetzt ja ohnehin unvermeidlich ist.« Er presste das Gesicht in Lucys Nacken und atmete tief ihren Duft ein. Dann wandte er sich grinsend an seine Bande von Biker-Kumpanen und sagte: »Was meint ihr, Brüder: Sollen wir sie auf einen fahrenden Frachter werfen, hoffen, dass die Schiffsschrauben sie nicht erwischen, und noch einmal zehn Riesen kassieren? Sollen wir sie in Einzelteilen verscherbeln? Oder sollen wir alle unseren Spaß mit ihr haben?«

Zehn der Männer skandierten: »Spaß! Spaß! Spaß!«

Zwei johlten und lachten.

Einer machte ein würgendes Geräusch.

Der Biker, der das würgende Geräusch machte, griff sich plötzlich an die Kehle und taumelte auf den Wortführer zu.

Er sackte zu Boden, Blut floss aus seinem Hals.

Ein dumpfer Knall zwanzig Meter entfernt.

Der Kopf eines anderen explodierte rot, bespritzte Lucy und den Mann, der sie festhielt, mit Blut und Gehirn. Der Mann stieß sie zu Boden und feuerte dann mit seiner Pistole in die Dunkelheit, die dem Heckenschützen als Deckung diente. Lucy zog die Knie an die Brust und schob die Beine über ihre gefesselten Handgelenke, sodass sie die Hände vor dem Körper hatte. Plötzlich richtete der Mann, der sie festgehalten hatte, seine Pistole auf sie. Lucy schlug die Waffe mit den Händen zur Seite und rammte dem Biker ein Knie in die Eier. Zweimal. Dann schwang sie sich auf seinen Rücken, als würde sie ein Pferd besteigen,

273

schlang die Kette der Handschellen um seinen Hals und zog mit aller Kraft. Der Mann würgte und versuchte verzweifelt, seine Pistole über die Schulter zu heben, um auf Lucys Kopf zu feuern, schaffte es aber nur, sich das rechte Ohr wegzuschießen. Er sank bewusstlos zu Boden.

»Bring ihn nicht um!«, brüllte ich Lucy zu. »Wir brauchen ihn.«

Ich konnte nur hoffen, dass sie mich hörte.

Tomás und ich schnappten uns die Waffen der Toten und feuerten los: Tomás erledigte kurz hintereinander drei Biker. Ich konnte vier ausschalten. Und unser rettender Schutzengel jagte zwei weiteren Bikern eine Kugel in den Kopf. Der letzte Mann ließ seine Waffe fallen, sank auf die Knie und verschränkte die Hände hinter dem Kopf. Eine Haltung, die ihm garantiert vertraut war.

Hallende Schritte auf einem Frachtcontainer.

Tomás und ich richteten unsere Waffen nach oben.

»Ich verlange ja nicht viel«, sagte die suspendierte FBI-Agentin Megan O'Donnell. »Nur gelegentlich eine kleine Vorabinfo, wann die verdammte Feier losgeht.«

»Na, das nenn ich mal eine angenehme Überraschung«, sagte ich und bewunderte O'Donnells taktisches Outfit mit einem Barrett-M98B-Scharfschützengewehr als elegantem Accessoire. »Woher wusstest du –«

»Die Kleine hat mich angerufen«, sagte O'Donnell. Sie deutete mit dem Kinn auf Lucy und schob dann hinterher: »Ähm – sieht aus, als hätte sie einiges zu erklären –«

Ich drehte mich um: Lucy hatte den schnurrbärtigen Mann gegen eine Frachtkiste gedrängt, und ihr fünfzehn Zentimeter langes Jagdmesser steckte bis zum Griff von unten in seinem Kinn.

»Okay, Kleines«, sagte ich, packte ihre Hand und zog dem Mann die Klinge aus Kinn und Mund. »Das reicht.«

»Du verdammtes Stück Scheiße!«, schrie Lucy den Biker an, der fast an seinem eigenen Blut erstickte. Lucy trat haltlos schluchzend auf ihn ein. »Ich bring dich um! Ich bring dich um, du stinkender Drecksack!«

Ein Handy klingelte in der Tasche des Mannes.

Ich übergab Lucy an Tomás und sagte zu dem Blut spuckenden Mann: »Darf ich?« Dann fischte ich ein Klapphandy aus seiner Jeans und ging ran.

»Darf ich annehmen, dass die Ware unterwegs ist?«, sagte eine kultivierte Männerstimme.

»Ja«, knurrte ich knapp.

»Gut«, sagte der Mann. »Miss Olivier übergibt Ihnen das Lieferhonorar übermorgen um halb acht im Whitney. Und ziehen Sie sich diesmal entsprechend an.«

»Klar.«

Der Mann legte auf. Ich steckte das Handy des blutenden Mannes ein, wandte mich dann an die noch immer wütende Lucy und sagte: »Es ist vorbei.«

»Ja«, sagte Tomás und zeigte auf den Frachter. »Sieht ganz so aus.«

Die Federal Shoreland legte langsam ab.

39

Der Frachter hatte sich noch kaum vom Dock entfernt und bewegte sich langsam – nahm aber Fahrt auf.

»Ich verständige die Küstenwache«, sagte O'Donnell.

Ehrlich gesagt hörte ich O'Donnell gar nicht zu. Stattdessen deutete ich auf einen hohen mobilen Kran, dessen Ladearm noch immer über das Deck des fahrenden Frachters geschwenkt war.

»Weißt du, wie man so ein Ding bedient?«, fragte ich Tomás.

»Ja«, sagte Tomás munter. »Damals, '93, da hatte ich mal einen Job als –« Dann warf er mir einen Blick zu. »Du verarschst mich nur, oder?«

»Hol sie zurück, Marine«, sagte O'Donnell mit einem entschlossenen Nicken zu mir.

Als wir den Kran erreichten, hatte sich der Abstand der Federal Shoreland zur Anlegestelle bereits vergrößert, und sie nahm Kurs auf die Fahrrinne im Detroit River. Tomás würde den oberen Ladearm weitere zwei bis drei Meter ausfahren müssen, wenn ich eine echte Chance haben wollte, auf dem Deck zu landen.

Er schaltete den Kran ein, und ich kletterte am Gestell des Ladearms hoch.

Aus der Höhe konnte ich unter dem Schiffsnamen Zahlen sehen. Zahlen, die ich wiedererkannte: Sie waren hinten auf den Fotos von Frauen notiert gewesen, die ich in dem Tresor aus der Biker-Club-Kneipe in Spring Lake gefunden hatte; Schiffs-registriernummern.

Ganz oben auf dem Gestell kletterte ich bis zum Ende des Lade-arms und musste kurz an meinen Namenspatron, den Dichter Octavio Paz denken ...

»Die Betrachtung des Schrecklichen, das Vertrautsein und das Gefallen am Umgang mit ihm bilden paradoxerweise einen der bemerkenswertesten Züge des mexikanischen Charakters.«

... und dann sprang ich.

Irgendwie schaffte ich es, mir nur den linken kleinen Finger zu brechen, bevor ich mich abrollte und auf dem Deck des Frach-ters auf die Beine kam.

Ich sprintete zum Steuerhaus, stürmte durch die Tür und rich-tete meine Glock auf die zwei Männer, die am leuchtenden Kon-trollpult standen.

»Wer zum Teufel sind Sie?«, fragte der Graubärtige, den ich für den Kapitän hielt, mit einem zornigen Funkeln in den Augen. Instinktiv hob sein jüngerer Erster Offizier die Hände, offenbar kurz davor, sich in die Hose zu machen.

»Ich bin der Typ, der Ihnen sagt, dass Sie das Schiff wenden werden. Sie haben acht Frauen an Bord, die wahrscheinlich im Frachtraum als Geiseln gehalten werden.«

»An Bord meines Schiffes sind keine Frauen«, fauchte der grau-bärtige Kapitän. »Jetzt erklären Sie sich. Wer zum Teufel –«

»Ich bin der Typ mit der Knarre, der Ihnen sagt, dass Sie diesen gottverdammten Kahn wenden sollen. Sofort!«

»Wenn Sie mit einer Pistole auf mich zielen, lassen sich hun-dert Tonnen Stahl auch nicht schneller oder leichter wenden.« Wir starrten einander einen Moment lang an. Dann sah er zu seinem Ersten Offizier hinüber und sagte: »Sehen Sie im Fracht-raum nach. Geben Sie mir über Funk Bescheid.«

»Jawohl, Sir«, sagte sein Erster Offizier, um dann in einem weiten Bogen um mich herum aus dem Steuerhaus zu gehen.

»Stoppen Sie die verdammten Motoren«, sagte ich.

»Wenn ich sie stoppe, treibt das Schiff ab«, sagte der Kapitän. »Und wenn es abtreibt, dann laufen wir an einer Kanalwand auf Grund. Und wenn das passiert, kommt hier keiner mehr irgendwohin. Am besten, wir fahren in den Kanal, wo ich besser manövrieren kann. Was machen die überhaupt hier, diese Frauen?«

»Ich weiß nicht, ob Sie sich dumm stellen oder ob Sie ehrlich zu mir sind«, sagte ich. »Aber nehmen wir mal an, Sie sind ehrlich: Die Frauen sind gekidnappt worden und werden als Sexsklavinnen verkauft. Dieses Schiff ist ein Bindeglied in einer Pipeline von Kanada durch Michigan und weiter in den Süden, Osten und Westen. Und ich vermute, dass Sie und andere Frachter schon seit einem Jahr Frauen wie diese in die Prostitution, häusliche Sklaverei und vielleicht sogar auf den Schwarzmarkt für Organhandel transportieren.«

»Mein Gott.«

»Ja«, sagte ich, die Pistole noch immer auf ihn gerichtet. »Mein Gott.«

Während wir darauf warteten, dass der Erste Offizier sich meldete, starrten wir einander bloß an, ohne dass ich meine Waffe senkte.

»Bin ich Ihr erster?«, fragte ich schließlich den Kapitän, den ich offenbar nicht einschüchtern konnte.

»Mein erster was?«

»Pirat.«

Die Tür des Steuerhauses öffnete sich hinter mir.

»Okay«, sagte der Erste Offizier. »Wir atmen jetzt alle mal ganz tief durch, ja?«

Er hatte den Unterarm fest um den Hals einer verängstigt aussehenden jungen Latina gelegt und drückte ihr einen kurzläufigen Revolver an die Schläfe.

»Was soll das denn, McKenzie?«, blaffte der Kapitän.

»Waffe runter«, sagte der Erste Offizier namens McKenzie zu mir. »Schön langsam, okay?«

»McKenzie, ich bin Ihr Kapitän!«

»Sir! Halten Sie – halten Sie einfach die Klappe, okay? Bitte? Ich will niemandem was tun, Ehrenwort. Das will ich nicht.«

»Ist das Ihr Ernst?«, sagte ich. »Sie wollen niemandem was tun? Es sieht nämlich ganz so aus, als wären Sie durchaus dazu bereit. Meiner Einschätzung nach haben Sie genau drei Möglichkeiten.«

»Machen Sie schon«, sagte McKenzie. »Legen Sie Ihre Waffe auf den Boden. Bitte.«

»Beschissene Möglichkeit Nummer eins«, sagte ich. »Sie töten mich und werfen mich über Bord. Dann töten Sie den Kapitän und lassen es irgendwie wie einen Unfall aussehen. Danach liefern sie die Frauen aus, kassieren die Bezahlung und verschwinden. Und es gibt nichts Armseligeres als einen Amateur, der zu verschwinden versucht.«

»Herrgott noch mal! Jetzt legen Sie endlich die Waffe hin.«

»Dann wäre da beschissene Möglichkeit Nummer zwei«, sagte ich, während ich mich langsam bückte, um so zu tun, als würde ich seiner Aufforderung folgen und meine Pistole auf den Boden des Steuerhauses legen. »Sie sehen Ihren gewaltigen Fehler ein und beten für ein mildes Urteil vor Gericht. Und ich glaube, bei einem Verbrechen wie diesem steht ein mildes Urteil in den Sternen.«

Er lachte, überzeugt, dass er nur noch wenige Stunden von einem lebensverändernden Scheck entfernt war.

»Dann wäre da noch Nummer drei, die eigentlich keine Möglichkeit ist«, sagte ich in gebückter Haltung mit der Pistole noch immer in der Hand. »Das ist eher ein mieser Dauerzustand.«

»Dauerzustand?«, wiederholte McKenzie, unsicher, ob er seinen Revolver auf den Kapitän oder auf mich richten sollte. »Wovon reden Sie?«

»Nummer drei ist die Möglichkeit, dass irgendwer auf diesem Schiff dazu verdonnert wird, Ihr Gehirn von der Wand hinter Ihnen abzuwaschen.«

Er stieß ein kurzes nervöses Lachen aus. Nach ein oder zwei Sekunden sah er den tödlichen Vorsatz in meinen Augen und schwenkte den Lauf seines Revolvers auf mich ...

... aber nicht schnell genug.

Trotz meiner ungünstigen gebückten Position feuerte ich.

Die Kugel streifte den oberen Rand des linken Ohrs der jungen Frau, ehe sie in einem Dreißig-Grad-Winkel in McKenzies Mund drang, seinen Hinterkopf wegblies und die Wand hinter ihm mit Blut, Zähnen, Knochen und Hirn bespritzte.

Sein toter Körper sackte zu Boden.

Die junge Frau lief kreischend zu mir, und ich schloss sie in die Arme. Auf Spanisch sagte ich ihr, dass es vorbei sei, dass sie in Sicherheit sei und wir sie nach Hause bringen würden.

Hinter mir funkte der Kapitän den Kontrollturm im Hafen an.

»Hier ist der Frachter Federal Shoreland«, sagte er. »Wir kehren zum Hafen zurück.«

»Wie bitte, Federal Shoreland?«, antwortete eine knisternde Stimme. »Gibt es ein Problem?«

»Ja«, sagte der Kapitän, der auf seinen toten Ersten Offizier starrte. »Ein ziemlich großes.«

Vier DPD-Streifenwagen waren vor Ort mit Blaulicht eingetroffen.

O'Donnell rief das FBI an, wohl wissend, dass ihr gleich nach Eintreffen ihrer Kollegen Handschellen angelegt werden würden.

Von den acht Frauen im Laderaum des Frachters waren fünf illegale Mexikanerinnen und eine Honduranerin. Sie hatten alle still und heimlich in häuslicher Sklaverei in Detroit und Ann

Arbor gelebt. Die letzten beiden, ein junges schwarzes Mädchen und ein weißes, keine älter als fünfzehn, hielten sich an den Händen und sahen aus, als hätten sie nur knapp die Weltuntergangsfeuer der Apokalypse überlebt.

Drei von ihren FBI-Kollegen umringten O'Donnell. Einer hatte seine Handschellen bereits gezückt. Nach ein oder zwei Minuten entfernten sich die Agenten wieder. Der eine blieb stehen, drehte sich zu O'Donnell um und warf ihr seine Handschellen zu.

»Wenn du den Boss siehst«, sagte er, »leg dir die Dinger an, okay? Macht uns allen das Leben leichter.«

Der Agent salutierte vor O'Donnell und ging dann weiter.

»Verdammt, August«, sagte O'Donnell mit einem genervten Seufzer. »Warum machst du nur so einen Mist?«

»Du musst schon auf mich schießen, wenn du mich aufhalten willst, Megan«, sagte ich. »Willst du auf mich schießen?«

»Ich hätte nicht übel Lust dazu, August.« Sie starrte mich aus zusammengekniffenen Augen an und sagte: »Ach was. Die blöde Kugel würde wahrscheinlich von dir abprallen und mich in die Stirn treffen.«

»Danke«, sagte ich.

Ich brachte die fünf Mexikanerinnen und die Honduranerin zu Tomás.

»Bring sie zu Father Grabowski«, sagte ich. »Er weiß, was zu tun ist.«

Tomás war mit den acht Frauen schon auf dem Weg zu seinem Pick-up, als ein uniformierter Detroiter Cop ihn stoppte.

»Hey, Moment mal«, sagte der Cop und baute sich vor Tomás und den Frauen auf. »Wer sind Sie? Wo bringen Sie die Frauen hin?«

O'Donnell trat zwischen Tomás und den Uniformierten, zeigte einen FBI-Ausweis, den sie gar nicht mehr zeigen durfte, und sagte: »Der Mann gehört zu mir. Diese Frauen sind Zeuginnen und von entscheidender Bedeutung für eine laufende FBI-Ermittlung. Sie werden in Schutzhaft gebracht. Gibt es ein Problem, Officer?«

Der Uniformierte musterte Tomás, O'Donnell und die acht Frauen, zeigte dann ruckartig mit seinem Daumen über die Schulter und ging weg.

Ich rief Father Grabowski an, der schon tief und fest geschlafen hatte, und erzählte ihm, was los war. Mithilfe seines Netzwerks würden die acht Frauen wahrscheinlich in weniger als vier Stunden bei einem guten Frühstück in Windsor, Ontario, sitzen und Gott danken.

»Dafür komme ich in die Hölle«, sagte O'Donnell, die neben mir stand und das Gewimmel von Detroiter und jetzt auch bundesstaatlicher Polizei und FBI-Agenten beobachtete. Forensiker in weißen Schutzanzügen fotografierten Leichen und Waffen, gelbe Markierungskegel kennzeichneten Patronenhülsen, der Dockmeister wurde befragt. Und der einzige Überlebende der BMC-Biker wurde zu einem Streifenwagen geführt. »Dafür komme ich garantiert in die Hölle.«

»Wo ist Lucy?«, fragte ich.

»Vier Blocks von hier in meinem Wagen«, sagte O'Donnell. »Ich hab ihr einen Flachmann mit irischem Whisky dagelassen.«

»Sie ist noch keine einundzwanzig.«

»Dann komme ich garantiert per Express in die Hölle.«

»Hübsche Frauen kommen nicht in die Hölle«, sagte ich. »Sie reisen in die Toskana. Außerdem. So wie ich das sehe, kriegst du in Direktor Phillips' Büro die Leviten gelesen. Dann steckt er dir einen Orden an. Vielleicht wird sogar ein Foto von dir in der Cafeteria aufgehängt – ›Mitarbeiterin des Monats‹!« Wir schauten noch eine Weile bei der systematischen Dokumentierung des Blutbads im Hafen zu. Dann sagte ich: »Die vier Schüsse, die du heute Nacht abgefeuert hast? Herausragend! Ich schulde dir 'ne Menge, Megan.«

»Tja, eine Frau sollte sich eben nicht nur auf ihr Aussehen ver-

282

lassen«, seufzte sie. »Es lohnt sich, wenn sie auch irgendwas gut kann. Und übrigens – es waren nur zwei.«

»Zwei?«

»Ich hab heute Nacht nur zwei Schüsse abgegeben, August«, sagte O'Donnell.

40

So sehr ich auch an Gott, an die Möglichkeit von Wundern und die Existenz von Engeln glaube (und daran, dass ich definitiv keiner bin), bezweifle ich doch, dass Gottes himmlische Heerscharen Scharfschützengewehre tragen.

Wer also hatte im Hafen die zwei anderen Präzisionsschüsse abgegeben, die Tomás, Lucy und mir ein neues Leben schenkten?

Am zweiten Abend nach der Schießerei am Dock (und nachdem ich unzählige Fragen beantwortet hatte, die mir – stets im Beisein meines getreuen Kampfhund-Anwalts David G. Baker, der energisch meine zweifelhafte Tugend verteidigte – von der Detroiter Polizei, der Bundesstaatspolizei, vom FBI, von der Homeland Security, vom ICE und von der DEA gestellt worden waren) saß ich mit einem Bier auf der Verandatreppe meines Hauses und hatte ein ungutes Gefühl, das ich nicht abschütteln konnte. Dieses Gefühl, über einen längeren Zeitraum aus der Ferne beobachtet worden zu sein. Jede Bewegung dokumentiert und kategorisiert, jeder Atemzug protokolliert und registriert, jedes gesprochene Wort in einer unsichtbaren Akte notiert.

Es behagte mir nicht, dass irgendwer etwas mit mir machte, das ich bei den Marines so perfekt gelernt hatte: das Leben eines Menschen ins Fadenkreuz nehmen und geduldig auf den Moment zum Töten warten.

Während ich mein Bier trank, fiel mein Blick immer mal wieder auf das Haus meines neuen Nachbarn. Trent T. R. Ogilvy.

Qui audet adipiscitur.

Wer wagt, gewinnt.

Ogilvy war beim Special Air Service gewesen, einer Spezialeinheit der British Army, was ihn nicht direkt zu meinem Waffenbruder machte, aber immerhin zu einem entfernten und hoch angesehenen Cousin. Und wenn jemand einem fliegenden Spatz aus zweihundert Metern Entfernung ein Auge ausschießen konnte, dann war es der britische SAS.

Doch alles deutete darauf hin, dass Trent T. R. Ogilvy genau der war, der er zu sein behauptete: ein Späthippie, der einen albernen Man Bun trug und sozial engagierte Arbeit bei einer international anerkannten Wohltätigkeitsorganisation leistete. Und der jeden Morgen etliche Nachbarn mit seinen Yoga-Übungen auf der Veranda in Staunen versetzte.

Was immer auch seine Vorgeschichte war, Ogilvy hatte keine Kosten und Mühen gescheut, die Menschen, die in Detroits Informationswüsten lebten, mit Computern und WLAN zu versorgen.

Wer sagt, Amerika braucht keine Entwicklungshilfe?

Lucy hatte ihn durchleuchtet. Sie hatte sich tief in seinen digitalen Fußabdruck gegraben, doch er schien nur Trent T. R. Ogilvy zu sein, Kind aus reichem Hause, Spross einer englischen aristokratischen Offiziersfamilie, die seit acht Jahrzehnten immer mal wieder mit Auszeichnungen von der Queen persönlich geehrt worden war. Anscheinend hatte Ogilvy sogar für kurze Zeit zusammen mit Prinz Harry im Irak gedient.

Vielleicht hätte ich einfach auf meiner Verandatreppe sitzen sollen, dem Hintergrundrauschen des Verkehrs auf dem I-75 lauschen, kaltes mexikanisches Bier trinken und mein Glück genießen.

Vielleicht hätte ich einfach dankbar sein sollen für zwei Nächte ohne ICE-Patrouillen, die durch mein Viertel schlichen und dabei überlegten, was für eine staatlich geförderte Terrororganisation sie werden wollten, wenn sie mal groß waren.

Und vielleicht hätte ich einfach wieder Häuser weiterverkaufen und von Tatina träumen sollen. Nackt in meinem Bett. Oder nackt in ihrem Bett.

Vielleicht.

Um halb acht am nächsten Morgen klingelte das Handy des Bikers, und ich ging ran.

»Was ist passiert?«, fragte der Mann am anderen Ende.

»Was meinen Sie?«, fragte ich möglichst knapp zurück.

»Die Lieferung«, sagte der Mann. »Unsere – Ware. Sie hätte vor vier Stunden an der nächsten Station ankommen sollen.«

»Ich hab sie aufs Schiff gebracht«, sagte ich. »Ich fahr den Scheißkahn nicht.«

»Miss Olivier ist natürlich besorgt –«

»Ich will heute Abend mein Geld für die Lieferung.«

Am anderen Ende der Telefonverbindung ertönte ein verärgerter Seufzer. »Noch mal, ich rate Ihnen dringend, keine Schusswaffen mitzubringen, da Miss Olivier mit ihren eigenen bestens ausgebildeten und ausgerüsteten Sicherheitsleuten reist.«

»Soll ich Blumen mitbringen oder Kondome?«

Der Mann legte auf.

Ich duschte, zog mich an und beschloss, Trent T. R. Ogilvy einen Besuch abzustatten, um ihm nett und freundlich ein paar Fragen zu stellen. Natürlich war ich dankbar dafür, dass jemand die anderen zwei Präzisionsschüsse abgefeuert hatte, aber ich hatte auch das Verlangen nach einem realen Namen und einem Gesicht, um mich persönlich bedanken zu können. Mysterien, Geheimnisse, Rätsel und Paradoxien überließ man am besten Gott dem Allmächtigen.

Und den Machern von Kreuzworträtseln.

Ich hatte gerade meine Haustür hinter mir zugezogen, als ich Lucy Three Rivers in Richtung Vernor Highway gehen sah. Sie verschwand beinahe unter dem riesigen Rucksack auf ihrem Rücken.

»Verreist du?«, fragte ich, als ich sie eingeholt hatte.

»Ja, ich, ähm – ich muss weg, okay?« Sie trat nervös von einem Bein aufs andere.

»Du weißt, dass du hierbleiben kannst«, sagte ich. »Das hier ist genauso dein Viertel wie meins.«

»Ja, klar«, sagte sie, unfähig, mich anzusehen. »Trotzdem.«

Wir standen einen Moment schweigend da, ließen den warmen Morgen langsam über uns hinwegströmen.

»Es hat doch hoffentlich nicht damit zu tun, was im Hafen passiert ist, oder?«

»Nein«, sagte sie und blickte mich endlich an. »Nein, das war – ich war noch nie bei irgendwas dabei, das – na ja –«

»Wichtig war?«

»Genau.« Sie lächelte kurz. Dann sagte sie: »Glücklich sein. Das fühlt sich – fremd an. Wie eine Lüge. Ich trau dem Glück nicht. Ich mein, das ist, als würde man damit tanzen und lachen und, na ja, sich drin verlieben – und im nächsten Moment, schneidet's dir die Kehle durch.«

»Glück als Vorspiel zum Verrat«, sagte ich. »Ich versteh schon.«

Betretenes Schweigen. Dann sagte sie: »Das soll nicht heißen, dass ich nicht dankbar bin –«

»Aber du musst weg«, sagte ich. »Guck einfach, ob das, was du hier gefühlt hast, noch eine Weile bei dir bleibt. Ob es dich nach ein paar Monaten oder einem Jahr noch anzieht.«

»Ja«, sagte sie und wandte den Blick ab. Ihre Augen wurden feucht. »Mal sehen.«

»Brauchst du Geld?«

»Nein.« Sie strich sich mit einem Arm über die Augen. »Ich komm klar. Ich, ähm – ich hab den Brief, den du mir gegeben

hast, bei Carmela und Sylvia gelassen. Ich will nicht das Scheiß-
testament von jemandem mit mir rumschleppen. Wenn ich Geld
brauche, wird Skittles sich schon was einfallen lassen, wo ich
Kohle machen kann.«

Ich nahm mein Portemonnaie, leerte es und stopfte die Scheine
in eine der großen Taschen ihrer Cargoshorts.

»Hast du dir schon überlegt, wo es hingehen soll?«, fragte ich.

»Upper Peninsula«, sagte sie. »Zurück nach Sault. Hab dem
Geist meiner Mom schon länger nicht mehr Hallo gesagt. Viel-
leicht guck ich mal, was es Neues in Mackinaw City gibt – mit
Sicherheit absolut nichts.«

Plötzlich umarmte sie mich ganz fest, verdrückte ein paar
Tränen und ließ mich fast genauso unvermittelt wieder los.

»Hey! Wo willst du hin?«

Es war Jimmy.

»Ich lass euch Kids dann mal allein«, sagte ich.

Lucy versuchte, mich anzulächeln.

Ich versuchte, sie anzulächeln.

Ich ging, und als ich mich irgendwann umdrehte, sah ich, wie
Jimmy und Lucy sich die Hand gaben. Dann stellte sie sich auf
die Zehenspitzen und gab Jimmy einen Kuss auf die Wange.

Anschließend marschierte sie weiter zum Vernor Highway,
bog nach rechts und war verschwunden.

Als ich zu Trent Ogilvys Haus kam, sah ich Claymont, den En-
kel meiner Immobilienmaklerin, der gerade ein Zu-verkaufen-
Schild in den bescheidenen Rasen hämmerte.

»Hey, Clay«, sagte ich. »Was machst du da?«

»Hey, Mr Snow«, sagte Clay. »Mr Ogilvy ist vor zwei Tagen aus-
gezogen. Hat Grandmomma Jesse beauftragt, das Haus zum Ver-
kauf anzubieten. Ist nicht mehr viel drin. Hat gesagt, sie soll den
Gewinn für wohltätige Zwecke spenden. Und er hat ihr ein paar
Riesen gegeben für den Fall, dass es ein Verlustgeschäft wird.
Aber das wird's nicht, jetzt, wo die Weißen Southwest Detroit

wiederentdeckt haben.« Clay griff in eine Hosentasche und holte einen gefalteten Briefumschlag hervor. Er hielt ihn mir hin und sagte: »Das hat er für Sie dagelassen.«

Ich nahm den Umschlag. Er war mit einem Namen versehen, den ich fast vergessen hatte: Lieutenant August O. Snow, Forward Operating Base Lion, United States Marine Corp.

Ich öffnete ihn.

Darin befand sich ein kleines, zerfleddertes Stück einer Landkarte.

Korengal-Tal, Afghanistan.

Auf der Karte waren alte Flecken.

Blut aus einer anderen Zeit, von einem anderen Ort.

41

14:58.

Notruf in der Forward Operating Base »Lion« in der Provinz Pandschir, Afghanistan: acht britische SAS von mindestens zwanzig Taliban im Korengal-Tal eingekesselt.

Ich war mit einem Kampfhubschrauber nur sechs Minuten entfernt.

Mein Beobachter, Corporal Maximilian »Maxie« Avadenka, und ich wurden keine fünfhundert Meter nördlich von der SAS-Einheit abgesetzt. So nah, dass wir sehen konnten, wie die Taliban die Schlinge um die Briten enger zogen.

Drei Minuten. Sieben Taliban aus fünfhundert Metern Entfernung getötet. Ein Korridor für das SAS-Team, um zu entkommen. Vier weitere Minuten. Maxie und ich schalteten noch fünf feindliche Kämpfer aus.

Von den acht SAS kamen sechs lebend raus.

Für Maxie und mich bloß ein ganz normaler Tag in den Bergen.

Vier Tage nach dem Einsatz erhielten wir eine Flasche guten irischen Whisky. Auf einem Blatt Papier mit dem Briefkopf des SAS-Kommandopostens stand: »Für uns da. Für euch da. Überall. Immer. Semper fi, Kameraden.«

Bevor ich mich auf den Weg zum Restaurant The Whitney machte, um mich mit der geheimnisvollen Miss Olivier zu treffen, sah ich mir die Website von Ogilvys Wohltätigkeitsorganisation an – Global Community Action Corp. Es war dieselbe Website, die Lucy und ich uns einige Wochen zuvor angeschaut hatten. Sie war unverändert bis auf einen wesentlichen Unterschied: Das Foto vom »Direktor für internationale gemeinnützige Initiativen« – Trent T. R. Ogilvy – zeigte nicht den Mann, der für kurze Zeit mein Nachbar auf der Markham Street gewesen war. Der dort abgebildete Trent T. R. Ogilvy war ein gut gekleideter kräftig gebauter Schwarzer Mitte fünfzig.

Ich trug einen hellgrau karierten Leinenanzug von Hackett London, ein weißes Hemd, babyblaue Socken und schwarze Wildlederslipper von Bruno Magli für meine Verabredung zum Abendessen mit der geheimnisvollen Miss Olivier.

Keine Krawatte. Krawatten sind was für Trottel, vor allem in einem schwülheißen Michigan-Sommer.

Man könnte die ganze Welt absuchen und würde doch kein Restaurant finden, das es mit dem Whitney aufnehmen kann. Die neoromanische Villa wurde 1894 aus rötlichem Stein erbaut: zweiundfünfzig Zimmer, zwanzig offene Kamine und zahlreiche Fenster aus Tiffany-Buntglas. Es war der Familiensitz des Holzbarons David Whitney jr. Heute ist das über 2000 Quadratmeter große Haus bekannt für seine zurückhaltende Opulenz und unvergleichliche Küche.

Auf dem Parkplatz des Whitney standen nur drei andere Fahrzeuge: eine schwarze Lincoln-Limousine mit dunkel getönten Scheiben und zwei gefährlich aussehende Chevy-Suburban-SUVs.

Drinnen war es kühl und ruhig. Seichte Live-Jazz-Musik kam von der Treppe zwischen dem Erdgeschoss und dem ersten Stock.

Ich wurde von drei Männern begrüßt: Zwei sahen aus, als würden sie Babys zum Frühstück verspeisen. Der Dritte war deutlich kleiner, dicklicher und trug eine schwarze runde Brille.

»Es tut mir leid, aber das Restaurant ist heute Abend für eine geschlossene Gesellschaft reserviert, Sir«, sagte der kleine Dicke. Ich erkannte seine Stimme wieder: der Mann, der den Biker im Frachthafen und mich heute Morgen angerufen hatte.

»Ja, ich weiß«, sagte ich. »Miss Olivier.«

Der Mann musterte mich einen Moment lang, ehe er sagte: »Und Sie sind?«

»Der König von Spanien, aber nur dienstags und donnerstags«, sagte ich. »Im Augenblick bin ich jemand, der gern ein paar Minuten mit Ihrer Chefin verbringen würde. Kann ich gleich hier bei Ihnen etwas zu trinken bestellen, oder wie läuft das?«

Wieder starrte mich der kleine Mann einen Moment lang an, dann signalisierte er den beiden Gorillas, die ihn flankierten, dass sie mich überprüfen sollten.

Einer der Gorillas trat mit einem Hand-Metalldetektor vor und sagte in einem britischen Tonfall: »Öffnen Sie Ihr Jackett, heben Sie die Arme und spreizen Sie die Beine, Sir.«

»Kitzelt das?«, fragte ich. »Ich bin nämlich ein bisschen kitzelig.«

Der andere Gorilla zog eine Halbautomatik Kaliber .45 aus einem Schulterholster und stellte sich lässig hin, die Pistole in den gefalteten Händen.

Der Bodyguard fuhr mit dem Detektor über meinen Körper, bedeutete dem kleinen Mann mit einem Kopfnicken, dass ich sauber war, und trat zurück. Sein Kollege steckte die Waffe wieder ins Schulterholster.

Der kleine bebrillte Mann eskortierte mich nach oben. Auf halber Treppe spielte ein Jazz-Quartett – Stutzflügel, Kontrabass, Schlagzeug und Trompete. Das Quartett wurde von zwei weiteren Sicherheitsmännern flankiert.

»Hey, Jungs«, sagte ich zu den Musikern. »Alles klar?«

»O ja, Kumpel«, sagte der Drummer kopfschüttelnd. »Könnte nicht besser sein.«

Ich wurde in ein privates Speisezimmer mit einem offenen Kamin geführt.

Obwohl es draußen noch feuchtheiße achtundzwanzig Grad waren, brannte im Kamin munter ein kleines Feuer, dessen gelber Schein sowohl von dem einzigen Kronleuchter im Raum reflektiert wurde als auch von dem Buntglasfenster, das die heilige Cäcilia darstellte, Schutzpatronin der Musik. In Anbetracht der Geschichte des Restaurants rechnete ich fast damit, David Whitneys Geist vom Fußboden aufsteigen zu sehen, um mit einem Cocktail in der Hand die Frau kritisch zu beäugen, die an einem kleinen runden, mit weißem Leinen drapierten Tisch saß, Weißwein trank und in einem großen Salat herumstocherte.

Die Frau sah gut aus, elegant, etwa Anfang fünfzig, hatte kurzes, streng geschnittenes pechschwarzes Haar und trug ein teures, aber konservatives Kostüm. Sie saß da wie ein Model, das gelangweilt wirken soll.

Miss Olivier.

Es waren noch zwei andere Personen bei ihr im Raum.

Einer war ein unscheinbarer Mann, der einen unscheinbaren Anzug trug und ebenso absichtlich gelangweilt aussah. Für Miss Olivier war er ganz sicher unsichtbar, bis er gebraucht wurde.

Ich erkannte die andere Person.

Anna Green Eyes.

»Na, du siehst besser aus als bei unserer letzten Begegnung«, sagte ich zu Anna Green Eyes.

»Scheiße«, sagte Anna Green Eyes, holte ihren Revolver raus und richtete ihn auf mich.

»Ist das wirklich nötig?«, sagte die Frau, die sich Miss Olivier nannte, zu Anna Green Eyes. Sie hatte einen vornehmen britischen Akzent und klang mächtig enttäuscht.

»Er ist ein Scheißcop«, sagte Anna Green Eyes, ohne ihre Waffe herunterzunehmen.

»Ex-Cop«, sagte ich. »Jetzt bin ich bloß ein nerviger Störenfried.«

»Das ist der Typ, der das Safe House hat auffliegen lassen«, sagte Green Eyes.

»Und dich angeschossen hat. Schon vergessen?«, sagte ich.
»Wow. Hatten wir einen Spaß.«

»Ma'am –«, setzte sie an.

Miss Olivier sagte zu mir: »Ich nehme an, Sie haben das alles gemacht, um Mr Krenshaw ersetzen zu können? Und vielleicht unser bevorzugter Lieferant in der Region zu werden, Mister –«

»Snow«, sagte ich. »August Snow. Und falls Mr Krenshaw der übel riechende Neonazi-Biker mit der Hasenscharte und dem Pornobalken war, dann ja. Ich hoffe, Sie sind nicht enttäuscht.«

»Er hat seine Sache recht gut gemacht«, sagte Miss Olivier. »Aber er hatte Körpergeruch, hat Drogen genommen und sich einer sehr ordinären Sprache bedient, um gewisse Leute zu beschreiben. Der Umgang mit ihm war äußerst unangenehm, aber was will man machen, Geschäft ist nun mal Geschäft.«

»Ma'am –«, begann Anna Green Eyes erneut.

»Würden Sie bitte dafür sorgen, dass sie die Waffe wegsteckt?«, sagte ich, auf Anna deutend. »Und mir dann einen Drink serviert? Scotch.«

Die stoische Miss Olivier bewegte ihre ungerührten braunen Augen von mir zu Anna.

Anna steckte widerwillig den Revolver ins Holster und hinkte beleidigt aus dem Raum, vermutlich um mir meinen Drink zu holen.

»Ich bin überaus bereit, mir anzuhören, was Sie vorschlagen, Mr Snow«, sagte sie. »Wir sind noch dabei, die kleinen Schwachstellen einer relativ neuen Operation auszubügeln, und möchten natürlich eventuelle weitere Misserfolge ausschließen. Habe ich mich klar ausgedrückt, Mr Snow?«

»Glasklar.«

»Und nur um das noch einmal zu betonen, sollten weitere Treffen zwischen uns erforderlich sein, kommen Sie bitte unbewaffnet.«

»Kein Problem«, sagte ich. Dann deutete ich mit dem Kinn auf den unsichtbaren Mann und sagte: »Ich schätze, falls ich eine Waffe brauche, nehme ich einfach seine.«

Miss Oliviers gelangweilter Bodyguard funkelte mich böse an.

Anna kam mit meinem Drink zurück und stellte ihn behutsam vor mich hin. Wir tauschten Blicke, ehe sie einige Schritte rückwärts machte und ihren Wachposten wieder einnahm.

»Ich muss gestehen, Ihre Aktionen, so destruktiv sie auch waren, haben eine Schwäche im System offengelegt, die wir nicht erwartet hatten«, sagte Miss Olivier und prostete mir mit ihrem Glas Wein zu. »Und dafür bin ich Ihnen dankbar.«

»Und ich muss sagen«, erwiderte ich und hob mein Glas Scotch, »dass Sie wirklich eine verdammte Drecksau sind. Sie sind die Bestie, die einen Deal mit ein paar kriminellen ICE-Einheiten gemacht hat, nicht? Die Perverse, die Duke Ducanes Schmuggelrouten gekauft hat?«

»Ich weiß nicht, ob mir Ihr Ton gefällt, Mr Snow.«

»Und ich bin noch unschlüssig, ob ich Rosenkohl mag«, sagte ich. »Beides interessiert keine Sau, oder? Ich bin mir ziemlich sicher, dass Sie und ihre lustige Söldnertruppe hinter dem Verschwinden von Rechtsanwalt Barney Olsen stecken. Also fick dich, Cruella.«

»Ich vermute, dass Sie doch nicht hier sind, um Mr Krenshaw zu ersetzen?« Sie lehnte sich langsam auf ihrem Stuhl zurück, die Hände mit gelassener Präzision vor sich gefaltet.

»Sie vermuten richtig, Miss Königin der Untoten.«

Ich griff in meine Jacketttasche. Anna und der unsichtbare Mann machten einen schnellen Schritt nach vorn. Ich holte ein Stück Papier heraus, faltete es auseinander und legte es vor Miss Olivier hin. Es war das Foto von Izzy im Leichenschauhaus.

Miss Olivier warf einen Blick darauf. Dann trank sie einen Schluck von ihrem Wein.

»Selbstmord von der Brücke«, sagte sie und richtete ihre seelenlosen Augen wieder auf mich. »Selbstverständlich hat es einige –

Stolpersteine – auf dem Weg gegeben. Mr Olsens – Club – war einer dieser bedauerlichen Stolpersteine. Wir haben seitdem Anpassungen vorgenommen. Dergleichen wird nicht wieder passieren, das kann ich Ihnen versichern.« Mit schön manikürten Fingerspitzen schob sie das Foto der toten Izzy weiter von sich weg und näher zu mir. »Wissen Sie, was viele der großen Metropolen dieser Welt gemeinsam haben, Mr Snow?« Ich antwortete nicht. Sie würde es mir ohnehin sagen. »Die Verfügbarkeit und Vielfalt von sauberem, organisiertem und hochpreisigem Sex. Glauben Sie ernsthaft, Millionäre – Milliardäre – fliegen nach Las Vegas, Monaco, Ibiza, Playa Mujeres, um da ihre Strategieplanungssitzungen abzuhalten und anschließend Poker mit hohen Einsätzen zu spielen? Nein. Gewisse – Begehrlichkeiten – lassen sich nur von gut ausgebildeten, gut bezahlten, schönen jungen Frauen und Männern befriedigen, die fast jede erotische Fantasie übertreffen.«

»Detroit?«, sagte ich. »Im Ernst?«

Zum ersten Mal sah ich auf Miss Oliviers Lippen den Anflug eines Lächelns.

»Wie jedes Unternehmen, das auf dem heutigen Weltmarkt bestehen will, sucht meine Organisation aktiv nach Expansionsmöglichkeiten für unser Geschäftsmodell. Nischenmärkte. Detroits Aufschwung in jüngster Zeit ist global nicht unbemerkt geblieben. Es ist weniger eine Anomalie und eher ein Modell für nachhaltiges Wachstum.«

»Aber Sie kidnappen Frauen aus der Stadt und verkaufen sie wie Ware.«

»Ja«, sagte sie. »Und die Ware, die wir ausführen, dient dazu, die hochwertigere Ware zu finanzieren, die wir einführen: exklusive Luxusware aus Russland, der Ukraine, Frankreich, Ghana, Südafrika, Montenegro und Spanien. Ware, die aus dieser Stadt ein wirklich erstklassiges Sextourismusziel machen wird, das Entwicklungspotenzial und Zukunft hat.«

»Hey, jetzt hören Sie mir mal zu. Sie und Ihre Organisation sind mir scheißegal«, sagte ich. »Wenn sich noch mehr kriminelle ICE-Einheiten oder Neonazi-Bikerbanden in meinem Viertel blicken lassen, knall ich sie ab. Ich knall sie alle ab. Und dann staple ich ihre Leichen vor Ihrer Haustür, bevor ich Ihnen eine Kugel verpasse.«

»Vielleicht kann ich eine Sicherheitszone einrichten. Sonst noch was, Mr Snow?«

»Ja. Noch eine Kleinigkeit.«

»Die wäre?«

»Ich will seine Knarre«, sagte ich und zeigte auf den unsichtbaren Mann.

Für eine Zehntelsekunde wurde es totenstill im Raum.

Genug Zeit, mir Miss Oliviers Salatgabel zu schnappen, von meinem Stuhl aufzuspringen und sie dem unsichtbaren Mann ins rechte Auge zu stoßen. Ich fasste in sein Jackett, packte seine Pistole und feuerte durch den Stoff auf Anna, die im Bauch getroffen wurde.

Sie hatte ihren .38er schon in der Hand, doch ehe sie auf mich anlegen konnte, stieß ich den unsichtbaren Mann auf sie zu. Er bekam die Kugel ab, die für mich gedacht war, und die zwei stürzten zu Boden.

Ich verließ das Speisezimmer.

Die Bodyguards bei dem Jazzquartett gingen auf der Treppe in Stellung. Bevor sie feuern konnten, gab ich drei Schüsse ab, die den einen töteten und den anderen in der rechten Hüfte trafen, sodass er die Treppe hinunterfiel.

Ich ging zurück zu Miss Olivier, die mit vor Entsetzen aufgerissenen Augen dasaß.

Ich baute mich vor ihrem Tisch auf, warf eine Patrone aus der Pistolenkammer aus und ließ sie in ihr Glas Wein fallen. Dann zog ich das Magazin heraus und warf es in ihren Salat.

»Ihr Name war Isadora Rosalita del Torres. Sie war neunzehn

Jahre alt.« Ich nahm das Foto der toten Izzy, faltete es wieder zusammen und steckte es zurück in meine Jacketttasche. »Wenn Sie sechstausend Meilen entfernt auch nur ansatzweise einen unfreundlichen Gedanken an mich hegen, trete ich aus Ihren Träumen und bringe Sie in ihrem Bett um. Sie und alle anderen, die nach Ihnen kommen.«

Lärm von unten.

Fünf Männer in Militäruniformen mit schwarzen Sturmhauben und Helmen kamen mit halbautomatischen Gewehren bewaffnet die Treppe heraufgerannt.

Keine Zeit zu fliehen.

Einer der Männer richtete knapp zwei Meter von mir entfernt seine Waffe auf mich.

Er drückte nicht ab.

Die anderen vier stürmten in den Raum. Einer stülpte einen schwarzen Beutel über Miss Oliviers Kopf. Zwei hoben sie mit Schwung von den Beinen. Zu viert trugen sie sie aus dem Raum und die Treppe hinunter.

Der Mann, der mich in Schach hielt, folgte den anderen vier Männern und Miss Olivier, ließ mich lebendig und allein in dem Speisezimmer zurück.

Sobald ich wieder Luft in meine Lunge gezwungen hatte, rannte ich, zwei, drei Stufen auf einmal nehmend, die Treppe hinunter.

»Alles okay bei euch?«, sagte ich, als ich an den Musikern auf dem Treppenabsatz vorbeiflitzte.

»Der schlechteste Gig aller Zeiten!«, sagte der Drummer.

Keine Bodyguards, tot oder lebendig. Kein kleiner Mann mit runder Brille.

Als ich zur Tür kam, sah ich gerade noch, wie Miss Olivier in den Fond eines schwarzen Chevy Tahoe ohne Kennzeichen verfrachtet wurde.

Einer der letzten Männer, die bei einem zweiten schwarzen

Chevy Tahoe gestanden hatten, wollte gerade einsteigen, zögerte, drehte sich dann zu mir um. Er nahm seinen Helm und die Sturmhaube ab. Lächelte. Salutierte. Dann stieg er in den SUV und schloss die Tür.

Trent T. R. Ogilvy.

Drei SUVs rauschten an mir vorbei, bogen auf die Woodward Avenue und rasten in die Nacht davon.

Die Rechnung blieb dann wohl an mir hängen.

42

Also, wie sieht's aus?«, fragte ich und schluckte einen großen Bissen von meinem Truthahn-Reuben-Sandwich herunter. »Noch immer beim FBI? Oder suchst du nach auf-
regenden Karrierechancen bei Walmart?«

O'Donnell zeigte die Andeutung eines Lächelns. »Noch immer
beim FBI. Unter Vorbehalt.«

Wir saßen im Schmear's Deli am Campus Martius und ließen
uns ein Mittagessen schmecken. Ich hatte mir ein gigantisches
Reuben-Sandwich bestellt, einen Berg Süßkartoffelfritten mit
Honig-Meerrettich-Dip und dazu einen Wassermelonen-Zitro-
nengras-Eistee, eine Neuheit im Schmear's (ganz annehmbar).
O'Donnell stocherte in ihrem großen gemischten Salat und
nippte an einem Glas Wasser. Wenn die Geschichte uns etwas
lehrt, dann würde O'Donnell weiter in dem Salat herumstochern
und sich dann die Reste fürs heutige Abend- und morgige Mittagessen einpacken lassen.

»Es ist so ähnlich gelaufen, wie du gesagt hast.« O'Donnell
spießte ein Salatblatt auf. »Direktor Phillips hat mir etwa fünfzehn Minuten lang die Meinung gegeigt. Dann hat er meine
Hand geschüttelt, ›Gute Arbeit‹ gesagt und mir halb im Scherz
versprochen, mich mit einem Tritt auf den Mond zu befördern,
wenn ich so was noch mal mache.«

»Du bist liebenswert!«, sagte ich fröhlich. »Ich meine, mal

ehrlich. Guck dich doch an! Wie kann jemand auf das Reklame-
gesicht für Nonnenschulen böse sein? Da fällt mir ein: War das
Scharfschützengewehr eigentlich deins oder gehört es dem FBI?«

»Ausgeliehen«, sagte O'Donnell kokett. »Noch eine Sünde, für
die ich Buße tue.«

Ich erzählte O'Donnell von meiner sehr interessanten Dinner-
Verabredung im Whitney zwei Tage zuvor.

»Im Grunde fragst du mich, was ich darüber weiß, richtig?«,
sagte sie.

»Du hast Kontakte«, sagte ich. »Ich dachte, du weißt vielleicht
das ein oder andere.«

»Und wenn dem so wäre, denkst du anscheinend, dass du ein
Recht darauf hast, zu erfahren, was ich weiß, weil – warum
noch mal?«

»Weil wir alte Kumpel sind?«

O'Donnell prustete los, was ganz untypisch für sie war.

»Du bist echt zum Schreien, August«, sagte sie schließlich.

Dann bat sie die Bedienung, die Reste ihres Salats einzupacken.

Ehe sie ging, sagte O'Donnell: »Manche Antworten kriegst du
nie, August. Andererseits gibt es Zeiten, in denen sich die Antworten auf die verzwicktesten Rätsel des Lebens in einem Donut
mit Erdbeerfüllung und einem guten Bourbon verstecken.«

»Sie wird mir nie wieder vertrauen, nicht wahr?«

Es war ein sechsundzwanzig Grad schwüler Abend im Spät-
juni, und ich saß an dem einzigen runden Tisch in der Küche des
Soul Hole Donut & Pastry Shop. Ich aß einen Donut mit Erdbeerfüllung und trank einen Pappy Van Winkle's Family Reserve-
Bourbon aus einem Marmeladenglas, auf dem ein Bild von Pu
dem Bären klebte.

Lady B stand an einem großen Hobart-Doppelbackofen und
trank ihren Bourbon. Die ganze Küche roch nach warmem Puder-
zucker und Mehl.

»Sie kriegt sich schon wieder ein«, sagte ich. »O'Donnell führt ihre größten Kämpfe gegen sich selbst. Sie hat einen sehr strengen persönlichen Verhaltenskodex, und manchmal deckt der sich nicht damit, wie die Dinge in der realen Welt laufen.«

»Ich mag die kleine Weiße«, sagte Lady B. »Aber hier unten im schwarzen Untergrund muss man schnell reagieren können, wenn was schiefläuft. Ich hatte keine andere Wahl, als den Mann umzulegen, sonst lägt ihr schon seit gut einem Monat in euren Gräbern.«

»Ich versteh das.« Ich warf einen Blick auf die ansehnliche Küchenausstattung – die Arbeitstische, Waschbecken, Backöfen, Regale, Rührschüsseln und großen Tabletts. »Mir ist noch immer schleierhaft, wie du die Leiche so schnell beseitigt hast.«

»Soll ich's dir erzählen?«

»Würde es mir den Appetit verderben?«

»Wahrscheinlich.«

»Dann lieber nicht.«

Wir tranken unseren Bourbon, nutzten das Schweigen, um uns zig Fragen übereinander durch den Kopf gehen zu lassen.

Dann sagte ich: »Wie lange kenn ich dich schon, Lady B?«

»Seit du etwa sieben oder acht Jahre alt warst«, sagte sie mit einem breiten Grinsen. »Deine Mommy und dein Daddy sind immer an Halloween mit dir hergekommen, weil sie wussten, dass ich einen warmen Zimt-Donut und frischen Apfelsaft für dich hatte. Du warst immer als Mickymaus oder Astronaut oder so verkleidet. Ach, du warst so süß!«

»Nach der neusten Meinungsumfrage von Gallup finden neun von zehn Frauen – und zwei von zehn Männern –, dass ich das noch immer bin«, sagte ich. »Aber davon abgesehen weiß ich eigentlich gar nicht viel über dich. Ich wusste jedenfalls ganz sicher nicht, dass du imstande bist, einem Mann eine Kugel in den Hinterkopf zu jagen.«

Lady B ließ den Bourbon in ihrem Marmeladenglas kreisen.

»Tja«, begann sie. »Wie gesagt – hier in der schwarzen Unterwelt ...«

Dann sagte sie: »Ich bin schon alles Mögliche an allen möglichen Orten aus allen möglichen Gründen gewesen, junger Snow. Weißt du, wo ich geboren wurde?«

»Deinem Akzent nach würde ich sagen, irgendwo im tiefsten Georgia.«

Sie lächelte. »Seattle, Washington. Bin in Georgia zur Schule gegangen. Weißt du, wo ich weiter gelernt habe?«

Ich sagte nichts. Ich wartete einfach auf die Antwort.

»New York University«, sagte sie schließlich. »Und Technische Universität München. Trinity College in Dublin. Moderne Sprachen. Linguistik und Ethnokryptologie. Ich sag dir ganz ehrlich, Junge – ich kann mich nicht mal erinnern, wie ich mal geklungen habe. Ich war jedenfalls kein biederes Georgia-Mädchen.« Sie setzte sich mir gegenüber an den Tisch. »Du fragst dich, wer dieses englische Miststück war, nicht? Miss Olivier? Margot Allister Wentworth. Ex-MI6, aber keine Spionin oder so. Stellvertretende Finanzchefin, verdeckte Operationen. Etats, Mittelverteilung, Finanzanalyse der Gegenseite, Scheingeschäfte. Eine bessere Buchhalterin, die sich den ganzen Tag Kalkulationstabellen anguckt. Findet heraus, dass sie achtzehn Prozent weniger verdient als ihre männlichen Kollegen. Und geht an die Decke. Du weißt ja, wie Weiße werden, wenn sie um einen Dollar gebracht oder um zehn Cent betrogen werden. Plötzlich ist sie untergetaucht. Vor vier Jahren dann taucht sie wieder auf und arbeitet in Hongkong für dieses Menschenhandelskartell und verdient zehn-, fünfzehnmal mehr, als sie damit verdient hat, für die Queen mit Zahlen zu jonglieren. Diese ganze Geschichte? Die Kidnappings? Die Frauen? Die Sexclubs? Waren für sie bloß Zahlen. Logistik und Analytik.«

Ich starrte Lady B einen Moment lang an und sagte dann: »Woher –«

303

»Hab ein paar Kontakte im britischen Konsulat in Chicago«, sagte Lady B augenzwinkernd. Sie goss sich noch einen Bourbon ein. »Erstaunlich, was man so alles erfahren kann, wenn man da einen Dienstboten, Koch und Pförtner schmiert. Klar, wir sagen nicht viel, wenn wir dein Haus putzen, aber wir halten auf jeden Fall die Ohren auf.«

»Miss Olivier«, sagte ich. »Hat sie die Beziehungen zum ICE aufgebaut?«

»Wahrscheinlich nicht«, sagte Lady B. »Keine Ahnung, wer ihr Boss war. Hab weder Zeit noch Lust, mich damit zu beschäftigen. Ist schon schwer genug, ein Auge auf diese rückständige Stadt zu haben, wo so viele Newcomer zur Vordertür reinmarschieren und die alten Ganoven sich zur Hintertür rausschleichen.«

Ich sagte, dass ich ihr Informationsnetzwerk bewunderte. Und fragte sie offen, ob sie schon mal daran gedacht hatte, sich mit Smitty's Cuts & Curls zusammenzuschließen. Ich fand, das würde perfekt passen.

»Ach, Kleiner, du weißt doch, wie wir sind«, sagte sie. »Haben wir erst mal ein kleines Stück Grün, erlauben wir niemandem, auch nur einen Fuß draufzusetzen. Lieber streuen wir Salz auf die kleine Parzelle Land, als einem von uns zu erlauben, da was anzupflanzen.« Sie schaute einen Moment lang nachdenklich auf ihr Glas, dann sagte sie: »Wir könnten diese ganze verdammte Stadt verdrahten, wenn wir bloß mal kurz zusammenkommen würden. Aber ... na ja ...«

Wir schwiegen einen Moment, dann hob ich mein Glas und sagte: »Danke, dass du mir das Leben gerettet hast, Lady B.«

Sie grinste. »Ach, Schätzchen, jederzeit wieder.«

»Hast du was Vergleichbares schon mal für meinen Vater getan?«

Lady B lachte plötzlich laut auf. »Einmal«, sagte sie. »Musste irgendwas verhandeln zwischen deinem Daddy und Duke Ducane. Ein Darlehen, das Duke ihm gegeben hat. War aber im Nu erledigt.«

»Ein - Darlehen?«, sagte ich fassungslos. »Mein Dad hat von Duke Ducane ein Darlehen angenommen?«

Lady B seufzte schwer, legte eine Hand auf meine und sagte: »Dein Daddy hat ein Darlehen vom Teufel angenommen, damit er seinen Engel retten konnte. Weißt du noch, als dein Daddy mit deiner Momma für zwei Wochen nach Cleveland gefahren ist? Die haben da in der Klinik Studien für die Behandlung von Eierstockkrebs gemacht, und deine Momma sollte daran teilnehmen. Zwei Wochen in einem Hotel mit dem Gehalt von einem Cop? Außerdem zahlt keine Krankenversicherung für klinische Studien. Ducane hat gehört, dass dein Dad in Schwierigkeiten steckte. Hat ihm das Geld geliehen. Ohne Zinsen. Ohne besondere Gefälligkeiten. So wollte das dein Daddy, und Duke hat es akzeptiert. Irgendwann hat dein Daddy Duke jeden Penny zurückgezahlt. Er hätte dir mehr Geld für dein College gegeben, wenn er gekonnt hätte, aber - tja - Deal ist Deal.«

Ich saß einen Moment lang da und hatte das Gefühl, die Erde würde sich unter mir auftun.

Dann gab ich Lady B einen Kuss auf ihre warme, mollige Wange und ging.

43

Es gibt keinen Weg nach vorne.

Keinen Traum zu verwirklichen.

Keine Hoffnung, die in gutem Glauben genährt werden kann.

Father Grabowski gelang es mithilfe seines illegalen Untergrundnetzwerks, Carlos, Catalina und ihren Sohn Manny über die Brücke zwischen den USA und Kanada nach Windsor, Ontario zu bringen, wo er sie vorübergehend in einer kleinen Wohnung unterbrachte. Ein Unterschlupf, den der alte Priester schon für andere verwendet hatte, die etwas Besseres suchten als das, woher sie kamen, nur um zu erleben, dass die Flamme in Lady Libertys Fackel erloschen war.

Es fühlte sich wie ein seltsamer Tod an, auf meiner Verandatreppe zu sitzen und über die Straße auf das leere Haus zu schauen, in dem Carlos, Catalina und Manny noch vor weniger als drei Tagen gelebt hatten.

Kein Licht.

Keine Geräusche.

Nur ein Kokon aus Dunkelheit um dieses Haus, wo Carlos einmal Zuflucht und Hoffnung in den Armen seiner Frau gefunden hatte. Wo Catalina wie ein couragiertes und warmherziges Leuchtfeuer gestrahlt hatte. Wo Manny, dessen Augen und Lächeln heller glänzten als alle Sterne in allen Galaxien Gottes, mir zugewinkt hatte, wenn er sich auf den Weg zur Schule machte und bevor er die Stufen hochsprang, wenn er zurück nach Hause kam.

Ich hatte nicht mal die Gelegenheit gehabt, mich von Manny zu verabschieden.

Gott-

-verdammt.

Ich hätte ohne Weiteres voller Wut und mit aller Berechtigung dem pferdefüßigen ICE und einer unberechenbaren Regierung die Schuld am Verlust meiner Freunde, meiner Nachbarn geben können.

Ich gab mir überwiegend selbst die Schuld.

Wenigstens hatten es Carlos und seine Familie nach Kanada geschafft: Die Leichen von drei Menschen – ein somalisches Ehepaar mit seinem Baby – waren heute in North Dakota ganz in der Nähe vor Emerson, einer Stadt in der kanadischen Provinz Manitoba, gefunden worden. Die Polizei vermutete, dass die Familie sich auf ihrem Weg nach Norden verirrt hatte; nachts unterkühlt, tagsüber erschöpft vor Hitze und ohne Wasser. Tiere hatten das meiste von dem Baby mit in die Wildnis geschleppt.

Während ich vor meinem Haus saß und ein Bier trank, war mir, als würde ich über die Straße auf ein leeres Gefäß schauen, das einmal bis zum Rand mit der Wärme von vertrauten Stimmen gefüllt gewesen war. Jetzt waren diese Stimmen fort. So rasch verschwunden, dass nicht einmal der kalte Hauch von Geistern zurückgeblieben war.

Carmela und Sylvia, jede mit einem Glas Wein in der Hand, setzten sich zu mir.

Sie setzten sich grußlos zu mir.

Ohne leise tröstende Worte oder mitfühlendes Flüstern.

Sylvia saß eine Stufe unter mir, einen Arm locker über mein Bein gelegt, Carmela saß eine Stufe über mir, einen Arm um meine Schultern. Zusammen tranken wir und blickten schweigend auf das leere Haus gegenüber, wo einst liebe Freunde gelebt hatten.

Es war unser *velorio* – unsere Totenwache –, wo Gebete sich wie Asche auf die Zunge legten.

Nachdem Carlos und seine Familie über den Detroit River gebracht worden waren, schlief ich zwei Wochen lang nur leicht, um nachts und am frühen Morgen bereit zu sein, falls wieder ein SUV mit Bundesbehördenkennzeichen durch die Markham Street kroch. Ich war nicht sicher, was ich getan hätte, wenn ich eine Patrouille gesehen hätte, aber ich hielt meine Glock geladen und hatte einen Baseballschläger neben der Haustür stehen.

Ich war erleichtert und enttäuscht zugleich, als sich auch nach zwei Wochen keine Patrouille hatte blicken lassen. Erschöpft wollte ich mir ein wohlverdientes Nickerchen auf dem Sofa gönnen.

Bevor ich dazu kam, erhielt ich auf meinem Handy einen Skype-Anruf von Lucy.

Sie trug einen zu großen Hoodie und hatte zwei Schals um den Hals gewickelt.

»Du siehst aus, als wär dir kalt«, sagte ich.

»Ach nee – gut kombiniert, Sherlock«, sagte sie. »Hier oben sind siebzehn Grad! Und das ist heute die Höchsttemperatur!«

»Wir vermissen dich hier«, sagte ich. »Ich vermisse dich.«

»Und Jimmy?«

»Jimmy auch.«

»Haben Sylvia und Carmela noch meine Sachen?«

»Haben die alten Mädels bestimmt –«

»Gut.«

Sie legte auf.

Mein wunderbar entspannendes Nickerchen wurde unterbrochen, als es an meiner Haustür klingelte.

Dass jemand an meiner Haustür klingelte, hieß, dass ich meinen Nachmittagsschlaf nicht unterbrechen musste. Es bedeutete bloß, dass ich später einen von diesen lästigen Zetteln am Türgriff hängen hätte, der Werbung für einen neuen Rasendünge-Service machte oder mir anbot, eine von zwei sterbenden Tageszeitungen zu einem fantastisch günstigen Preis zu abonnieren. Oder vielleicht ein Traktat von den Zeugen Jehovas, das erklärte, wie traurig Jesus darüber war, wie ich mein Leben lebte (nichts Neues).

Ich beschloss, mich auch nach dem zweiten Klingeln nicht vom Sofa zu erheben.

Leider klingelte es ein drittes, viertes und fünftes Mal, woraufhin ein sehr eindringliches Klopfen folgte.

Mit nacktem Oberkörper und nur in Basketball-Fleece-Shorts der Wayne State Warriors schleppte ich mich zum Wohnzimmerfenster und schob die Gardine ein unauffälliges Stück beiseite, um nach draußen zu spähen: Am Straßenrand parkte ein schwarzer Chrysler 300 mit getönten Scheiben und Chromfelgen. Ein Schwarzer etwa Anfang dreißig, bekleidet mit einem weißen Trainingsanzug, weißen Adidas-Tennisschuhen und einem weißen Anglerhut von Kangol, hatte das Ohr an die Tür gepresst.

Ich öffnete die Tür und sagte: »Kann ich Ihnen helfen?«

»Ist er hier?«

»Wer ›er‹?«

»Ach, komm schon, Mann.« Der Mann hob eine Ecke seiner Trainingsjacke, und zum Vorschein kam der Griff eines kurzläufigen Revolvers Kaliber .38. »Ich mein's ernst.«

»Oha!«, sagte ich und blickte von der Waffe hoch in die blutunterlaufenen Augen des Mannes. »Ich krieg richtig Angst.«

»Im Ernst, Alter«, sagte Trainingsanzug. »Ist er hier?«

»Ich habe nicht den leisesten Schimmer, wen Sie meinen, Sir«, sagte ich. »Aber eins weiß ich: Sie haben mich bei meinem Nickerchen gestört, und schon allein dafür hätte ich das Recht,

Ihnen den Schwanz in Form einer winzigen Giraffe zu knoten und Sie in den Gegenverkehr auf dem I-75 zu schmeißen.«

Als er gerade seine Jacke wieder anheben wollte, kam Jimmy die Stufen herauf. Beim Anblick des Mannes in dem weißen Trainingsanzug erstarrte er.

»Was machst du hier?«, sagte Jimmy schließlich.

»Hey«, sagte Trainingsanzug, drehte sich um und taxierte Jimmy. »Verdammt, Mann! Schau einer an! Werkzeuggürtel mit allem Scheiß, als hättest du 'nen echten Job.«

»Kennst du den Typ?«, fragte ich Jimmy.

»Ja, Sir«, sagte Jimmy leise, ohne die Augen von dem Mann abzuwenden. »Das ist mein, ähm – Bruder.«

»Cutter«, sagte Trainingsanzug zu mir. »So nennen die Leute mich, weil ich notfalls auch schon mal zum Messer greife.« Dann sah er Jimmy an und sagte: »Keine Umarmung für deinen großen Bruder?«

Jimmy trat einen Schritt zurück und sagte: »Was willst du?«

»Ah«, sagte der Mann, der sich Cutter nannte. »So ist das also, hm?«

»Wie hast du mich gefunden? Was willst du?«

»Momma hat 'ne Kugel abgekriegt«, sagte Cutter. »Liegt im Krankenhaus. Fragt dauernd nach dir.«

»Ich – ich –«

»Jimmy«, sagte ich. »Komm mal her.«

Nach kurzem Zögern kam Jimmy zu mir an die Tür. Ich sagte: »Ich fahr dich hin. Ich zieh mir bloß schnell was an.«

»Hey, Mann«, sagte Cutter zu mir, »das ist 'ne Familiensache, also –«

»Er gehört zur Familie«, sagte Jimmy. »Ohne ihn komm ich nicht mit.«

Für eine große Zahl von Detroits Bedürftigen – die Obdachlosen, arme und alte Menschen – war mit »Krankenhaus« das Detroit Receiving Hospital gemeint. In einer Stadt, die sich ständig im Krieg mit ihrer eigenen Seele befand, kam das Detroit Receiving der Notfall-Triage wohl am nächsten: Ärzte und Krankenschwestern hielten sich rund um die Uhr mit schwindender Hoffnung und Kaffee aufrecht.

Jimmys Mom lag auf einer überfüllten Station für die Fast-Toten.

Neben dem Schwesternzimmer lehnte ein Detroiter Cop an einer Wand und blätterte in einer zerlesenen Ausgabe von *Sports Illustrated*. Er sah uns drei – Jimmy, seinen Schlägertyp von Bruder und mich – aus dem Aufzug kommen, schätzte sekundenschnell ein, ob wir eine Bedrohung darstellten, und wandte sich dann wieder seiner Zeitschrift zu.

Nach fünfzehn Minuten erschien Mrs Radmons Arzt.

Er war ein breitschultriger Weißer mit grau meliertem Haar, Bartstoppeln und rötlicher Gesichtsfarbe. Auf seinem weißen Kittel stand der Name »Dr. Tim Seibert«.

»Sie kenne ich schon«, sagte Dr. Seibert wertfrei zu Cutter. »Darf ich fragen, wer die Gentlemen sind?«

Jimmy sagte dem Arzt, wer er war.

Ich stellte mich vor und sagte, ich sei ein Freund von Jimmy.

Die Augen des Arztes wanderten zwischen Jimmy und Cutter hin und her. »Hat einer von Ihnen was dagegen, wenn ich im Beisein von Mr Snow über den Zustand Ihrer Mutter spreche?«

»Und ob, ja«, sagte Cutter.

»Nein«, sagte Jimmy und funkelte seinen Bruder wütend an. »Was Sie zu sagen haben, können Sie auch zu Mr Snow sagen.«

Cutter zuckte mit den Achseln. »Kein Ding.«

»Ich deute ›kein Ding‹ jetzt mal als ja, ich kann im Beisein von Mr Snow über den Zustand Ihrer Mutter sprechen«, sagte Dr. Seibert. Dann fuhr er fort: »Klar ist, dass Ihre Mutter sehr viel Pflege benötigen wird. Es war ein glatter Durchschuss, der nur minimalen Schaden verursacht hat, aber was wir unabhängig von der Schussverletzung gefunden haben, bereitet uns Sorgen. Sie hat

vermutlich eine alkoholische Kardiomyopathie, anders ausgedrückt, sie hat vergrößerte Herzkammern, was letztlich zu Herz-
versagen führen kann. Erschwerend hinzu kommt ihr früherer
intravenöser Drogenkonsum –«

»Sie ist seit mehr als fünf Jahren clean, Mann«, fiel Cutter ihm
ins Wort.

»Fünf Jahre. Fünfzig Jahre. Spielt keine Rolle«, sagte der Arzt.
»Die intravenös verabreichten Drogen haben einige Venen kolla-
bieren lassen, was ihre Herzprobleme noch verschlimmert.«

»Mach einfach deinen verdammten Job, Mann«, sagte Cutter
und trat dicht an den Arzt heran.

Ich wollte mich schon einschalten, aber der Arzt – offenbar ein
alter Hase nach vielen Jahren an vorderster Krankenhausfront –
sah Cutter seelenruhig an. »Und das werde ich auch. Aber du
rückst mir zu sehr auf die Pelle, und ich schwöre bei allem, was
dir heilig ist, du reißt dich jetzt zusammen – kapiert?«

Ich war absolut hingerissen von Dr. Seibert.

Nachdem er Cutter gezeigt hatte, wo der Hammer hängt, sagte
der Arzt: »Sie ist wach – benommen, aber wach. Sie beide können einzeln zwei Minuten zu ihr. Mehr nicht. Sie braucht Ruhe.
Ist das klar?«

Jimmy sagte: »Ja, Sir. Danke.«

Cutter sagte: »Cool.«

Dr. Seibert ging, vermutlich um nach seinen unzähligen anderen Patienten zu sehen.

Jimmy trat hinter den Vorhang, um seine Mutter zu sehen. Ich
stand davor Wache.

Ich hörte eine Frauenstimme nuscheln: »Jimmy? Baby, bist du
das? Ich – du kommst deine Momma besuchen, nicht, Baby?«

Nach einem stillen Moment hörte ich Jimmys leise, aufge-
wühlte Stimme. »Ich bin hier, um dir zu sagen, dass du nie wieder nach mir suchen sollst. Schick nie wieder meinen sogenannten Bruder nach mir suchen. Vielleicht hast du mich auf die Welt

gebracht – nicht mal da bin ich mir sicher –, aber eine Momma warst du nie.«

»Ach, Baby – wieso – wieso musst du so –«

Cutter machte einen Schritt vorwärts, und ich stellte mich ihm in den Weg.

»Kannst du deine Knarre abfeuern, wenn ich sie dir in deinen schwarzen Arsch ramme?«, sagte ich. »Würde mich echt mal interessieren.«

Cutter wich zurück.

»Du bedeutest mir gar nichts«, hörte ich Jimmy sagen. »Komm nie wieder in meine Nähe.«

Jimmy riss den Vorhang beiseite und stürmte Richtung Aufzug.

»Wenn du dich noch einmal in meiner Gegend blicken lässt, muss Jimmy nicht mal einen Finger krumm machen«, sagte ich zu Cutter. »Ich erledige dich für ihn. Und zwar schön langsam und auf eine Art, die sich nicht mal der Teufel vorstellen kann. Also ... ich meine ... ist das klar?«

Ich wartete nicht auf seine Antwort.

Im Auto weinte Jimmy ein paar Minuten, entschuldigte sich dann.

»Da gibt's nichts zu entschuldigen«, sagte ich. »War ganz schön hart in letzter Zeit. Für uns beide.«

»Ja«, sagte Jimmy. »Hart. Lucy weg. Carlos ...«

»Ich weiß genau, was du jetzt brauchst.«

»Ein Eis?«

»Äh – nein.«

»Das Straßenfest morgen?«, riet Jimmy.

Vierzig Minuten später hatten Jimmy und ich unseren Karate-Karategi an – er mit seinem blauen Gürtel, ich mit meinem schwarzen Gürtel vierten Grades.

»Schön, Sie zu sehen, Mr Snow«, sagte Kinsey Latrice – K vom Stripclub Nappy Patch.

313

»Wie läuft's im Job?«

»Es läuft prima«, sagte K grinsend.

»Ich hab gehört, heute kriegt jemand eins auf die Fresse«, sagte Brutus, als er das Dojo im ersten Stock betrat.

»Komm uns einfach nicht in die Quere, alter Mann«, sagte ich zu ihm. Dann wandte ich mich an Jimmy und sagte: »Halt dich nicht zurück. Setz alles ein, was du kannst. Improvisiere. Und –«

Ich kam nicht mehr dazu, den Satz zu beenden.

Jimmy ging rasch zum Angriff über, packte den Kragen meines Karategi, drehte eine knochige rechte Hüfte in mich hinein und warf mich darüber.

Ich landete auf der Matte.

Hart.

Dröhnendes Gelächter aus einer Ecke des Dojo.

»O Gott!«, sagte Jimmy. »Mr Snow! Gott, es tut mir leid! Es tut mir total –«

»Was denn?« Ich lachte gequält. »Glaubst du etwa, du hast mir wehgetan oder so?«

Er hatte mir wehgetan.

»Hey!«, rief ich Brutus und K zu. »Ja, ja, lacht nur! Sobald ich auf den Beinen bin, mach ich euch fertig, und mit dir fang ich an, alter Mann. Also bringt euch lieber in Sicherheit.« Ich streckte Jimmy eine Hand hin und knurrte leise: »Hilf mir mal hoch, Junge.«

www.tropen.de

Stephen Mack Jones
Der gekaufte Tod

Ein Detroit-Krimi
Aus dem Englischen von
Klaus Timmermann und Ulrike Wasel
368 Seiten, broschiert
ISBN 978-3-608-50477-4
€ 17,00 (D) / € 17,50 (A)

»Stephen Mack Jones haucht Detroit neues Leben ein.« *The Boston Globe*

Mexicantown, Detroit. August Snow kehrt mit zwölf Millionen Dollar Schadenersatz zurück in das Viertel seiner Kindheit. Genug Geld für den Ex-Polizisten, um seinen alten Humor wiederzufinden und ein neues Leben zu beginnen. Doch er hat die Rechnung ohne seine Feinde gemacht: Kurz nach seiner Rückkehr wird eine der mächtigsten Unternehmerinnen der Stadt tot aufgefunden. Snow setzt sich auf die Fährte des Mörders – und gerät in einen gefährlichen Strudel, der ihn in Detroits dunkelste Winkel hinabzieht.

www.tropen.de

Chris Offutt
Unbarmherziges Land

Ein Kentucky-Krimi
Aus dem Englischen von
Anke Burger
224 Seiten, broschiert
ISBN 978-3-608-50512-2
€ 15,00 (D) / € 15,50 (A)

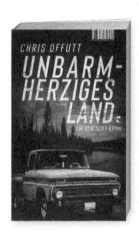

»Brillant« New York Times Book Review

Mick Hardin, Ermittler für das CID der US-Army, ist auf Heimaturlaub. Seine Frau ist hochschwanger, doch sie reden nicht miteinander. Seine Schwester Linda, erst kürzlich zum ersten weiblichen Sheriff von Rowan County aufgestiegen, steht vor ihrem ersten Mordfall, den ihr die lokalen Politiker am liebsten wegnehmen würden. Der übliche Chauvinismus oder geht es um mehr? Mit ihrem Bruder Mick macht sich Linda an die Lösung des Falls, denn sie weiß, dass unter der schönen und rauen Hügellandschaft Kentuckys die Gewalt brodelt und die offizielle Justiz keinen guten Stand hat. Bleibt nur die Frage, was tödlicher ist: die Menschen oder die Unbarmherzigkeit der Natur.